天才魔術師による不器用師匠を愛する方法
「俺は、先生を一人にはしませんから」
ユースはそっとアキの体を抱き締めた。
ユースの両腕に囲われたアキに、
抵抗の意思など既に残されていなかった。
「……お前、本当に、生意気なんだよ」
かすれた声を、やっとのことで絞り出す。
熱いものが目にこみ上げ、
アキは半ばやけくそになって
ユースのローブに縋りついた。
JN072115

# 天才魔術師による不器用師匠を愛する方法

ミヤサトイツキ

24158

角川ルビー文庫

# 目次

天才魔術師による不器用師匠を愛する方法　五
あとがき　二八七

口絵・本文イラスト／篁 ふみ

アキルス・レクトという命の恩人の名を、少年は生涯忘れることはないだろう。

静寂が満ちる病室で、彼はまるで穏やかに眠るように生死の境をさまよっていた。

長いまつ毛に縁どられた彼の瞼はぴくりとも動かず、胸だけがわずかに上下している。患者衣の襟元から覗く首筋にも、シーツの上に力なく投げ出された腕にも、痛々しいほどに白い包帯が巻かれており、彼が見舞われた惨劇を物語っていた。

彼が横たわるベッドの傍らに立ち、少年は微動だにせず彼を見つめる。

少年が彼について知っていることは少ない。名前と、少年より五つ年上の二十一歳であること、身を挺して少年の命を救ってくれたこと、それくらいだ。

少年は無意識のうちに、彼の右手へと両手を伸ばした。長い指が綺麗な手を両手で包むと、彼の手の異様な熱さが肌に伝わった。体内に入った毒素で発熱しているのだと、少年は彼を担当している医師から聞いていた。

ゆっくりと、ベッドの横に両膝をついた。それだけの動作で負傷した背中に激痛が走り、少年はたまらず息を詰まらせる。

もし彼が少年を庇ってくれていなかったら、この程度の傷では済んでいなかっただろう。歯を食い縛って痛みに耐えた少年は、彼の右手を包む両手に額を寄せる。

どうか、彼の苦しみのすべてが一刻も早く取り除かれますように。

敬虔な信徒のように、少年はひたすら祈りを捧げた。自身を突き動かす衝動の正体はわからなかった。命を救われた感謝か、目を覚まさない彼への憐憫か。そのどちらでもないのか、どちらでもあるのか。わからなくても構わなかった。わからないまま、祈り続けた。

もし自分が彼の苦しみを背負えるというのなら、いくらでも背負うから、と。

その瞬間、どくん、と心臓が大きく跳ねた。

どく、どく、と異様な音を立てて動く心臓が、熱い血液を全身に送る。あまりの熱に、内臓や骨までも焼け焦げそうな気がして、未知の感覚に困惑した少年は息を呑む。

直後、少年は体を貫かれたような激痛に襲われた。

右の鎖骨の下あたりに、刃物を突き立てられた感覚だった。悲鳴になり損ねた声を口から漏らした少年は、とっさに痛みが走った箇所に左手を当てた。傷口からじわりと溢れ出す血の感触が手のひらに伝わるが、なぜだか少年の体を傷つけたはずの刃はどこにもない。

いきなり体に傷が生じたというのか。そんな不可思議な現象があるはずがない。頭の中で必死に否定するものの、痛みは現実で、少年はくずおれるようにして床に座り込んだ。右手で彼の手を握った状態で、背を丸め、息を乱し、涙を滲ませ激痛に耐える。

何が起こったのか理解できないまま顔を上げた少年は、そこで信じられないものを見た。

ベッドに横たわる彼の瞼が、ほんのわずかに動いた。

柔らかな曲線を描く彼のまつ毛が震えた。少しずつ、少しずつ、目が開いていく。やがて露わになった瞳は、黒曜石のような深い黒を湛えていた。

窓から差す光が眩しかったらしく、彼は開けたばかりの目を細めた。やや間を置いてから再びそっと瞼を上げると、自らの右手を握る少年に視線を向ける。

まだ意識が浮上しきっていないのか、彼の目はぼんやりとしていて、焦点が合っていないようだった。だが長らく闇の中にありながらも再び光を捉えた黒の双眸は、鋭く張り詰めた美しさがあり、思わず見惚れた少年の口から感嘆の息が漏れる。

激痛など軽く凌駕する喜びがこみ上げ、少年の胸が歓喜に沸く。

しかし彼は決して少年を見ていなかったのだと、少年は直後に悟る。

「ヴェ、ル、トル……？」

かすれた声で、彼は名前を呼んだ。どこか切実な調子で、どこか愛おしそうに、少年ではない誰かを呼んだ。

少年は知った。彼が求めている者は、今ここにいてほしい人は、少年ではないのだと。

# 1

非常に大事な用事が控えている日は、たとえ始業時刻ぎりぎりまで惰眠を貪る幼馴染が同じ家にいたとしても、放置して自分の都合を優先するべきである。

その教訓を胸に刻んだアキは、高等魔術学院の階段を駆け上がっていた。

白一色の石で作られた階段にアキ以外の人間の姿はなく、アキの荒い呼吸音と、騒々しい足音だけが響いている。若さ溢れる多数の魔術師の卵が通う学院内としては不自然なほどの人けのなさだが、閑散としているのもある意味当然のことだった。

なぜなら、今日この中央棟で唯一開かれる行事はあと数分で開始時刻となり、参加者はとっくに会場に集って席を確保している頃合いだからだ。

つまり、開始時刻に間に合うか否かという極限の戦いの真っ最中である人間など、アキくらいのものということだ。

学生でさえ既に会場で待機しているだろうに、卒業して五年以上が経過し、二十七歳のいい大人になったアキが遅刻回避のために階段を全力疾走しているという状況は、正直に言って実に情けない。アキは心の中で、すべての元凶である男に対して憤慨する。いつまでもベッドに潜っている幼馴染を叩き起こしていたせいで、アキは搭乗予定だった飛空艇に間に合わず、一本遅い便に乗る羽目になり、学院での用事に遅刻寸前となっているのだ。

だらしない幼馴染とついつい世話を焼いてしまう自身への苛立ちを足に乗せ、アキは最後の一段を力強く踏みしめて階段を上りきると、眼前に現れた両開きの扉を勢いよく開けた。

扉の先は、広大な階段教室となっていた。

今まさにアキが立つ部屋の後方が最も高くなる構造をしていて、階段を下りきった先、部屋の最奥である最も低い位置には巨大な教壇がある。その教壇を半円状に囲う形で並ぶのは、階段状の床に設置された膨大な数の長机と椅子だ。

ステージと客席を備えたホールにも似た構造をしたこの部屋は講堂と呼ばれ、座席数はおよそ四百あり、学院の中でも最大級の収容人数を誇る。

だがアキが扉を開けた今、席は灰色のローブを羽織った若者たちで大半が埋められていた。灰色のローブは半人前の魔術師、つまり学生魔術師の証だ。二十代前半と見られる学生たちは大人しく着席はしているものの、近くの席に座った友人たちと談笑しており、講堂はざわめきで満ちていた。間に合ったことを確信したアキはほっと胸を撫で下ろし、座席の間に延びる階段を下り始める。

「え、待って。なんか綺麗な人、来たんだけど」

驚き混じりの弾んだ声が聞こえた直後、アキの横顔に複数の視線が突き刺さった。

「うわ、本当だ。俺が知ってる中でいちばん美人……」

「どこの人だろ……弟子入り希望出そうかな」

「あんた、ヴェルトルの弟子になるって言ってたじゃん……気持ちはわかるけど」

一応は声を潜めているようだが、会話の内容は筒抜けだ。アキは無遠慮な眼差しから逃れるために顔を伏せた。容姿への賞賛には辟易している。

幼い頃から、美しいと褒められることが多かった。

涼しげな一重まぶたの下には黒曜石を思わせる黒の瞳があり、すっと伸びた眉も、高い鼻梁も、薄い唇も、そのすべてが完璧な彫刻のように形が整っている。まっすぐで細い髪は瞳と同じ、艶やかな黒だ。冷たささえ感じさせる面差しは愛嬌とは無縁であるものの、端整であることは間違いない。

ほっそりとした体を包む服は、職業柄、動きやすさを重視した簡素なものだ。上は白の丸首シャツに、下は黒の細身のパンツとブーツ、その上に魔術師の証であるフード付きの黒ローブを羽織っている。装飾品の類は左の耳朶を貫くリング状をした銀色のピアスのみだが、飾り立てない装いが、かえって生まれ持ったアキの美貌を引き立てていた。

人の手には触れられない高いところで輝く氷。

極限まで研ぎ澄まされた刃。

かつて幼馴染はアキをそう喩え、どちらも冷たく美しいと称えた。唇の端を持ち上げてそう揶揄した彼に、アキはわざと素っ気ない調子で、馬鹿じゃないのかお前と返した。

しかし、彼に綺麗だと褒められるのは、実のところ悪い気はしなかった。

他の人間が口にすれば煩わしいだけの言葉も、彼が口にすれば甘みを帯びる。

階段下にある教壇の上には、教卓の脇に三十ほどの椅子が並べられていた。空席は一つだけで、席を埋めている者は皆一様にアキと同じ黒のローブを羽織っている。

アキが空いていた席に腰を下ろしたと同時に、教員らしき人物が教卓の前に立った。

「では、時間になりましたので、卒業実習説明会を始めます」

魔術で拡張された声が響き渡り、講堂は瞬時に水を打ったように静まり返った。

「これから卒業までの半年間、皆さんは学院を離れ、現場での実習に入ります。魔術師と非魔術師が共に暮らす社会において、魔術師として何を果たすべきなのか、学び舎の外で深く考える重要な機会です」

最先端の魔術で栄えるこの王国には、魔力を持つ者と持たぬ者がおよそ半々の割合で存在しており、両者は古くから共に暮らしてきた。

血によって魔力を親から受け継いだ子、つまり魔術師家系の子は、やがて魔力の扱い方を学ぶようになる。かつては幼い頃から師に弟子入りし、家族同然の関係のもとで魔術を学ぶ方法が主流だったが、現在では公的な教育機関が国内の魔術教育を一手に担っていた。

王都にあるここ高等魔術学院は国内の魔術教育機関における最高学府であり、数々の著名人を輩出してきた名門校として、国内外に広く名が知られている。

その学院における伝統が、一人前の魔術師に弟子入りして仕事を学ぶ卒業実習だ。

「実習に入った皆さんは、実習先で活躍している魔術師と師弟関係を結ぶことになります。仕事内容は基本的に師から学ぶものと思ってください」

師弟関係というと仰々しいが、ようは職場における新人と指導担当の関係にすぎない。寝食を共にする中で魔術教育が行われたかつての師弟関係とは、意味合いも重みも大きく異なる。

実習生である学生を弟子、実習先の指導担当を師と呼び表す点は、単に師弟関係が魔術教育の要であった過去の名残といっていい。

「実習先に関しては、事前に配布した資料のとおりです。皆さんには第一希望から第三希望まで、三つを選んでもらいます」

学生たちが一斉に手元へと視線を落とし、何枚かの紙が紐で綴じられた資料を捲った。資料には魔術に関する行政事務を手広く担当する中央魔術省や学院の研究職、警察組織の中に存在する対魔術犯罪専門部署など、さまざまな実習先が記されているだろう。

もちろん、アキが所属する辺境魔術師団もそのうちの一つだ。

「では、実習先の方々による説明に移りましょう。まずは辺境魔術師団、アキルス・レクトさん、お願いします」

本名をフルネームで呼ばれたところで、アキはようやく自身が最初に説明する役回りであった事実を思い出した。そこで初めて遅刻を回避できなかった場合に引き起こされていた惨事を正しく理解し、心の中では幼馴染を罵倒しながらも、表面上は平然と教卓に歩み寄る。

「ただいまご紹介いただきました、辺境魔術師団のレクトです」

魔術によって拡張されたアキの声が、のびやかに講堂の空気を揺らす。

「私たち辺境魔術師団は、西の辺境に位置する森に巣食う魔瘴から、街を守ることを主な仕事としています」

約八十年前、国の西端に鬱蒼と広がる森に、突如として有害魔力の塊が発生した。

魔瘴と名付けられたその魔力の塊は、時おり巨大な木の根に似た形態を取り、森に近づいた人や森に近い辺境の街ティリエスを襲うようになった。

魔瘴に潰され、貫かれ、命を落とした者が数多くいた。運よく命は助かっても、負傷者は傷口から入り込んだ魔瘴の毒素がもたらす熱病にも苦しめられた。

といっても、ティリエスの人々もただ魔瘴に怯えていたわけではない。ティリエスに暮らしていた魔術師が自警団を結成し、防御魔術や攻撃魔術を駆使して魔瘴から街と人々を守り始めたのだ。

自警団はやがて国王から正式にティリエスの防衛を任じられ、辺境魔術師団と名を変えた。

「具体的な仕事内容は、大きく分けて二つあります。一つは、結界などを用いた街の防衛業務。もう一つは、暴走した魔瘴の鎮圧です」

日頃は森の中にとどまり、森に人が近づいた場合だけ襲い掛かってくる魔瘴だが、時おり暴走状態に陥り、爆発的な勢いをもって木の根に似た触手を森の外に伸ばすことがある。

その暴走から街を守るため、辺境魔術師は常に森と街の間に結界を張り、暴走時には直接魔瘴を攻撃して暴走を鎮める。もっとも結界は決して万能ではなく、魔瘴の威力によっては破壊される場合もあるので、速やかな鎮圧が必要となる。

「魔瘴の暴走に関しては、およそ六年前に発生したものがよく知られているかと思います。結界が破壊され、街の中心部にまで魔瘴が及ぶ史上最大規模の暴走でしたが、辺境魔術師団により暴走は鎮められ、結果的に死者は一人も出ませんでした」

それまで沈黙を保ってアキの説明に耳を傾けていた学生たちの間で、ヴェルトル、という名がささやかれ始めた。ほのかな熱を抱く密かな声が、真剣な空気を弛緩させていく。

アキはじわじわと興奮が広がりつつある座席を冷ややかに見つめた。あの男に対する好意的な感情を高めるつもりはなかったので、名前さえ出さずに話を先に進めようと考えていたが、やはり言及を避けるのは不可能であったようだ。諦めを胸に、アキは頷く。

「そうです。六年前の暴走ではのちに英雄と呼ばれるヴェルトルが大活躍し、多くの人を守りました。当時、彼は弱冠二十二歳。今の皆さんと同じく学院の最高学年であり、辺境魔術師団の実習生でした」

アキは意図的に感情を排した声で語るが、学生たちの目の輝きは強くなるばかりだ。

多くの人々にとって、六年前の暴走とその鎮圧は、若き英雄の誕生を描いた物語の意味合いが大きい。死者が一人も出なかったという実に喜ばしい事実が、実際に発生した出来事を物語として消費することへの心理的ハードルを下げている。

だが、アキは違う。あの日、あの場で、二人の人間が死にかけたことを、身をもって知っているからだ。

喉の奥に感じる苦いものが、アキの記憶の蓋を開く。

六年前のあの日、巨大な木の根と化した魔瘴が、街を襲っていた。

あちこちで建物が崩れる轟音と、悲鳴が響いていた。逃げ惑う人々の隙間に、アキは恐怖で固まる少年の姿を見た。少年には既に魔瘴が迫っていて、アキは反射的に駆け出した。直後に体を貫いた激痛と、口の中に広がった鉄臭い血の味は、今でもよく覚えている。声にならない悲鳴は自分の口から出たのか、共に魔瘴に傷つけられた少年が漏らしたものか、今でも定かでない。

体の中心がしんと冷える。右の鎖骨の下に残された傷跡が放つ、鈍い痛みを感じた。アキの周囲に透明な膜が張り、高揚が広がる外界と遮断される錯覚に陥る。膜の向こう側で、学生たちは待っている。アキの口からさらなるヴェルトルの英雄譚が飛び出す瞬間を。

そのとき、半ばぼんやりと学生たちを眺めていたアキの目が、金髪碧眼の青年を捉えた。目が留まったのは、彼が他の学生とは異なり、驚くほど冷静な目をしていたからだ。冴え冴えとした青の双眸は凪いだ春空を思わせるほど静かだった。興奮も高揚もない眼差しは、アキと学生たちを隔絶する膜を貫いてアキにまで届く。落ち着いているがゆえに、彼は熱を漂わせる群衆の中でひときわ強い存在感を放っていた。

彼は、ヴェルトルの英雄譚など一切求めていない。ただ、アキの次の言葉を待っている。

ふっと、膜に断絶された錯覚が消え失せた。アキは静かに息を吸い、吐く。

「ヴェルトルが英雄になったとき、同じ場にいた私は死にかけました」

場に満ちる熱気が、一気に凍り付いたのを肌で感じた。

「辺境魔術師は命の危険もある仕事です。生半可な気持ちでは、自分も他人も殺します」

学生たちは気まずそうに視線をさまよわせたが、アキはためらわなかった。伝えるべきことを伝えなければ、アキがこの場に赴いた意味がない。

「だから、ヴェルトルに近づきたいとか、俺の顔がいいとか、そういう中途半端な気持ちのやつは、来るな。以上」

凍ついた講堂の空気に、決定的な罅が入った。萎縮する学生たちの表情を眺め、アキは思い出す。かつてアキの容姿の話題になった際、今や英雄となった幼馴染が苦笑しながら口にした言葉を。

綺麗な顔で、きついことを言う。

卒業実習説明会の終了後は、個別での質疑応答の時間となる。

卒業後はそのまま実習先を就職先とする学生が大半であるため、卒業実習は就職活動としての側面も持つ。そのため特に熱心な学生などは積極的に質問に向かい、就職先として人気が高い実習先の担当者のもとには学生が長蛇の列を作る。

毎年のことだが、最も学生を集めているのは中央魔術省だ。アキは中央魔術省の盛況ぶりを横目に、全体説明だけを聞いて退出する学生に紛れて講堂を出た。厳しい発言をしたアキに対して質問をしようという猛者は一人も存在しなかったからだ。

中央棟を出たアキは、敷地内を縦横無尽に延びる通りを進む。学生や教職員が多数行き交う通りは幅広く、左右を石造りの巨大な校舎に挟まれていても窮屈さはない。

いたるところで茂る草木もまた、開放感を生み出す要因の一つだろう。ようやく本格的な寒さが去った初春の現在、木々の枝にはまだ若葉はない。それでも春光と枝が生み出す細い影が地面に落ちるさまは、人工物にはない自然の息吹を感じさせる。

ほどなくして、アキは敷地の中心部にある広場に到着した。

早くも芽吹いた草が地面を覆い、ところどころで大木が悠々と枝を伸ばす。根本に腰を下ろして一人静かに読書にふける学生もいれば、ゆったりとギターを鳴らす学生も、仲間同士で何かを熱心に議論する者たちもいる。若者たちが生み出す自由で闊達な空気は学び舎特有のもので、学院を離れて五年以上が経過したアキの胸に懐かしさが去来する。

「アキ」

親愛の証である愛称で呼ばれ、振り返ると、黒のローブを着た初老の婦人が歩み寄ってくるところだった。アキは表情を緩ませ、彼女に駆け寄る。

「お久しぶりです、先生」

「ええ、久しぶり。元気そうでよかった」

アキの愛すべき師であるソフィアは、自身よりも頭一つぶん長身であるアキを見上げ、目尻の皺を深くして微笑んだ。明るい茶色の癖毛を丁寧に束ねたソフィアの笑みには、淑女を思わせる品格と少女のような可憐さがある。

一見すると荒事とは無縁に感じられる外見のソフィアだが、かつては一流の辺境魔術師として、魔瘴との戦闘の主力を担っていた。

六年前に辺境魔術師団を卒業実習先として選んだアキの師となったソフィアは、確かな器量をもってアキを教え導いた。子供の頃は同年代の平均よりも優れていたものの、二十歳を過ぎた頃には平凡な魔術師の枠に収まっていたアキが、曲がりなりにも辺境魔術師を続けられているのは、間違いなくソフィアの薫陶のおかげだ。彼女の教えは、彼女が辺境を離れ学院の教壇に立つようになった現在でも、アキの胸に根付いている。

「ヴェルトルはどう？　最近はお行儀よくしてるの？」

息災か否か、ではなく行儀よくしているか否か、と尋ねるところに、ヴェルトルという男の本質が浮き彫りになっている。アキはヴェルトルによって引き起こされた今朝の出来事を思い返し、苦々しい面持ちをした。

「お行儀よくしてるわけないじゃないですか、あの馬鹿が。今朝も珍しく家にいると思ったら全然起きてこなくて……あいつのせいで、俺は今日遅刻しそうになったんです」

「ふふ、変わらないのね、あなたとヴェルトルは。揃って私に弟子入りして、今でも仲良く一緒に暮らして」

六年前、共にソフィアに弟子入りしたときから、アキとヴェルトルはソフィアが所有する家で二人暮らしをしている。ソフィアはもともと家を複数所有する大商人の家系であり、団の宿舎よりは広くて快適だからと、一つを二人に安く貸し出してくれたのだ。

だが、長く同居を続けている現状が単純にアキとヴェルトルの純粋な友人関係を示しているかと言われれば、実情は決してそうではない。しかし詳らかにするのも気が引けて、アキが返す言葉に迷っていると、ソフィアはアキの複雑な内心には気づいていない様子で続けた。

「ここ数年の卒業実習は、そのヴェルトル目当ての子が多いみたいだけれど」

「そうなんですよ。でもあいつは弟子なんて取る気ないから、毎年全員断っていて」

希望とする師が決まっている場合は、学生は実習先の希望と共に師の希望も出すことができる。そのため、広く活躍が知られた高名な魔術師などは弟子入り希望が殺到する。

英雄となったヴェルトルもその一人だ。だが、ヴェルトルは後進の育成という非常に重要だが手のかかる仕事を引き受けるほど殊勝な人間ではないため、未だかつて彼の弟子になった者は一人もいない。

「そうやってヴェルトルに断られた学生のほとんどは、さっさと別の実習先に行くんです。団が代わりの師を学生につけようとしても、ヴェルトルじゃないなら結構ですって断られるんですよね。辺境魔術師になりたいんじゃなくて、ヴェルトルに近づきたいだけなんでしょう」

「そう……あれだけ有名になれば、そうなるのも無理はないのかもしれないわね」

年若い身で物語の中にしか存在しないような活躍を遂げたヴェルトルの姿は、未来への根拠のない希望と共に、将来への漠然とした不安を抱える多感な世代には、ひどく鮮烈に映っているだろう。自身の能力や適性を把握し、冷静に己の人生を見極めようとする目を眩ませるほどの輝きであることは、想像に難くない。

そんな学生の立場も心境も理解しているからこそ、アキは自らが若者に忠告する必要性を強く感じている。取り返しのつかない事態に陥るのを未然に防ぐのも大人の役割だ。そのために嫌われ役を担うことに抵抗はない。

過ちは繰り返してはならないのだ。

「今年は団長からの指示もあって少し強めに言ってきたんで、ヴェルトル目当ては減ると思います」

「そうなると、実習生として受け入れるのは例年どおり数人かしらね。団の人手不足を知っている身としては、もう少し人気が出てほしいところなのだけれど」

「危険はあるし、非常時は昼夜を問わず対応しなきゃいけないし、そのわりに給料が特別高いわけでもないし……ヴェルトルを除いた場合、選ばれない理由のほうが多いですからね」

苦笑を返すアキの脳裏に、講堂を出る直前に目撃した光景が蘇った。

「今年も、やっぱり中央魔術省がいちばん人気でしたよ。特に貴族や成績上位者なんかは、官僚になってどんどん出世するのが目標でしょうから」

「昔から人気だったけれど、近頃はかなり志望者が多いみたいね。大臣のグラント公爵がこれだけ力を持っているんだから、ヴェルトルと同じく、学生が憧れるのも無理はないわ」

もし道行く人々に現在最も出世街道を邁進している魔術師は誰かと尋ねたら、おそらく百人中百人が中央魔術大臣であるグラント公爵の名を挙げるだろう。

それはとある理由から国王の座に就く者は非魔術師でなければならないと定められたこの国において、グラント公爵は魔術師としての最高権力者といえるからだ。

今では魔術師と非魔術師が共存し、政府の重要な役職も両者が平等に担う社会が築かれているが、過去には魔術師が権力を独占し、非魔術師を虐げた時代があった。

その時代の反省から、現在では支配階層が魔術師で独占されることを防ぐ仕組みが取られている。最たる例が王権だ。王家は非魔術師家系を維持し、国王は必ず非魔術師とする規則が定められていた。

王は平等の原則にもとづき、魔術師と非魔術師の割合に差が出ないように宰相や大臣、長官などを任命する。王が任命するこれらの役職は、そのまま国政の最重要事項を決定する王立会議の構成員となる。

その王立会議において現在最も強い発言力を持つと言われているのが、中央魔術大臣であり、学院の卒業生でもあるグラント公爵だ。

学院卒業後、中央魔術省に入省した公爵は実績を重ねて要職についたのち、幼い頃からの友人であった現王に任命され大臣となると、政界における存在感を増していった。公爵には魔術行政の要ともいえる中央魔術省を任せたいという王の強い要望により、彼は長く現職に就いているが、今や実質的な権力は宰相以上と言っても過言ではない。

非魔術師である王と魔術師である公爵が手を取り合い、支え合う姿は、かつて過ちを犯したこの国のあるべき形、その象徴とも言われている。国の理想を体現する王と公爵によって、現在この国では魔術師と非魔術師の均衡が保たれた安定した統治がなされている。

「王も、最近はますます公爵を頼りにしているようだものね。王太子に関しての不安が強いんでしょう」

現王に不満を抱いている国民は少ないが、王位継承に関しては案じられる部分があった。というのも、次代の王として期待されていた二十二歳の第一王子は、ここ数年は病で公務から離れ、表舞台に姿を現していないからだ。

王太子である第一王子が王位を継承できない場合、王冠は十五歳の第二王子に回ってくることになる。しかし第二王子は兄である第一王子と違って内向的で臆病な性格であり、王の責務に耐えられないのではないかと噂されていた。

王位継承に関する懸念が浮上している現在、王はソフィアが言うようにこれまで以上に公爵を頼り、公爵は王の有能な右腕として辣腕を振るう。国政における公爵の影響力が強まれば強まるほど、輝かしい将来を夢見て中央魔術省の門を叩く学生は増えるだろう。

とはいえ、そのあたりはしがない辺境魔術師にすぎないアキとは無関係の話だった。

「まあ、他がどうであろうと、俺は地道に今年の実習担当としての役割を果たすだけです」

「あら、実習担当の仕事だけとは限らないじゃない」

「どういう意味です？」

「あなたを師として指名する子もいるかも」

柔らかでありながら物事の本質を突くソフィアの言葉は、すべてアキにとって傾聴する価値のあるものだ。それでもこのときばかりは頓狂な発言に感じられて、アキは目を丸くする。

「はい？　俺に弟子入り？　いませんよ、そんなやつ」

「可能性がないとは言い切れないでしょう。あなただって団の一員で、実習説明会にも行ったんだから。あなたの名前は講堂にいた全員が知っているわけでしょう？」

「いや、俺の名前は講堂にいた学生にとってはもはや悪名だと思うので……」

「あなた、何を言ったの……」

ソフィアの目が冷たい呆れを帯びたのを察し、アキは慌てて誤魔化した。

「そもそも、俺を指名する理由がありませんよ。無名だし、団での経験年数も浅いじゃないですか。もっとふさわしい人がたくさんいるのに、なんで俺を選ぶんですか」

誰しも、名を知られるだけの実力があり、経験豊富な熟達者から指導を受けたいと考えるのが自然だろう。説明会で好感度を大きく下げた件を抜きにしても、平凡な若手のアキには学生に選ばれるだけの理由がない。

「だから、いませんよ。俺を選ぶやつなんて」

「あ！　いた！」

アキの声を遮るように響き渡ったのは、喜色を含んだ軽快な声だった。

声がしたほうに目をやると、広場の外から駆け寄ってくる一人の青年の姿が視界に入った。灰色のローブの裾を跳ねさせ、息せき切って走ってきた青年は、何事かと目を点にするアキの前で足を止める。

思わず見惚れてしまいそうになるほど美しい、金髪碧眼の青年だった。

髪は光が溶け込んだように輝き、青の瞳はどこまでも澄んでいる。凛々しくありながらも愛嬌のある目元が印象的な、華やかで爽やかな容貌だ。

驚愕に値する美青年であるのに近寄りがたさを感じないのは、好青年然とした快活さを兼ね備えているからだろう。人目は惹くが人は寄せ付けないアキの容姿とは対照的だ。

背丈はアキよりも高く、手足はすらりと長い。ほどよく筋肉がついていることが明らかな、若々しい力強さを秘めた体軀だ。

青年はやや頬を紅潮させ、わけがわからず青年を見上げるアキの両手を取った。

「俺を弟子にしてください！」

懇願の内容は予想だにしないもので、頭が真っ白になったアキは無言で目を瞬いた。

「説明会が終わったあと、すぐに声をかけようと思ったんですけど、見失っちゃって……でも見つけられてよかったです」

青年は実に嬉しそうに微笑んだ。目をわずかに細め、形の良い唇の端を上げた表情は優雅で麗しいが、アキの困惑は増すばかりだ。

客観的に考えれば師に選ぶ理由は皆無であるアキに弟子入りを申し込む者が現れるなど、およそ現実味がない。ゆえにアキが導き出したのは、極めて現実的な可能性だった。

「……誰かと勘違いしてないか？」

「え？　でも、ヴェルトルさんに近づきたいとか、あなたの顔がいいとか、そういう中途半端なやつは来るなって言った、辺境魔術師団の方ですよね？」

間違いなくアキの発言なので、アキは言葉なく肯定するしかなかった。「あなた、そんなこと言ったの……」というソフィアの呆れた声と、彼女の冷ややかな視線が痛い。

「人違いじゃありません。俺、ずっとあなたに憧れていたんです」

切実な様子で話す青年を前に、アキは眉をひそめる。いったいどんな理由で無名の若手であるアキに憧れているのか尋ねようとしたとき、アキはとあることに気づいた。

青年の碧眼は、説明会でヴェルトルの話題になった際、一人だけ静かにアキを見つめていたあの青の瞳だ。ヴェルトルの英雄譚など一切求めず、ただアキに落ち着いた眼差しを向けていた彼は、今はアキの目の前で輝く瞳にアキを映す。

そう察した瞬間、面識はないと思っていた彼の姿に、見覚えがあるような気がした。

学院内にある時計塔の鐘の音が響いた。透明感のある音が、どこかへ到着しかけていたアキの思考を断ち切る。

「あ！　すみません、もう行かないと」

青年は一度だけ時計塔のある方角に目を向けると、すぐにアキに向き直った。なぜだか彼はアキの右手だけを離すと、片手で左手を軽く摑んだまま、片膝を立てて地面に跪く。

わずかに身をかがめた青年は、アキの左手の甲にキスを落とした。

ごく自然に行われたその動きは洗練されていて、気障な仕草であるのにまったく嫌みがなく、王に永遠の忠誠を誓う誇り高き騎士を思わせる美しさがあった。

「……あ？」

アキの口から漏れた間抜けな声など意に介さず、青年はアキの手を口元に寄せたまま微笑んだ。金の前髪の向こうに透ける目は確かな熱をはらみ、たまらずアキの心臓が跳ねる。

「必ずあなたのところに行くので、待っていてください」

完璧な微笑みと共にその言葉を残し、青年はアキの手を離して走り去っていった。

アキは左手を前に出した格好のまま、助けを求める視線をソフィアに向ける。

「……え？」

「いたじゃない。あなたがいいって言う子」

混乱状態のアキとは対照的に、ソフィアは微笑ましそうに目を細めている。

「……あ？」

再び口からこぼれた間の抜けた声は、春の気配を抱き始めた風にさらわれて消えていく。


西の辺境の街ティリエスは、漆喰で白く塗られた建物が連なる街並みから、白の街との異名を持つ。

壁際のベッドからやっとのことで抜け出したアキがカーテンを開けると、窓の外には、鮮やかな蒼穹と眩しいほどに真っ白な家々が作る光景が広がっていた。青と白の対比が見事な、いつもどおりの晴れた朝だ。

朝日を浴びてすぐに覚醒できれば楽なのだが、あいにく子供の頃から朝が弱いアキは起床後しばらく経たないと意識がはっきりしない。半分眠っていれば注意力散漫になるのも自然なことで、ふらつく足取りで自室がある二階から一階に下り、リビングに入ったところで、アキは突如として目の前に現れた壁に衝突した。

「おいおい、アキちゃん。寝てんのか？」

冗談めかした声に心臓が大きな音を立て、瞬時に眠気が霧散する。ようやく衝突したものは壁でなかったと気づいたアキが顔を上げると、アキを抱きとめている男と目が合った。

とび色の髪と瞳を持つ、容姿端麗な男だった。髪には緩やかな癖があり、長めの前髪をやや右寄りの位置で分けている。垂れ気味の目は柔和にも見えるが、唇に薄い笑みを湛えているせいか、優しそうというより軽薄という印象が強い。

鼻腔をくすぐる甘ったるい匂いは、彼がつけている香水のものだ。燦々と降り注ぐ朝の光よりも、闇に灯る夜の明かりのほうが似合う、どこか妖艶な彼らしい香りは、アキには少々重すぎる。

「ヴェルトル。なんだ、いたのか」

距離の近さに動揺しながらも、アキは平静を装ってヴェルトルから身を離した。

「夜遅くに帰ってきたんだ。泊まってこようと思ってたんだけど、ちょいと家主が不機嫌になっちまって」

「どうせ、お前が不機嫌にさせたんだろ」

「たいしたことはしてないさ。うっかり別の女の名前で呼んじまっただけで」

それを些細なことと判断できる感覚は、アキの中にはない。アキが顔をしかめると、ヴェルトルは芝居がかった仕草で肩をすくめた。

一応はアキと同居しているヴェルトルだが、この家には滅多に帰ってこない。ヴェルトルには夜を共にするだけの関係である人間が性別問わず数多くいて、基本的に相手の家を泊まり歩いているからだ。

　十代の頃から端麗な容姿で多くの人間を惹きつけてきたヴェルトルだが、英雄として名を馳せてからは、言い寄ってくる人間がさらに増えた。ヴェルトルもヴェルトルで好色なものだから、来るもの拒まず受け入れ、関係を持つ。

　加えてヴェルトルの厄介なところは、その調子のいい性格だ。好きだの、愛してるだの、一時の感情の盛り上がりだけで中身の伴わない台詞をささやく。そうなるとヴェルトルに本気で惚れ込む者が出るのも当然だろうが、本人には相手を一人に絞る気などさらさらないから、ヴェルトルの周囲では頻繁に恋愛絡みの揉め事が勃発する。

「お前がどれだけ修羅場を作ろうとどうでもいいけど、俺を巻き込む問題は起こすなよ。俺はもう二度と、お前の尻拭いはしないからな」

　ヴェルトルの適当な振る舞いが招いたトラブルにより、彼の『お友達』が複数この家に押し掛けてきたことがある。訪問もとい襲撃を察知していた元凶はとっくに別の『お友達』の家に避難していて、アキは事情に理解が及ばないまま、アキをヴェルトルの本命と勘違いして激昂する訪問者たちの対応を余儀なくされた。嵐が去ったあとに帰宅した元凶は、疲弊しきったアキに「お疲れさん。アキに任せて正解だった」と悪びれもなく告げた。

「修羅場って、心外だな。俺はお友達全員と仲良くしようとしてるだけだぜ？」

「何が仲良くだ、このクズが」

「はは、手厳しいねえ、アキちゃんは」

ヴェルトルは喉の奥を鳴らすように笑う。

「可愛い寝ぐせがついてるぞ」

人差し指に黒い指輪をはめたヴェルトルの左手が、アキの頭に触れた。指で髪を梳かれる感覚に肩が震えそうになるところを堪え、アキは素っ気なくヴェルトルの手を振り払うと、逃げるようにリビングの奥にあるキッチンへと向かう。

密かにヴェルトルの横顔を窺うと、彼は小さく笑みを浮かべていた。

自分が触れることがアキにとってどれだけ大きな意味があるかわかっているくせに、単なる幼馴染の顔で、容易くアキに手を伸ばすのだからたちが悪い。

アキへの恋愛感情なんて欠片もないくせに、手つきはびっくりするくらい優しいから、余計にたちが悪い。

キッチンに足を踏み入れたアキは、中央に設置されたかまどに歩み寄った。石を積み上げて作られたかまどの前面には鉄製の小さな扉があり、扉にはさまざまな記号や文字が円形に配置された魔術陣が彫られている。

本来であれば魔術陣に触れただけでかまど内に炎が出現するのだが、アキが魔術陣に指で触れても、点火した様子はなかった。理由を察したアキは扉を開け、内部から手のひら大の結晶を取り出す。

もともとは青く発光していた結晶は、すっかり光を失っていた。燃料切れだ。

アキはキッチンの隅に置いた二つの籠の片方に結晶を放り込むと、隣の籠から別の結晶を拾い上げた。こちらの籠に収められた結晶は皆一様に淡く光を放ち、アキが手にしたものも青く光っている。

新たな結晶をかまどの中に設置し、扉を閉め、魔術陣に触れる。するとすぐにパチパチという熾火の音がし始めた。結晶の内部に溜められていた魔力を動力源にして、かまどに施された魔術が発動し、火がついたのだ。

魔力を内蔵したこの結晶は、その名を魔石という。

北部に巨大な魔石の鉱脈を有するこの国では、魔石をあらゆるものの動力源として活用している。一般家庭においてかまどや暖炉の火、照明の光などをつける際に用いるのはもちろん、国内各地を短時間で結ぶ飛空艇の燃料も、魔石内部の魔力だ。

魔力を秘めた魔石と触れるだけで魔術が発動する魔術陣のおかげで、本来であれば魔力を扱うすべを持たない非魔術師も魔術の恩恵を受けられる。魔術師と非魔術師の間で生活水準に大きな格差が生じないように導入された仕組みだが、自分の魔力を消費しないで済むのは魔術師にとってもとても楽なので、大半の魔術師が魔石と魔術陣を利用していた。

「昨日、卒業実習の説明会、行ってきたんだろ。どうだった？」

硬く焼き上げたパンと濃厚なチーズ、湯気を立てるコーヒーという簡単な朝食を囲み始めたとき、テーブルの向かいの席に座ったヴェルトルが尋ねた。

「ヴェルトルのせいで遅刻しかけたこと以外は、お前に伝えるべきことはないな」

「なるほど。相も変わらず俺目当ての可愛い学生ちゃんたちでいっぱいだったと」

「少しは反省しようって気はないのか？」

「朝から無駄な問いを口にして体力を消耗するなよ」

「クズめ」

「で、他に面白そうなことは？　なんかあった？」

そう問われたアキの脳内に、金髪碧眼の美青年が顔を覗かせた。話題性のある人物など、正体不明の弟子入り希望者をおいて他にはいない。

「……変なのはいた」

アキはヴェルトルに詳細を語って聞かせた。最初こそ怪訝そうな顔をしていたヴェルトルだが、やがて悪戯の対象を見つけたような、興味深そうな表情を浮かべた。

「へえ。手にキスなんて気障な仕草、伝統だの格式だのが大好きな上流階級しかやらないぞ。なんちゃら公爵とか、なんちゃら伯爵とかの息子だな、きっと」

ヴェルトルはコーヒーを口に含み、続ける。

「貴族様は辺境魔術師を毛嫌いしてるってのに、珍しいな。よっぽどの物好きってことか」

ヴェルトルの言うとおり、貴族は辺境魔術師を嫌厭する傾向にある。というのも、団の設立時に少々貴族側といざこざがあったためだ。

ティリエスの自警団が辺境魔術師団として正式に王から街の防衛を任じられた際、政府側は中央魔術省から団長を派遣しようとした。高い戦闘能力を有する集団は中央の統制下に置きたいという思惑だったが、既に自分たちでリーダーを決めていた団員たちにとっては権力による束縛に過ぎず、初代団長として赴任した公爵には一切従わなかった。

最終的には政府側が折れる形となり、貴族としての誇りを傷つけられたと憤る公爵は王都に戻った。それから今に至るまで、団の人事は外部からの干渉を受けず、団長も団内で決定する方針が取られている。

自ら街を守ろうと立ち上がった自警団は、全員が平民だった。当然、名が自警団から辺境魔術師団に変わっても構成員は平民だ。団員と初代団長という対立構造は、同時に平民と貴族という対立構造であり、ここに現在まで続く辺境魔術師と貴族の軋轢の種がある。

「まあ、俺を名指しする時点で物好きなのは確かだろうな」

そうは言いながらも、アキの頭の片隅には、物好きという言葉では片付けられないものが引っかかっていた。

金髪碧眼の青年に見覚えがある気がした感覚は無視できないもので、彼の姿から誰を連想したのか、一晩が経過した今、より明瞭なものになりつつあった。漠然とした姿が自分の中で輪郭を得ていくさまは、妙に嫌な気配を伴っている。

「グラント公爵の末息子かもな」

ヴェルトルに頭の中を言い当てられて、アキはパンを千切ろうとしていた手を止めた。

「アキが六年前に助けた相手だよ。もうそれくらいの歳になるはずだ」

「そうだけど……学院に入ってるかどうかはわからないだろ」

「魔術師の名門グラント公爵家だぞ？　一族はほとんどが学院の卒業生じゃないか」

　アキは否定できず、視線は自然と中途半端に千切ったパンに落ちる。

「それに、アキは命の恩人なんだ。憧れたっておかしくはない」

　六年前に発生した魔瘴の暴走において、アキはグラント公爵の末子である少年の命を救った。

　しかしそれは、単に命は助かったという意味に過ぎない。少年に迫りくる魔瘴を見たアキは衝動的に少年と魔瘴の間に割り込んだものの、手も足も出ず、魔瘴はアキを貫き背後にいた少年までもを傷つけた。少年は重傷を負い、アキも生死の境をさまよった。

　あの少年は確かに昨日の青年と同じく金髪碧眼で、どことなく雰囲気も似通っていた。歳は六年前の時点で十六歳と聞いていたから、現在では二十二歳。学院の最終学年としてなんら不自然な年齢ではない。

　十分にあり得る話だからこそ、アキの胸にはほの暗いものが広がっていた。

「申し訳なくて仕方がないんだろ。守ってやれなかったから」

　図星のアキはそっとヴェルトルと目を合わせた。アキの心を正確に見抜くとび色の瞳には、普段の軽薄さはない。

　少年が重傷を負った以上、アキは彼を救ったなどとは欠片も思えず、守りきれなかった罪悪感のみが深く根を張っていた。命の恩人として深く感謝され、ましてや憧れを抱かれるなど、アキにとっては苦痛でしかない。

　顔を合わせるのもいたたまれなかったため、怪我が落ち着いてきた頃に改めて礼をしたいとグラント公爵家から打診された際も、当然のことをしたまでだから、と丁重に辞退した。負い目を隠し、謙虚なふりをしてやり過ごしたアキに、再度連絡が来ることはなかった。

「……馬鹿げてると思うか？　罪悪感なんて抱えて」

「アキらしいと思うよ」

間髪を容れずに返された答えには、肯定も否定もない。アキのありのままをアキらしいと受け止める姿勢に、少しだけ息が楽になる。

罪の意識など抱える必要はないと優しく諭されても、その耳ざわりのよい言葉はアキの心の表面をわずかに撫でるだけで、心の深いところには届かない。

アキの人柄を熟知しているヴェルトルは、そんなアキの複雑な胸の内さえも見抜いている。だから広く深い理解をもとに、アキが最も欲しい答えを返す。

ありのままを受け止めてくれることは、ありのままの自分であることを許されているのと同義だ。だからこそヴェルトルの理解とアキへの向き合い方は、他のものからは得られない安心感をアキにもたらす。

わかってもらおうと言葉を尽くす必要も、一から信頼関係を構築しようと努力する必要も、円満な関係性を保とうと気を遣う必要もない。およそ二十七年という時間の上に成り立つ気の置けない関係は、これ以上ないくらいに楽だ。錆びついて、擦り切れて、色褪せた恋心がそれでも放つ未練の痛みさえ、素知らぬふりで飲み込めるくらいには。

「俺が引き取ってやろうか？」

「はあ？」

信じがたい発言に素っ頓狂な声を漏らせば、ヴェルトルはかすかに笑った。

「弟子として受け入れるのが苦しいなら、俺が代わりに引き取ってやる。俺、これでもなかなか師匠として人気なんだぜ？」

「弟子なんて面倒だから嫌だって毎年断ってるやつがよく言うよ。どういう風の吹き回しだ？」

「たいそうな理由はないさ。アキちゃんのためなら、一肌脱ぎますよ」

軽やかに投げられた言葉は甘美で、胸の奥が跳ねた。気まぐれのように提示される優しさに心を惑わされるのはごめんなのに、ヴェルトルが代わりに師を引き受けるという特別扱いをするのはアキくらいだと知っているから、意に反して歓喜が溢れそうになる。

「どうする？　俺はどっちでもいい。アキに任せるよ」

こういうとき、ヴェルトルは基本的に選択肢を提示するだけだ。最終的な判断は決まってアキに任せる。アキの自主性を尊重しているというよりは、単に選択に付随する責任を背負い込みたくないだけだということはわかっていた。人間関係においても責任を嫌う男だから、彼は特定の一人を作らない。

弟子を引き取るといったって、あくまで師という立場に収まるだけのことだろう。最低限の指導はするだろうが、責任感をもって誠心誠意、親身になって弟子を導くことはするまい。

「……お前みたいな適当なやつに未来ある若者を任せられるか。もし本当に弟子入りしてくるなら、誰であろうと俺が面倒見る」

「はは、責任感が強いアキらしいな。ご立派なことで」

ヴェルトルは揶揄が混ざった口調で言うと、空になった皿を手に立ち上がった。キッチンに向かって歩き出したところで、彼は「あ、そうだ」と振り返る。

「今夜は帰らないだろうから、よろしく」

「いつも何も言わずに放浪してるだろ。いちいち言わなくていい」

「つれないねえ、アキちゃんは」

ヴェルトルは肩をすくめ、今度こそキッチンに姿を消した。誰もいなくなった向かいの席を見つめ、アキは残りの朝食を口に押し込む。

アキの恋心を察しながら、今夜は別の人間と触れ合うのだとヴェルトルはわざわざ宣言する。そんな彼のことが心底憎たらしいのに、アキは決して嫌いになりきれない。

誰と夜を過ごしても、滅多に帰ってこなくても、アキの不毛な恋心に気づいてなお、アキがいる家を帰る場所といい、時に気まぐれのように手を差し伸べ、アキの惚れた弱みを利用してアキに甘えてくるヴェルトルは、本当にずるくて嫌なやつだ。

同時に、無意味な執着と化した恋心を抱え、それを拒絶されていると承知していながらも、幼馴染という関係性に甘え、ヴェルトルとの時間や彼からの親愛を享受しているアキ自身も、本当にずるくて嫌なやつだろう。

ヴェルトルはアキの未練を許し、アキはヴェルトルが示す無言の拒絶を許す。幼馴染という縁を手放すのは惜しいから、二人は許し合いを免罪符に現状維持を続け、互いに離れない。

決定的に間違ってはいないが、きっと完全に正しくもない。二人とも頭の片隅でそう思いながらも、そばにいる。

王国全体が本格的な春の息吹に包まれる頃、七名の学生が辺境魔術師団を訪れた。

円柱が等間隔に並ぶ団本部のロビーにおいて、集合した学生たちと共に待機中のアキは、手にした書類に目を通していた。これは事前に学院から団へと送られてきていた全員分の実習依頼書で、今まさに学生たちとの照合を終えたところだ。

実習依頼書は七名分あり、集った学生は七名なので、なんら問題はない。

なんら問題はないのだが、アキは眉をひそめずにはいられない。

ロビーの奥にある階段を軽やかに下りてきたヴェルトルがアキに駆け寄り、アキの手元を覗き込んだ。

「なんちゃら公爵もしくはなんちゃら伯爵の息子、いたか？」

「いない」

「はっ。そいつは傑作だ」

ヴェルトルは皮肉めいた笑みを口元に湛え、颯爽と歩き出した。アキは黒のローブを翻し去っていく幼馴染の後ろ姿に「何が傑作だ、何が」と吐き捨てる。

ヴェルトルに答えたとおり、アキへの弟子入りを宣言した金髪碧眼の青年の姿はロビーになく、彼の分の実習依頼書も届いていない。

つまり、彼は辺境魔術師団への実習希望を出さなかったというわけだ。気が変わったのか、やむを得ない事情があったのか、はなから悪戯だったのか。理由は定かでないが、考えても詮無いことだ。実習依頼書か本人、どちらかさえこの場に存在していれば対応が必要だが、どちらもない以上はアキがあれこれ気を揉むべき事柄ではない。

冷静にそう考える一方で、実は胸には小さな安堵があると気づいていた。

たとえあの青年がグラント公爵の末子だったとしても、弟子入りを志願してきたら受け入れる。そう決めてはいたが、彼から好意的な感情を向けられることへのいたたまれなさが消えてなくなるわけではない。罪の意識は、一生変わらずアキの中にあるのだから。

だから、グラント公爵の末子である可能性を否定できない彼が来ないことは、かえってよかったのかもしれない。そう思う自分自身に嫌気が差し、アキは思考を強引に断ち切った。

実習初日のこの日は団内や周辺の案内を行う予定だ。簡潔な団長挨拶ののち、アキは本部内にある各隊の部屋や会議室、資料室、休憩室などを学生たちにひととおり紹介すると、学生たちを連れて本部の外へと出た。

本部は街を魔障から守る意味合いで街の西端に位置しており、扉を出るとすぐに街の外側にある広大な草原が視界に入る。みずみずしい草の海から白や黄の花々が顔を覗かせる春の光景はのどかだが、草原にそびえ立つ複数の巨大な円柱と、その向こうに存在する鬱蒼とした森の姿が、物々しい雰囲気を生み出していた。

「これから草原に入ります。森の近くまでは行きませんが、草原は魔瘴が暴走した場合は十分危険なエリアです。気は抜かないように」

アキは緊張気味の学生たちにそう警告してから、草原へと足を踏み入れた。辺境魔術師によって草が踏みならされ、自然と出来上がった小道を進んでいくと、ほどなくして天高く伸びる円柱の前に到着する。

大人一人でも腕を回せないほど太い円柱は、街の建物と同じく純白で、細かな装飾が彫られていた。単なる飾りではなく、魔術的に意味のある模様だ。

目を凝らすと、その円柱と円柱の間にある、淡い青色をした半透明の壁が視認できる。

「この円柱と円柱の間にある青い壁が、魔瘴を防ぐ結界です。強化魔術を彫り込んだ円柱を間に置くことで、結界の強度を引き上げています」

アキは腰のベルトに下げていた木の棒を手に取った。アキの手首から肘くらいまでの長さをした細い棒は、表面は滑らかに磨かれ、艶やかな飴色をしている。魔術師であれば一人前、半人前を問わず、全員が所持している魔杖だ。

アキは魔杖の先に小さな炎の球を生み出すと、軽く手首を振って炎を結界へ放り投げた。宙を飛ぶ火球は青い結界に触れた瞬間、あっけなく消滅する。

「魔瘴は有害魔力の塊なので、今と同じように結界が防いでくれます。でもそれはあくまで、魔瘴の威力がこの結界で防げる範囲に収まっている場合だけです。もしこの結界の強度を超えたら破壊されます」

魔瘴が森から飛び出し、街にまでは及ばずとも結界を破壊する程度の暴走は、数ヶ月に一度は発生している。それくらい、魔瘴というものは膨大な威力を秘めた魔力の塊なのだ。

「そうなった場合は――」

魔瘴そのものを叩いて消滅させるしかない、という旨を続けようとしたアキだが、その先は声にならなかった。

いきなり小刻みに地面が揺れ、地鳴りに似た轟音が周囲に響き渡ったからだ。

アキがとっさに森を見やると、一本の巨大な木の根に似たものが、森から上空へと伸びていた。赤黒い蛇のようにも見えるそれは空中に螺旋を描きながら長さを増し、鋭く尖った先端をアキたちがいる方角へ向ける。

直感的に危機を察知し、アキは声を張り上げた。

「逃げろ！」

顔面蒼白となった学生たちが街に向かって走り出したのと、魔瘴が触手を結界に伸ばしたのは同時だった。だが速さは魔瘴のほうが圧倒的に上で、瞬く間に触手の先端が結界に届く。

半透明の青い壁に大きく罅が入った直後、結界はあっけなく割れた。

青く輝く破片が空中から降り注ぐ。空気を切り裂く警報音が鳴る。その中に学生の悲鳴が交ざる。一人、足をもつれさせて転んだ者がいた。不気味に身をくねらせる触手が、すぐさま転倒した学生に襲い掛かる。

アキは考えるよりも先に駆け出し、手にしたままだった魔杖を変化させた。

抜き身の刃が光る細身の長剣が、アキの手に現れる。

魔瘴の触手と学生の間に割り込み、アキは剣を振るう。触手を断ち切った重い衝撃が腕に伝わり、切断された触手の一部が草原に落下した。

再び響いた轟音は、触手を傷つけられた魔瘴が上げる悲鳴のようだった。アキは耳を塞ぎたくなるほどの音量に顔をしかめ、切断面から血に似た液体をまき散らしながら襲い来る触手を剣で払う。

一撃一撃が重く、衝撃に全身が傾ぐ。そのうち、触手は再生を始める。

暴走を鎮圧するには、森に近い部分に大きなダメージを与える必要がある。しかしアキの背後にいる学生は安全地帯まで退避しようとしているものの、まともに走れる状態ではなく、数歩進んでは転倒を繰り返していた。彼を残してアキがこの場を離れれば、魔瘴は間違いなく彼を串刺しにする。

ならば、アキは他の辺境魔術師が応援に来るまでこの場で耐えなければならない。間に合うか、という冷たい恐れが背筋を駆け上がったとき、突如として足元の地面から触手がもう一本突き出してきた。

最初に結界を破った触手とは別に、密かに地中を進んできた触手があった。そう気づいたときには既に遅い。アキは剣の腹でなんとか新たな触手を受け止めたものの、あまりの勢いに押され、両足が地面から浮いた。

体が宙に投げ出され、後方へと飛ばされていく。アキは飛行魔術を駆使して体勢を整えようとしたが、不意に体が何かに受け止められた。

背中と膝裏に回された誰かの腕が、力強くアキを抱きとめていた。

空中でアキを横抱きにしているのは、灰色のローブを着た金髪碧眼の青年だった。輝く金髪と、澄んだ青の瞳と、端整な顔が作る優雅な微笑が、驚きで目を見開くアキの視界に美しく焼き付く。

青年は素早くアキを地面に下ろすと、前方へと飛び出した。宙を駆ける彼が向かう先では、逃げ遅れた学生に迫る二本の触手が蠢いている。

慌てて青年の後を追ったアキの視線の先で、青年が手にした魔杖が双剣へと変化した。

青年は身を捻ると、回転しながら刃を振るった。容赦ない動きで二本の触手をまとめて切断すると、悲鳴じみた音も吹き出す赤黒い液体も意に介さず、二つの断面にそれぞれ一つずつ刃を突き立てる。青年が落下するのに合わせて刃は触手を縦方向に切り裂き、彼が地面に足をついたと同時に、無残に裂かれた二本の触手が力なく草原の上に倒れた。

鮮やかで、無駄のない圧倒的な剣技に、アキは言葉を失い立ち尽くすしかない。

だが、切り裂かれた触手もすぐに再生を始める。我に返ったアキは青年に避難を呼びかけようとしたが、その前に青年がアキに尋ねた。

「もしかして、もっと根本を叩かないと駄目ですか？」

「え？　あ、ああ、そうだけど、すぐに避難――」

「わかりました」

青年の手の中で双剣が消え、代わりに銃身の長い小銃が現れた。立ったまま小銃を両手で構えた彼は銃に顔を寄せ、狙いを定めると、ためらいなど一切ない仕草で引き金を引く。

立て続けに二発の銃声が轟いた。空気を切り裂き一直線に進む二つの弾丸は次第に青い炎をまとい、大きな青い火球となって、森の付近にある触手に衝突する。

銃撃を受けた触手が、衝撃で大きく跳ねた。同時に弾丸が当たった部分にぽっかりと穴が開き、触手が千切れる。

もう損傷箇所が修復される気配はなかった。千切れて草原に倒れた分は直後に消滅し、森に繋がっている部分は音もなく森の奥深くへと姿を消した。

異形の怪物が暴れる戦場と化していた草原は、のどかな春の風景を取り戻した。

「おいアキ！　大丈夫か？」

焦った声にアキが振り返ると、血相を変えたヴェルトルが駆け寄ってきたところだった。ヴェルトルの背後には警報を聞いて駆け付けたと思しき団の同僚たちがいる。

「俺はなんともない。学生たちは？」

「全員無事だよ。逃げ遅れたやつも、さっき保護した」

「そうか……よかった」

「先に戻ってる。アキも来いよ。そいつ連れてな」

ヴェルトルは金髪碧眼の青年を一瞥すると、踵を返した。一瞬だけ青年に向けられたヴェルトルの目は、興味深いものを見つけたように細められていた。

だが面白そうな反応を示しているのはヴェルトルくらいのもので、結界の張り直し作業に取り掛かっている同僚たちは、まるで得体が知れないものを見るような目で青年を窺っていた。それも無理はないだろう。まだ実戦経験がないはずなのに一人で易々と魔障の暴走を鎮圧した彼の姿は、賞賛や感心よりも、畏怖の念を抱くに値する。

「……なんで」

他に確認するべきことはいくらでもあるのに、アキの口から漏れたのはそんな言葉だった。

「なんで、あんなことできたんだ。まだ何も教わってないのに」

実習生は、魔杖を自分の適性に合った武器に変化させるだけでも優に一ヶ月はかかる。その後、対魔障を想定した戦闘訓練を行い、現場経験を積み、一人前の辺境魔術師となるのだ。成長にはもちろん先達の教えや補佐が不可欠で、最初から一人前以上の力を発揮できた者など未だかつて存在したことはない。六年前の暴走で英雄となったヴェルトルでさえ、あの時点で多少は訓練を重ねていた。

青年は困ったように小さく笑い、頰を掻いた。

「なんと言いますか……感覚で、こんな感じかなって思って、やりました」

やろうと思ってやってみたら、できた。青年にとってはそれだけのことなのだ。多くの者が一段、一段、丁寧に上がっていくしかない階段を、一足飛びにひょいと駆け上がる。

高い身体能力と、膨大な魔力と、優れた魔術的センス。魔障相手でも臆さない度胸と、すぐに消滅の条件を察した勘の良さ。天賦の才と呼ぶしかないもの。

正真正銘の天才を前にしていると悟ったアキの肌が、ぞわ、と粟立った。

「あ！　そうだ！　書類！」

青年は手にしたままだった小銃を魔杖に戻してベルトに下げると、軽く手首を振った。するとどこからともなく一枚の紙が現れ、青年はその紙をアキに差し出す。

「すみません。俺の実習依頼書、手違いで全然違うところに届いてたみたいで……その関係で遅れました」

アキは震える手で実習依頼書を受け取った。文字列に視線を落とし、文面を確認する。氏名欄に記された名を心の中で読み上げたとき、記憶の蓋が開いた。

「ユース・グラントです」

それはグラント公爵の末子にして、アキが六年前に守れなかった少年の名だ。

「命を救ってくれたあなたに、俺はずっと憧れていました」

かつて十六歳だった少年は、あれから六年が経過した今、二十二歳の青年となってアキの前に現れた。冴え冴えとした春の空を思わせる青の瞳に、アキへの深い感謝と憧憬を宿して。

どうして、というアキの問いかけは、今度は言葉にならなかった。どうして守りきれなかった相手に憧れなど向けるのか。やや緊張しながらも嬉しそうな彼の表情を、どんな顔で見つめ返してやればいいのか。アキにはわからない。わかりたくもない。

ただ一つわかっていることがあるとするならば、アキは彼――ユースの極めて純粋な敬愛を受け取るに値する人間ではないということだ。

「俺を弟子にしてください」

アキの複雑な心中などつゆ知らず、ユースは頬をうっすらと紅潮させて懇願する。期待と高揚が入り混じった表情は眩しく、アキは思わず目をそらしそうになるのをぐっと堪えた。

わざわざ辺境の街を訪れたユースの真摯な思いを、踏み躙る真似などできるだろうか。責任よりも自らの快不快を優先できる人間であれば、アキは卒業実習説明会に赴いた翌朝の時点で、ヴェルトルに弟子を任せられている。

息を吸って、吐いた。心臓に巣食う罪悪感に蓋をし、変わらない痛みを封じ込めた。

「……わかった」

アキが弱々しく承諾すると、ユースはぱっと顔を明るくした。続けて流れるように草原に片膝をつき、跪くと、恭しくアキの左手を取る。

既視感のある光景にアキが身構えたとき、ユースは以前やったのと寸分違わぬ仕草で、アキの左手の甲にキスを落とした。

敬愛のキスをアキに捧げるユースは、アキの左手に顔を寄せたまま、上目遣いで微笑む。癖のない金髪の向こうに透けて見える瞳は、熱心にアキを捉えて離さない。

物語の中に登場する王子を彷彿とさせる姿で、ユースは言う。

「よろしくお願いします、先生。できたら、末永く」

それは何か違うのではないかとアキは思う。同時に決意する。師の手にキスをする必要はないと教えるところから始めよう、と。

2

ユースが魔杖を白い円柱に向けると、円柱が淡い青色の光に包まれた。その光は円柱の左右にある半透明の青い壁へと広がり、結界の表面を光の波が流れていく。

魔杖を取り出したアキは先日と同様に火球を結界に放った。すると火球は結界に触れた瞬間に跡形もなく消える。結界の表面も滑らかなままで、罅割れなどはなく、十分な強度があることが確認できた。

「うん、大丈夫そうだな。よくできてる」

「本当ですか？　ありがとうございます」

ユースは心底嬉しそうに破顔する。

「先生の教えのたまものですね」

「……最近の学院では師をおだてる方法でも教えてんのか？」

「え？　そんなのないですよ。どうしたんですか、先生」

きょとんとしたユースの反応から、謙遜でも世辞でもない本心からの言葉であることは明らかだ。半月ほどの付き合いで察したことだが、この裏表のない性格の弟子は、こちらが戸惑うくらいに素直すぎるきらいがある。

「……なんでもない。次、行くぞ」

反応に困ったアキは会話を断ち切り、隣の円柱に向けて足早に歩き出した。

師弟関係になって半月が経過したアキとユースはこの日、草原にある結界の張り直し作業を行っている。時間が経つにつれて徐々に脆くなる結界の強度を保つため、結界の上に結界を重ねて張るのも辺境魔術師の重要な仕事だ。

ユースが結界を張り、アキが強度を確認する。同じ作業を繰り返す中でユースが持つ能力の高さを改めて目の当たりにし、アキは内心で舌を巻いていた。実際には、よくできている、などという褒め言葉では不十分なほど、ユースが張った結界は見事な出来栄えなのだ。

その実力は学院の試験においても遺憾なく発揮されているようで、実習依頼書に記されていたユースの最終学年前期の成績はほぼ完璧に近かった。ユースの成績に比べたら、学生時代のアキの成績など塵に等しい。

加えて感心するべきは、これほど優秀であれば高慢になってもおかしくはないのに、ユースには思い上がったところがまったく見られないという点だ。

ユースが次に魔杖を向けた円柱が光に包まれたとき、円柱がわずかに震えた。異変に気づいたアキはユースの魔杖の前に手をかざす。

「強すぎる。少し抑えて」

ユースが使う魔力量を減らしたのだろう。円柱の震えはすぐに収まった。結界の強度を確認してから、アキはユースに向き直る。

「あんまり強い魔力を注ぐと、円柱が耐えられなくなる。ユースは魔力の量が人より圧倒的に多いし、それを簡単に扱えるだけの能力があるから、やりすぎに注意が必要だな」

「はい。わかりました」

ユースが魔杖を軽く振ると、空中に黒い手帳と羽根ペンが現れた。ユースは手帳に素早く何かを書きつけ、再び魔杖を振って手帳とペンを消す。

短い間の出来事ではあったが、アキはユースが開いていたページが手帳のかなり後ろのほうであることに気づいていた。アキの教えを丁寧に記すものだから、半月前に使い始めた手帳の残りのページはあとわずかとなっている。

実力は申し分なく、優れた才能を持ちながらも驕らず真面目で、あらゆることに熱心に取り組む。屈託のない態度や礼儀正しい振る舞いにも好感が持てる。

それでも、アキにはユースとの付き合いにおいて思い悩む部分があった。

「先生、今日もお昼、ご一緒していいですか？」

午前の仕事を終え、本部へと戻る道すがら、ユースがそうアキに尋ねた。

「いいけど……」

「けど？」

「師弟だからって、いつも一緒にいなくていいんだからな。家も同じなのに」

ソフィアに快適な暮らしを提供してもらった身で、弟子を狭い宿舎に押し込めるのは忍びない。そう考えたアキがユースに「部屋も余ってるし、うちに来るか？」と提案したところ、ユースは「いいんですか？　よろしくお願いします」と即答した。ヴェルトルも二つ返事で了承したので現在は三人で暮らしているが、彼は滅多に家に帰らないので、実質的にはアキとユースの二人暮らしだ。

家も同じ、職場も同じ、おまけに自由時間さえも師と顔を突き合わせていたら、さすがに息が詰まるのではないか。アキはそう案じるが、ユースは首を振った。

「先生と一緒にいたいんです。ずっと憧れていて、やっと一緒にいられるようになったので」

まっすぐ伝えられる好意が息苦しさを連れてきて、アキはそっとユースから目をそらした。

感謝と憧憬を理由に、ユースは積極的にアキとの距離を詰めようとする。だがユースが迷いなくアキに向ける感情は、自責の念に苛まれるアキにとってはやはり眩しすぎた。

「……俺相手にそんな熱烈なこと言ってないで、ちょっとは同期ともつるめよ。お前、俺と一緒にいるばかりで、同期と全然付き合ってないだろ。大丈夫か？」

後ろめたさ半分、純粋な心配半分で尋ねれば、ユースは快活に笑った。

「大丈夫ですよ。それに、先生だって同期の人とそんなに仲良くしてないじゃないですか。仲良しなのは、きっとヴェルトルさんくらいですよね」

予想外の発言が降ってきて、アキは思わず目を見開く。

「あれ、違いました？　アキって愛称で呼ぶのはヴェルトルさんだけだから、特に仲良しなのかと思ったんですが」

「いや……愛称は、確かにそうだけど」

ソフィアが団を去った現在、団内でアキを愛称で呼ぶのはヴェルトルだけだ。同期入団の同僚たちとは、アキはあくまで表面上だけの交友関係を築いており、愛称呼びを許すほど親密な仲ではなかった。

友人関係は狭く深くを基本とするアキは、親しい者か否かを明確に線引きし、親しい者にのみ許す領域に親しくない者が踏み込むことは絶対に許さない。そのわかりやすい例が、ユースが指摘した愛称だった。

もちろん、アキはユースに自身の交友関係を詳らかに語ったことはない。ユースはアキとアキの周辺人物が交わすやり取りを観察することで、アキとヴェルトルの関係性が、アキと同期の関係性とは異なると見抜いたのだろう。

とはいえ、ヴェルトルは特別だと抵抗なく認められるほどアキは素直なたちではないし、特別扱いの理由が不毛な恋心である以上、認めるのは憚られた。

「……ヴェルトルは幼馴染だから。付き合いが長いだけで、特に仲が良いってわけじゃない」

同居までしているくせに特別ではないなど、我ながら雑な誤魔化しだと思うが、ユースは意外にも「そうなんですか」と納得した素振りを見せた。

「……確かに、先生の言うとおり、同期との関係も大事ですよね」

ユースがちらりと目をやった方向には、本部に向かおうとする実習生数名の姿がある。実習生たちが毎日本部内の食堂で昼食を共にしていることは、アキとて知っている。

「今日は同期とお昼にします。だから夜は家で、一緒に食べられると嬉しいです」

ユースはそう言い残すと、近くにいた同期数名のもとに駆け寄った。若者たちは笑顔でユースを迎え入れ、ユースは自然に輪の中へと交ざる。

常にといっていいほどアキと一緒にいるのに、ユースは同期との付き合いもそつなくこなしているらしい。ユースの楽しげな横顔からは、アキにはない器用さが窺える。

アキは同期とさほど親密にしていないと看破したくらいだ。そんなアキの話で気が変わったとは思えないから、ユースはおそらくアキの抵抗感を察し、気を遣ったのだろう。

弟子に気遣いをさせた自らの至らなさを痛感し、アキは小さく嘆息する。

アキはユースの好意にふさわしい人間ではないが、師を引き受けた以上は彼の面倒を見るという責務がある。罪悪感と師としての責任感の間で、どうユースと接すればよいか、アキはまだ摑み切れずにいた。

「アキルス、ちょっといいか？」

本部のロビーに入ったところで、三十過ぎの先輩団員に呼び止められた。アキが足を止めると、面倒見の良さに定評がある彼は困り眉で両手を合わせる。

「悪い、ちょっと今日の夜勤の件で相談があってさ」

彼が言うには、この日の夜勤担当が体調を崩し勤務が難しいため、代わりを探しているとのことだった。もちろん朝まではなく、日付が変わる頃まで夜の番を務めてもらえれば問題ないから、と彼は付け足す。

「ああ、はい。わかりました。残りますよ」

「ありがとう。助かるよ」

「いえ、俺が役に立てることであればやるので」

団は人数に余裕があるとは言えないので、時おりこうした長時間勤務が発生する。加えてアキの生真面目さは団内に知れ渡っており、代役を探す必要が生じた際は高確率でこちらに話が回ってくるため、もはや慣れっこだった。

ヴェルトルのような活躍はできない以上、役立てることがあれば積極的に引き受けるべきだとアキは考えている。決して自分を卑下しているわけではなく、組織内における自分の役割は誰かの補佐にあると認識しているだけだ。

組織は、ヴェルトルのような鮮烈な輝きだけでは成り立たない。輝きの陰には必ず、地味にも見える仕事を地道にこなす者の働きがある。

現時点で既に突出した実力を発揮しているユースも、ヴェルトルと同じ側の人間だろう。そこまで考えたところで、アキは先ほど別れ際にユースが告げた言葉を思い出した。

「……あ」

夕食は家で共にしたいとユースは言っていた。しかしアキが夜中までの勤務になったので、ユースは一人で家に帰り、夕飯も別々にとることになる。

「どうした？　もしかして、用事とかあったか？」

「いえ、弟子のことで、ちょっと……でも大丈夫です」

ユースの落胆を思うと胸が痛むが、仕事なのだから仕方がない。

「ああ……弟子を取ると、難しい部分も出てくるよな」

彼はアキが弟子に関して悩みを抱えていると解釈したらしい。当たらずと雖も遠からずといった発言にアキが曖昧な反応をすると、彼は少しばかりアキに顔を寄せた。

「特に、アキルスのとこのあいつは、貴族様だし」

潜められた声には明らかに嘲笑が混ざっていた。目には安全圏から密かに人を貶そうとする者が持つほの暗い喜びが宿り、話の方向性を察したアキは胃のあたりに不快感を覚える。

設立時の対立を理由に貴族が辺境魔術師を嫌厭するのと同様に、辺境魔術師もまた大半が貴族に嫌悪感を向けている。

「なあ、アキルスはどうしてあいつがここに来たと思う？　俺たちを嫌ってる貴族様が」

「どうしてって……辺境魔術師を志望したからでしょう」

「ははっ。そんな真面目に答えるなよ」

だったら俺に聞くんじゃねえクソが、と口走りそうになったところをかろうじて堪える。一応は先輩なので、口の悪さを発揮しないで済むならばそれに越したことはない。

「どうせ薄っぺらい実績作りのためだろうよ。辺境魔術師団での経験なんて、お仲間の貴族たちは誰も積んでない。中央魔術省に入ったあと、自分は他のやつらとは違うことをしてきたんだって、アピールするつもりじゃないか？」

ようするに、ユースが辺境に来たのは中央魔術省での出世の足掛かりにするためと言いたいらしい。そんなわけがないだろうと呆れると同時に、アキの中で小さく怒りの火花が散る。

ユースがわずか半月で一冊の手帳を使い終えようとしていると知ったら、彼は何を思うのだろうか。

「あとは、父親に嫌われてて、ここに追いやられたか。なんでも、公爵夫人には全然似てないらしい。おまけに十五か十六くらいまで不自然に存在が秘匿されてたって話もあって、だからその年齢まで隠されてた妾腹なんじゃないかって噂だ」

愉悦をはらむ粘着質な声が鼓膜を叩く。この人はこんなにも下卑た表情をする人だっただろうかと、アキは頭の片隅で考えた。情に厚い人であるはずだった。胸の内で激憤が膨れ上がると同時に、むなしさや哀れみに似たものが心をかすめて消えていく。

「なあ、少し頼まれてくれないか？」

「……何をですか？」

「実績作りか、親父に嫌われて追いやられたのか。本当のところはどっちなのか、何人かで賭けてるんだ。師匠として、それとなく真相を探ってきてくれよ」

頭の中で何かが切れ、感情を抑圧していた蓋が弾け飛んだ。

弟子をここまで侮辱されているのだから、アキがこの場を穏便に済ませなければならない理由など、もはや欠片もありはしないだろう。

「ずいぶんと馬鹿げたことに時間と労力を割いてるんですね。いや、あったところでもうどうでもいい。暇なんですか？」

意気揚々と語っていた彼の顔から、さっと血の気が引いた。

「賭けがしたいなら賭場に行けよ。俺の弟子をくだらねえ暇つぶしに利用してんじゃねえ」

うっかり口の悪さまで解放してしまったが、口調に関してはのちほど謝罪すれば済む話だ。アキが彼に頭を下げることなど、ユースが侮蔑されることに比べればずっと安い。

「今ここにいるあいつのことを、貴族様なんて大雑把な枠に当てはめて雑に語るなよ」

七十年以上前の団設立時における対立を未だに引きずり、貴族から野蛮な連中だと見下されることは、アキとて憤りを覚える。だが、真摯に仕事に取り組むユースの姿を目撃しているはずなのに、貴族だから裏があるに違いないと幼稚な理屈で嘲笑う姿勢は、辺境魔術師は皆一様に野蛮だと決めつけ馬鹿にする貴族と大差ない。

その人の立場や所属する集団だけを見て、その人自身に対する視線は持たず、偏見だけをもとにその人を語る。それが恥ずべき行為であるという自覚を、アキは決して失いたくない。

「あいつのことを何も知らねえなら、何も言うな」

ユースが六年前に発生した暴走でアキと共に命を落としかけた少年であるという事実は、アキやヴェルトル、隊長や団長といった団の要職に就く者など、限られた人間しか知らない。ゆえに辺境を選んだユースの選択の重みを、彼が察することができないのも無理はない。

だからこそ、アキは思う。死にかけた場所に戻ってきたユースの覚悟を、無自覚に踏み躙る行いはしてくれるなと。

凍り付く彼をその場に残し、アキは足早に歩き出す。アキの荒っぽい声は思いのほかロビーに響き渡っていたようで、周囲には遠巻きに二人の様子を窺う者たちの姿があった。

若干の気まずさが胸に芽生えたが、今さら気にしたところで既に遅いうえ、後悔はない。そのままロビーを出ていこうとしたアキだが、そこでふと足を止め、振り返った。少し離れたところには、まだ顔面を蒼白にした彼が立ち尽くしている。

「夜は残ります。ご心配なく」


夕日を浴びて橙色に染まった草原から、赤黒い木の根に似たものが生えている。先日結界を破った魔瘴の触手と外見は似ているが、長さはアキの腰くらいまでしかない。強度も低く、アキが剣で触手を断ち切ると、触手は赤黒い液体を巻き散らしてすぐに消滅した。

「ヴェルトル、そっち終わったか？」

「これが最後だ。もう終わる」

ヴェルトルは自身の背丈以上の長さがある大剣を振りながら答えた。幅が広い刃がついたその剣はかなりの重量だろうが、ヴェルトルの動きはナイフでも扱うように軽やかで、地面から生えた触手を素早く的確に切断した。

アキは風に草花が揺れる草原を見渡した。鬱蒼と茂る森の手前、視認できる範囲には、もう赤黒い木の根は生えていない。駆除完了と判断していいだろう。

森と地続きである草原、特に結界を越えた先では、時おり魔瘴の分身が出現する。放っておくと巨大化する危険性もあるため、分身を発見、駆除する見回りも辺境魔術師の仕事だ。

武器を魔杖に戻したアキとヴェルトルは、街の方向へと歩き出した。沈む寸前の太陽が放つ最後の光が背後から差し、二つ並んだ影が草原に伸びている。かすかな音を立てて草が風に揺れるさまは波にも似て、少しずつ夜が侵蝕する光景が物寂しい。

「思ったより時間かかっちまったな。ということでアキ、報告書よろしく」

「ということで、の使い方がおかしいだろうが」

「俺が行った小学校ではこう習ったんだ。アキんとこは違ったかもしれないが」

「お前が行った小学校は俺が行った小学校と同じだよ」

「まあまあ。俺が書類仕事苦手だって知ってるだろ。お願い、アキちゃん」

ヴェルトルに肩を抱かれ、甘いささやきがピアスに貫かれた左の耳朶を撫でる。背中が震えそうになったアキは、肘で乱暴にヴェルトルの体を押しのけた。

「わかった。わかったからくっつくな」

「さすがアキちゃん。大好き」

中身が伴わない空っぽの言葉だとわかっていても、乱れそうになる自らの心が恨めしい。

アキはいつまで、惚れた弱みでヴェルトルを甘やかす日々を続けるのだろう。さすがに不毛すぎるのに、楽だからと惰性で続けてきた時間の終わりは見えない。

隊長への帰還報告を済ませると、ヴェルトルは早々と帰り支度を済ませて退勤していった。既に定時は過ぎているから、本部にはユースの姿もない。アキは残業組と夜勤組の中に交ざっていくつかの仕事を片付けたのち、再び本部の外に出た。

太陽は地平線の下に隠れ、辺りには完全に夜の帳が下りていた。

街の家々や酒場に灯る明かりがぼんやりと街全体を包み込む一方、草原には闇が黒々と広がる。アキは街の中心部からほのかに伝わる平穏な喧噪に背を向け、草原へと足を踏み入れた。

夜になると、立ち並ぶ白い円柱が結界と同じく青色に発光しているのが見て取れる。しかしその光は街を包む明かりのあたたかさとはまるで別物だ。どことなく冷たく、鋭利で、硬質なものに感じられるのは、光の向こうに黒々とした森の輪郭が見えるからだろう。

時おり、細長い魔瘴の触手が森から空へと伸び、すぐに森へと戻る。魔の気が強まる夜間になると、魔瘴は活発になり、上空に向かって触手を伸ばす。街の方向へと伸ばしてくることは滅多にないが、それでも日の出までは特段の警戒が必要だ。

アキは街と結界の間、そのほぼ中間地点で足を止めると、草原の上に腰を下ろした。聞こえてくるのは冷えた微風が草を揺らすかすかな音のみで、荒廃した世界にたった一人で取り残されたような、漠然とした寂しさがするりと足元に寄ってくる。

その孤独感のせいだろうか。なぜだかひどく、疲れを感じた。

ユースを侮辱する先輩団員に言い返したことに後悔はなく、先ほどヴェルトルを甘やかしたのも結局はアキが選択した結果だ。それでも人との衝突は多かれ少なかれ精神を消耗させるものであるし、自身のヴェルトルへの態度には情けなさも感じる。

アキは心に重くのしかかる疲れをため息に乗せ、追い出した。日付が変わるまで夜の番を務めたら、さっさと帰って酒でも呑んで、風呂に入って寝てしまおう。

肉体的な疲労も、精神的な疲労も、そうやって一人でどうにかしてきた。一人でどうにかやり過ごすことにはもう慣れていた。

「あ！　いた！」

聞こえるはずのない声が響き、驚いたアキは反射的に振り返った。

　頭上に光の球を浮かべたユースが、こちらに向けて駆けてきていた。彼とその周囲を照らす光は闇に慣れた目にはひどく眩しいが、街の光に似た柔らかさとあたたかさがある。

「ユース、なんでここに……」

「先生、前に言ってたじゃないですか。夜勤のとき、他の人は本部の中にいるけど、自分は外にいるって。だから先生に会うならこっちかなと」

　魔瘴が暴走して結界が破られれば警報が鳴るので、本部で待機していれば緊急時も十分に対処が可能だ。それなのにアキが結界の前で見張りを行うのは、より迅速な対応をするためであり、そうすることで自身の不安を軽減するためでもあった。

　脳裏にこびりついた六年前の記憶と、過去の情景に結びついた恐怖を、アキはどうしても拭い去ることができずにいる。最も素早い対応が可能な状況に身を置かなければ、どことなく落ち着かない心持ちがしてしまうのだ。

　必要もないのに暗い中で魔瘴を監視するアキは、一部の団員からクソ真面目と揶揄されている。感心の裏で冷笑する彼らを、アキは心の中でクソ平和ボケ野郎共と呼び、裏で何を言われても気にしないことにしている。

　自分のために行っていることだから、他者からどんな目で見られようと構わないうえ、他の人間に同じ行いは求めない。外で見張りをしていると以前ユースに話したのも、彼に自分と同じやり方をさせようという考えではなく、ただ事実を伝えたまでだ。

ゆえにユースが当然の顔をしてアキの右隣に座り込んだのを見て、アキはぎょっとする。

「おい、なんで座ってんだ。帰れ。いや、そもそもなんで来たんだ」

「まあまあ、そんなつれないこと言わないで」

軽やかに笑ったユースが手を振ると、草原に持ち手がついた籠が現れた。

「はい、先生。夜は冷えますよ」

ユースは畳んだ毛布をアキの膝にのせると、毛布の下に収めてあったティーポットと二つのカップを取り出した。丸みを帯びた陶器製のティーポットと、外見の美しさより実用性を重視した大きめのカップは、どちらも家で日頃から使っているものだ。

ユースがティーポットを傾けると、清涼感のある紅茶の香気と共に、白い湯気がふわりと立ちのぼった。紅茶を満たされたカップを受け取れば、自分で思うよりも体が冷えていたのか、カップから伝わる温度で手がじんと熱くなる。

差し入れに来てくれたと思えば、さすがに帰れと突き放すのはためらわれた。アキはカップで両手を温めながら、小声で呟く。

「……悪いな、わざわざ」

「いいんです。俺がしたかっただけですから。先生が暗い中に一人でいるって思ったら、あたたかいものの一つや二つ、持っていきたくもなります」

あくまで自分の望みだと告げることで、自分の厚意を相手が受け取りやすい形に変える。こういうところが、やはり器用だ。

「俺、嬉しかったんです。先生が俺を庇ってくれたこと」

ユースの唐突な発言に、アキはカップを口元に運ぼうとしていた手を止めた。昼間の先輩団員との衝突を目撃されていたのだと、一瞬遅れてから気づく。

「あの人、基本的に物腰穏やかで実習生からも信頼されてるんですけど、俺に対してだけは当たり強かったんですよ。そういう人は別に珍しくなくて、団内では俺にだけ態度を変える人のほうが多数派です」

結界を見つめて淡々と語るユースの声には、疎まれることに慣れてしまったというより、最初から期待していないという達観した響きがあった。

「俺を悪く言う人たちは、特に強い悪意をもって俺個人に憎悪を向けているわけじゃありません。団内で貴族への悪感情が共有されているから、それに染まっただけ。貴族も同じです。大半が辺境魔術師を嫌ってますけど、それはただ周囲の価値観に影響されただけなんです」

自分が常識と認識する考えは、しょせんは自分が所属する組織や共同体内における価値観にすぎず、道義的な正しさから乖離していることなど往々にしてある。かつて、魔術師による非魔術師の支配は正当なものとされていたように。

「俺はどう頑張ったって貴族ですから、俺個人がどれだけ友好的で品行方正でも、歓迎されないことはわかってました。それでもよかったんです。悪く言われるくらいは気にしないし、実害を被った場合は正攻法で対処すればいい。あんまり使いたくはないんですけど、正攻法が通用しない場合に対抗手段として利用できる手札も持ってます」

手札というのは、貴族としての権威にまつわるものだろう。日頃はひけらかさずとも必要な際は迷わず身分を利用するしたたかな姿勢は、これまで見てきた純粋無垢で人懐こい好青年としての姿とは少し異なっていて、アキは密かに驚愕する。

「だから俺、先生が庇ってくれなくても平気でした。先生だって態度には出さなくても貴族の俺に対して思うところがあるかもしれないし、それがなかったとしても団の仲間、しかも上の立場の人間との衝突は避けたいでしょう」

結界を眺めたまま語っていたユースが、不意にアキに視線を移した。晴れ渡った春の空と同じ色をした瞳は、とても柔らかな光を抱いている。

「でも、先生は俺を庇ってくれました」

ユースは穏やかに微笑んだ。笑うと目元と口元が緩み、気品の中に愛らしさが覗く。

「それがすごく嬉しかったんです。ありがとうございます、先生」

「……大袈裟なやつだな。弟子を馬鹿にされりゃ、誰だってそうするだろ」

胸の内がこそばゆくなったアキは、面映ゆさを隠すためにあえて素っ気なく言い放った。こうも素直な喜びを向けられると、どんな顔をすればよいかわからなくなる。だが不思議と嫌な気分ではなくて、疲労感で重かった心がふっと軽くなった。

「……あの、先生」

「ん？」

「あのときの傷、まだ痛みますか？」

その拍子に、右の鎖骨の下あたりが疼いた。六年前に魔瘴が伸ばした触手によって貫かれたそこには傷跡が残り、傷がすっかり塞がった今でも時おり痛みが走る。

「……冷えると、少しだけ」

わずかな逡巡を経て、アキは真実を口にした。言いにくいことでも打ち明ける気になったのは、あの瞬間に深手を負った者同士という奇妙な仲間意識があったからだ。

「俺もです。冷えると少し痛みます」

罪悪感が膨れ上がり、心臓が軋んだ。申し訳なさに自然と目を伏せそうになったとき、ユースの手がアキの膝の上で畳まれたままになっていた毛布を摑んだ。

「だから、二人で冷えないようにしましょう」

ユースは毛布を広げると、並んで座る自身とアキの体を共に毛布で包み込んだ。ユースと身を寄せ合った状態で一枚の毛布にくるまる形になったアキは、突如として縮まった距離に狼狽し、カップを草原に落としそうになる。

「ちょ、何やって……」

「あったかいでしょ？」

右隣にある無邪気な笑顔に毒気を抜かれ、アキは閉口する。

「ほら、先生。もっと寄って」

アキの沈黙を許諾と受け取ったのか、ユースは毛布の中でアキの左肩に腕を回し、アキを抱き寄せた。アキが寄りかかる形になっても、隣にあるユースの体はびくともしない。

六年前はまだ顔にあどけなさを残した華奢な少年だったのに、今ではアキより上背があり、肩幅も広い。端整な横顔は大人びていて精悍だ。精神的にも、きっと強くなったのだろう。心身共に立派な青年に成長したのだと思えば、自然と感慨が胸に溢れた。

闇の中に一人でいたアキのもとに駆け付け、アキを一人置いていくことはせず、ぬくもりを共有する。そんなユースの行いには、六年前に起因する感謝や憧憬とはまた別の、純粋な思いやりが透けて見える。この夜に初めて気づいたそれが、複雑な感情が絡み合い、硬く張り詰めたアキの心を緩めてほぐす。

アキだって、ユースがここに来てくれなくても平気だった。

だが、ユースが来てくれたぶんだけあたたかい。

「……なんか、ユースってうちの実家にいる犬に似てるな。でかくて、あったかくて、まとわりついてくる金色の犬」

「え？　そうなんですか？　つまり犬みたいに可愛いってことですね？　頭、撫でます？」

「積極的だな……撫でられたいのか、お前は」

「撫でられたいです。あんまり優しすぎず、少し強めにわしゃわしゃとお願いします」

ユースは満面の笑みで金髪に包まれた頭を差し出した。

「……なんだ、こいつ。変態の類か？」

「先生、心の声が漏れてます」

「漏らしてんだよ」

「えー、つれないなあ……俺は先生の愛弟子なのに……」

「勝手に愛をつけんな。図々しいぞ」

「じゃあ一番弟子」

「それは、まあ……否定しないでおいてやる」

　今のところアキの弟子はユース一人なので、ユースが一番弟子であるという事実は否定しようがない。すると何かがユースの笑いの琴線に触れたらしく、ユースは「ふっ……」と吹き出した。妙な気恥ずかしさに襲われたアキは、肘でユースを小突く。

「笑うな。何が面白いんだよ」

「いや、だって、先生……はは、変なところまで真面目で可愛い」

　屈託のない眩しい笑顔と、予想外の感想がアキの心をかすかに揺らした。わずかばかり目を見開いたアキは、小さく芽生えた照れくささを誤魔化すために口を尖らせる。

「なに馬鹿なこと言ってんだ。師をからかうな」

　顔を背けたが、ユースに向けた後頭部には絶えず視線が突き刺さる。半ばやけくそになり、アキは手探りで隣にある頭を撫で回した。ユースが嬉しそうに破顔していることなど確認するまでもない。理由は定かでないが、悪い気はしなかった。


　辺境魔術師が行う仕事の一つに、魔障の観測データの回収がある。

「魔瘴の魔力は常時観測が行われていて、得られたデータを魔瘴観測所が解析し、暴走の予兆がないかどうか確認する。ようするに、魔瘴は常に監視されてるってことだ」

ユースにそう説明するアキは、草原に設置された真っ白な正三角柱を魔杖で示した。色合いはすぐそばにある結界の円柱と同じだが、太さはアキの両腕で抱え込めるくらいで、長さもアキの腰ほどまでしかない。

アキが正三角柱の最も上、三角形の面の中心に魔杖で触れると、柱の側面に文字や記号が浮かび上がった。やがて側面の表面は木の皮のように薄く捲れ、草原の上に文字と記号が印字された三枚の紙が落ちる。

アキは紙を拾い上げ、ユースに手渡した。

「この観測機は結界の両端に一つずつあって、両方から観測データを回収する。だから今の三枚と、もう一つの観測機から回収する三枚、合計六枚を観測所に渡せばいい」

「つまり、俺たちの仕事はデータを運ぶだけってことですか？　内容はまったく確認せず？」

「そう。データを読むのは観測所の仕事だから。俺たちがデータを回収するのは、単に観測機が草原にあるからだ」

草原は魔瘴暴走時における危険性が高い区域であるため、基本的に辺境魔術師以外の立ち入りは禁じられている。ゆえに、辺境魔術師は観測所の職員に代わってデータ回収を担うのだ。

「それに、魔瘴の観測データの解析はかなり複雑で、専門的な知識や技術、何よりこの分野の魔術的なセンスが必要だ。向き不向きがはっきり表れる分野だから、読めって言われても読めないんだよ。俺はもちろん、団長とか、ヴェルトルとかもな」

　魔術的センスは後天的に獲得するものというよりは、生まれ持った部分が大きい。いくら戦闘に特化したセンスを有する辺境魔術師といえども、一流の精度でデータ解析を行える者はアキが知る中では一人もいない。だからこそ同じ魔瘴対策機関でも、防衛を専門とする辺境魔術師団と、観測と監視を専門とする観測所で、役割分担がなされているともいえる。

「だから読めるのなんて、観測所の専門解析官か、魔瘴研究者くらいだろうな」

「そうなんですか。俺はこのデータの読み取り、けっこう楽しいと思いますけど」

　自然な調子でさらりと告げられた感想に、アキはぎょっとする。

「ユース、お前……読めるのか？」

「学院で魔瘴観測学の講義を取ってたので、基本は押さえてます。必修じゃないから、先生は取らなかったんですね」

　アキが無言を貫いていると、真実を察したらしいユースが続けた。

「選択したけどちんぷんかんぷんで、単位落としたんですね」

「うるさいな。言っておくけど、大半のやつがそうだからな。あの講義、落単率八割だぞ」

「不思議ですね。教科書読めばわかるのに……」

「この野郎……可愛くねえ……」

「またまた、愛弟子にそんなこと言っちゃって。素直じゃないんだから」

「調子に乗るな」

アキはおどけた調子で身を寄せてきたユースを肘で押しのけ、もう一つの観測機に向かって歩き出した。置いていかれたユースがすぐさま続き、アキの隣に並ぶ。

ユースの弟子入りから早一ヶ月が経過した現在、アキとユースの間におけるぎこちなさは完全に消え失せていた。

六年前の一件を関係性の根底としながらも、近頃は六年前の件を抜きにしても成り立つ師弟関係を築けているとアキは感じている。ユースの言動の端々から、強烈な憧憬や深い感謝とはまた別の、柔らかな質感を持つ親しみが伝わってくるからだ。

もっとも、まるで友人相手のようなユースの気安い態度に、自分たちは師弟として正しい関係なのか首を捻りそうになるときもある。しかし平凡な魔術師であるアキにソフィアのような威厳ある師は到底務まらないうえ、相手は天才ユースだ。現場経験を除外した実力だけで言えば既にユースがアキを上回っている以上、一般論に当てはめて考えるべきではない。

アキがユースにしてやれることはどれだけあるだろう。師としての力不足を思うと、悔しさと共に若干の切なさがアキの心を撫でた。

もう片方の観測機では、ユースにデータ回収を任せた。ユースは草原に落ちた三枚の紙を拾い上げると、さっそく嬉々として六枚の紙を見比べ始める。

ところが、すぐにユースの横顔に影が差した。

「……これ、少しおかしくないですか？」

「え？」

「普通、この右側の――」

ユースは懸念を露わにして詳細を説明するが、あいにくアキにとって魔瘴の観測データは古の時代で用いられ、既に廃れてしまった言語に等しい。忸怩たる思いになりながらも観測所の解析官に報告するよう促して、アキはユースを連れて本部の隣にある観測所へ向かう。

ユースが気づいたくらいだから、解析官も異変として認識するだろう。アキはそう考えていたが、データを受け取った解析官の反応は意外なものだった。

「ああ、これは気にしなくて大丈夫ですよ」

三十代半ばと見られる解析官は、眼鏡の丸いレンズの奥で朗らかに笑った。

「確かに珍しいですが、問題ないでしょう」

暴走の予兆かと身構えていたアキは拍子抜けして、ほっと胸を撫で下ろした。一方、ユースは納得できないようで、控え目に進言する。

「でも、珍しいものが出た理由があるはずですよね？　もっと詳しく調べて、原因は突き止めておいたほうがいいのでは……」

「うーん、大丈夫だと思いますけどね」

六枚の紙に視線を落とした解析官は眼鏡を指先で押し上げると、やや剣呑な眼差しをユースに向けた。

「灰色のローブってことは、あなた、実習生ですよね？　学院で少しは勉強してきたのかもしれませんが、現場では教科書通りにはいかないことも起こるんです」

現場経験のない実習生、しかも観測所ではなく辺境魔術師団の若手に指摘されたことが解析官としてのプライドに傷をつけたらしい。続けてアキを一瞥した彼は、自身よりも明らかに若いアキを取るに足らない相手と判断したのか、薄い唇の端を歪ませる。

「辺境魔術師の仕事はデータを観測所に持ってくるまでです。頭を使う仕事は我々に任せて、どうぞ、草原を駆け回る通常業務に戻ってください」

ようするに、馬鹿でも務まる肉体労働者はさっさと出ていけというわけだ。日頃は温厚な態度を崩さない人だったが、腹の中では辺境魔術師への悪感情を溜め込んでいたあたり、もしかしたら彼は貴族の出なのかもしれない。これ以上の問答は事態を悪化させるだけと考えたアキは、ユースのローブを引いて足早に観測所をあとにした。

ユースと共に団の本部に戻ったアキは、ロビーの隅で足を止めた。

「悪い。俺が小物だったせいで、取り合ってもらえなかった」

「いえ、俺が門外漢のくせに口を出したのが悪いんです。すみませんでした、先生にも嫌な思いさせて」

「そんなことは気にすんな。それより……あのデータ、まだ気になるか？」

問題なしという解析官としての判断は信頼に足るものだとアキは考えているが、実際にデータの異変を発見したユースの意見も聞いておきたかった。するとユースは神妙に呟く。

「……魔瘴の暴走予測が成功しているのは、全体の五割弱ですよね」

魔瘴は常時観測を行っているものの、暴走を完全に予測できているとは言い難い。現に、六年前のあの日も、実習生を迎え入れた初日も、暴走は前触れなく発生した。

重苦しい沈黙が二人の周囲に下りかけたとき、ユースは悩ましい表情を消し去った。

「でも、あの人が大丈夫だと言うんだから、問題ないんでしょう。俺より知識も経験もある人がそう判断したんだから、間違いないです」

「……そうか？」

「はい。先生も、この件はもう忘れてください」

不安を排除した声は、あえて明るくしているようにも聞こえた。違和感を覚えるアキだが、ユースがこの件に関してこれ以上言及することはなかった。


早朝の家の中、なるべく足音を立てないよう、慎重に階段を下りてくる者がいる。

「あれ、先生。早いですね。おはようございます」

リビングから廊下に現れたアキを見て、階段を下りてきたユースは微笑んだ。普段どおりの表情にも見えるが、アキはその笑顔がこの場をやり過ごすためのものであると確信している。

「おはようございます、じゃないんだよ。こんな朝っぱらからどこに行くつもりだ」

「ちょっと、王都の友達に会いに行こうかと。ただの遊びですよ」

「わざわざローブ着て？」

休日だというのに灰色のローブを羽織ったユースは、アキの追及を受けて黙り込んだ。

「本当は、昨日の観測データを学院の教授にでも見せに行くんだろ」

魔瘴の観測データに現れていた異変への指摘を観測所の解析官に一蹴されたユースは、違和感を覚えるほどあっさりと身を引いた。その行動から、観測所には期待できないと判断し、再度回収したデータを別の有識者に見せることにしたと予想するのは容易い。そして魔瘴の観測データを解析できる能力を有している者で、ユースが顔見知りである人間は、学院で魔瘴観測学の講義を担当している教授くらいのものだった。

もう言い逃れるつもりはないのか、ユースは気まずそうに口を開く。

「……データに現れている異変が暴走の兆候だとして、このまま見過ごしたら、十分予測できたはずの暴走が予測できないまま発生することになります。そう考えたら、居ても立ってもいられなくて。もし六年前みたいなことになったら、俺は絶対後悔するから」

早朝の静寂が満ちる廊下に、痛々しいほど切実なユースの声が落ちる。彼の胸を激烈に震わせているであろう感情を思うと、アキの胸もぐっと締め付けられる。

目の前に転がってきたものが六年前の再来を示している可能性に気づきながら見逃し、もし近い将来あの日と同規模の暴走が発生したら、生涯後悔の念に苛まれるに違いない。

不意に、ユースは足元に落としていた視線を上げた。青の瞳は揺らがず、ある種の覚悟を決めていることを思わせた。

「でも、これは俺の個人的な感情です。俺が一人で不安になっているだけです。だから団にも先生にも、迷惑をかけるつもりはありません」

　昨日、観測所から本部に戻ったアキに意見を求められた際、ユースは払拭しきれない懸念をアキに隠した。その理由が、職務から逸脱した行動の責任をすべて自分で背負うためであったのは言うまでもない。

「馬鹿だな。迷惑くらいかけろよ、俺には」

　ユースはわずかに目をみはった。

「俺は確かにユースより魔力は弱いし、観測データは読めないし、団の中じゃ若手だし、ヴェルトルみたいに目立った功績があるわけでもない。頼りなく感じる部分ばかりだろうから、頼れとは言わないよ。でも、それならせめて俺を利用しろ。俺に押し付けられる責任は全部俺に押し付けて、俺の人脈でも経験でもなんでも自分のために使え」

　己の力不足を歯痒く思う気持ちはある。だが、それが現実である以上、アキはアキなりにユースを支える方法を模索しなければならない。

　たとえユースがどれほど優秀であろうとも、貴族というだけで彼を疎み、若者というだけで見下す者がいる。優れた能力を持つ人格者であれば自然と道が切り開けるほど、人の心も人の世も綺麗ではない。

　だからアキは、ユースが自らの力ではどうにもならない問題に直面したとき、アキが持てるものやアキの存在を自らの手札として使い、危機を乗り越え、より高いところまで上っていってくれればいいと思っている。アキは、ユースが一人前になるまでの踏み台で構わないのだ。

　それでも構わないから力になってやりたいと願うだけの強い感情が、アキの胸には根付いていた。師としての責任感であり、個人としての純粋な情でもあった。

ユースは聡明な青年だ。決して冷淡ではないが、いざというときは感情を排して合理的な判断を下せるだけのしたたかさがある。だから自らの利益のためにどうアキを利用すればいいか、彼は十分見極められるだろう。

ところが、ユースは苦しげに目を伏せた。

「……嫌です」

「はあ？　嫌ってお前、この期に及んで……」

「先生を利用するのは、嫌です。俺にとって先生は、利用なんてできる人じゃない」

今度はアキが瞠目する番だった。言葉が出ないアキに、ユースは必死そうに言う。

「俺は先生が大事なんです。平気で利用なんてできません。俺にとって先生がその程度の人だなんて……先生にだけは、思われたくない」

思いがけず打ち明けられたユースの本音に、アキは呆然とユースを見上げるしかなかった。

近寄りがたい雰囲気のアキに寄ってくる者は少なく、珍しく距離を詰めてくる者も大半がアキの容姿だけを見ていたから、こんなまっすぐな言葉をもらったのは初めてだ。

「だから、先生。頼らせてください」

ユースの役に立てるならば、踏み台で構わないと考えていたはずだった。だが頼ってもらえるという事実が目の前に転がってきた今、アキの胸には困惑を凌駕する歓喜がじわりと滲み出していた。喜びの自覚には妙な恥じらいが付随していて、アキはぼそぼそと言い返す。

「……頼れとは言わないって言ってんだろ」

「頼りたいんです。頼らせて」

つっけんどんな態度も単なる照れ隠しだと看破されているのか、ユースの声にほのかな甘さが溶ける。心を見透かされていることが悔しくて、でも悪い気はしなくて、だがやはり素直に嬉しさを認めるのは抵抗があり、アキは視線を横に逃がす。

「……教授は観測所との繋がりも強いから、データを見せたら観測所にも話が伝わって、団との間に軋轢が生まれるかもしれない。だから教授じゃない人間に見せたほうがいい」

「先生、当てがあるんですか？」

「俺の同期に優秀な魔瘴研究者がいるんだ。そいつに見せよう。行くぞ」

「ちょっと待った」

さっそく玄関に向かおうとしたところで、ユースに腕を摑まれた。アキが怪訝な顔で振り返ると、ユースは笑いを嚙み殺したような顔でアキの後頭部を見つめている。

「先生……その寝ぐせで行くつもりですか？」

問いの意味をすぐには理解できず、アキの頭の中が真っ白になる。沈黙が下りたが、静寂はすぐにユースが堪えきれずに漏らした「ふっ……」という笑い声によって破られた。

そこでアキはようやく、失笑を禁じ得ないほどの寝ぐせが己の後頭部に居座っている現状を察した。即座に熱が集まる顔を隠すこともできず、反射的に叫ぶ。

「お前なあ……早く言えよ！」

「早く言えって……言い出すタイミングがなかったじゃないですか。いや、ずっと思ってはいたんですよ。先生、真面目な顔で真面目な話してるけど、寝ぐせが可愛いなって」

「可愛いわけがあるか！　もとはと言えばお前のせいだからな！」

ユースがアキに黙って学院に赴こうとしたから、アキは早朝の起床を余儀なくされ、あまりの眠気に寝ぐせの存在さえ失念する羽目になったのだ。

アキはバスルームに駆け込むと、ユースが入ってこられないようにドアの鍵を閉めた。

「あ、先生！　そんな、締め出さないで……その可愛い寝ぐせ、俺が直しますよ！」

「馬鹿にしてんだろ！　いい子で待ってろ！」

まったく、小生意気な弟子だ。それでもその小生意気な弟子に慕われている現状は決して嫌ではなくて、アキは頬の熱までも冷ますように、頭から豪快に水をかぶった。


「それで、私を頼ってきたと」

本棚や机が所狭しと並ぶ雑然とした研究室で、エレーナは静かにそう言った。

肩までの長さの黒髪は艶やかに流れ、同じ色をした瞳は知的な色が宿る。涼やかな顔立ちのエレーナは基本的に無表情で、友人であるアキを前にしてもにこりともしない。凛とした雰囲気をまとうその姿は、収納しきれない本や紙束といった資料がうずたかく積み上げられた研究室の空気に、一抹の清涼感を与えていた。

　アキがユースと共に向かった先は、学院にあるエレーナの研究室だった。表情を変えずに「おや。どうぞ」と二人の珍客を迎え入れてソファーに座らせたエレーナは、アキから来訪に至った経緯を聞き終えたところで、おもむろに口を開いたのだ。

「これがそのデータです」

　ユースは軽く手を振って六枚の紙を取り出すと、向かいの席に座るエレーナに差し出した。エレーナは紙に記された文字や記号に目を通し、すぐに小さく頷く。

「なるほど。確かに観測所が問題なしと判断したのもわかるくらいわずかなものだけれど、暴走の兆候ではないと断言することはできない。原因は突き止めておいたほうがいいかもね」

　エレーナはソファーの前にあるテーブルに紙を置くと、紅茶のカップを持ち上げた。

「詳しく調べてみようか。半年分くらいのデータを観測所に送ってもらうよ。君たちがこのデータを持ってきたって知られないように、理由に関しては適当に誤魔化しておくからさ」

「面倒なこと頼んで悪いな。あとで礼はするから」

「気にしないで。魔瘴による被害を抑えるのが私の役目だ。君たちと同じくね」

　あくまで己の役割であるというさっぱりとした口調には、恩着せがましさは一切ない。

「もちろん急いで調べるけど……でも、ごめん。少し時間はかかると思う」

「ああ、わかってる。忙しいんだろ」

「それはそうなんだけど……そもそも、魔瘴研究の分野は人手が足りてないんだ。十年くらい前に、研究者がごっそり姿を消したせいで」

約十年前、学院に所属していた魔瘴研究者たちが、一斉に姿を消した。

単に辞職して研究の場から去ったという意味ではなく、全員が家族ともども消息を絶ったのだ。警察によって捜査が行われたが手がかりは摑めず、悪意ある何者かによる誘拐なのか、自らの意思で隠れたのか、事件性があるのか否か、失踪者たちの生死さえ未だ不明だ。

忽然と消えた研究者たちは、皆が魔瘴研究の第一人者といえる者たちだった。この同時失踪事件によって魔瘴研究には十年分の遅れが生じたとまで言われており、失踪事件は人手不足という形で現在の魔瘴研究にも大きな影響を及ぼしている。

「そんなこんなで、人がいなくてね。優秀な若者を呼び込みたいところなんだ」

エレーナの視線がアキからユースに移動し、怜悧な瞳がユースを捉えた。

「アキの弟子のユースくん。君のことは魔瘴観測学を担当した教授から聞いているよ。なんでも、試験満点の天才くんらしいじゃないか。ということで、こんなデータも読めない落単男を師匠にするのはやめて、今からでもうちの研究室に来ない？」

データも読めない落単男呼ばわりされたアキは、飲んでいた紅茶を吹き出しそうになった。全神経を総動員して惨事を防ぐと、何かを言いかけたユースの口を手で塞ぐ。

「いや、いやいや、待て。ちょっと待て」

「ふぇんふぇい、ふぁんふぁぇすふぁ」

「先生、なんですか、と言いたいんだろうが今は黙ってろ」

「……ふはっ」

堪えきれないといった笑い声につられてそちらを見ると、エレーナが肩を震わせていた。滅多に目撃できないエレーナの笑みに度肝を抜かれ、アキは無言で目を瞬く。

「ごめん、ごめん、冗談だよ。アキの弟子を引き抜くなんてしないさ」

「……は？」

「でも、意外なものが見られたな。まさかアキが、可愛い弟子を取られたくないって、こんなに必死になるなんてね」

一瞬の間を置いてから、アキは先ほどの自身の言動が弟子への無自覚な愛着の表れであったことを悟った。途端に顔が熱くなり、アキは慌ててユースの口を覆っていた手を引っ込める。

「……今の、忘れろ」

アキはたまらず小声で呟くが、アキに好意を向ける弟子がやすやすと忘れてくれるはずもなかった。目を輝かせたユースは飛びつくようにアキに身を寄せると、アキの手を握る。

「先生！　大丈夫です。心配しなくても、俺が選ぶのは先生だけですから」

「心配なんかしてない。忘れろ。あと手ぇ離せ」

「またまた、強がっちゃって……俺は先生一筋だから、安心してくださいね」

「師に言うことじゃない。そういうのは、その……好きなやつとかに言え。あと手ぇ離せ」

「俺の大好きな人は先生ですよ」

衝撃的な発言が、頭をがんと殴りつけた。もはや驚きも気恥ずかしさも通り越したアキは、苦虫を嚙み潰したような顔で喜色満面な弟子を見る。

「……お前なあ、大好きとか、俺以外には言うなよ」

「どういう意味ですか？」

「勘違いされるだろ。ユースみたいな顔も頭も性格も良いやつに大好きとか言われてみろ。お前は自分に気があると勘違いするやつが多数現れて、あっという間に修羅場だぞ」

アキの脳裏に、軽薄要素の濃縮液を人型に流し込んで固めたみたいな幼馴染の顔がよぎる。無邪気で人懐こい弟子が、得意技は修羅場の生成と言っても過言ではないヴェルトルのようになった暁には、アキは人目も憚らず慟哭するに違いない。

「なんだ、そういうことですか」

「そういうことって……これは人間関係において大事なことで」

「自分以外に大好きって言うなって、先生がやきもち焼いてくれたのかと思ったのに」

少々拗ねたようなユースの面持ちが、アキの目にぱっと焼き付いた。心臓が小さく跳ねたのは、よほど予想外の言葉だったからか、はたまた別の理由があるのか。声を発せずにいるアキの手を、ユースはぐっと握る。

「俺、誰彼構わず尻尾振るわけじゃないですから。先生だけです」

アキは特別なのだと声高に語る声に、アキを見る澄んだ双眸に、ユースが抱いた激烈な感情が溶ける。その熱さに魅入られたみたいに、アキは青の瞳から目をそらせずにいた。

六年前に抱いた感謝と憧憬。師弟としての親愛と敬愛。それらが入り混じった末に生まれた鮮やかな愛情は、やはり罪の意識を消し去れないアキにとっては苛烈すぎる。まっすぐに向けられた今、何よりも先に立つのは困惑だ。

だが同時に、確かに心の奥深くに甘みを帯びたしずくが落とされていた。すっと染み込む一滴の水が魅惑的に感じられるわけを、アキは知らない。

「……アキを口説くのは、よそでやってもらってもいいかな？」

エレーナの控え目な問いが、アキとユースを囲んでいた妙に甘ったるい空気に罅を入れた。はっと我に返ったアキはユースを押しのけ、慌てて立ち上がる。

「悪い、邪魔した。帰る。おいユース、トイレ行ってこい」

「そんな、子供じゃないんだから……でも、行ってきます。エレーナさん、お邪魔しました」

慌ただしく研究室を出ていったユースの姿は、すぐにドアの向こう側へと消えた。

「……口説くとか、口説かれるとか、そういう関係じゃないからな」

「別にいいんじゃないの。少なくとも、どこかの誰かさんよりはずっと」

エレーナは閉じたドアを見つめていた。知的な横顔が、アキの記憶の中に残る少し幼い彼女の横顔に重なる。アキの報われない恋の行方を冷静に見守り、アキを案じていた横顔に。

「君には、あれくらい素直な人がいいと思うよ。君が素直じゃないんだから」

「……なに言ってんだか。ただの弟子だよ」

アキは最後に礼を言い残し、エレーナに背を向けて研究室のドアへと歩き出した。並ぶ机の間を縫うように進んでいると、唐突に「アキ」と背後から声がかかり、振り返る。

「君はまだそのピアスをつけてるけど、ヴェルトルもつけてるの？」

アキは反射的に左耳のピアスに触れた。リング状のピアスは銀細工に見せかけた安物だ。安物にしか手が届かなかった学生時代に、ヴェルトルと共同で買い、一つずつ耳につけた。

「いや、俺だけだよ」

「……そう」

エレーナは興味を失ったのか、テーブルに置いてあった魔瘴の観測データを手に取った。アキが最後に「じゃあな」と別れの挨拶を告げると、彼女はひらりと片手を振った。


エレーナを訪ねた日の夜、アキが自室の机でペンを走らせていると、ドアが叩かれた。

「先生、温かいお茶、淹れましたよ」

部屋に入ってきたユースは湯気の立つカップを机に置いた。就寝前であることを考慮したらしく、カップに満たされた茶は淡緑色で、ふわりと漂うのは爽やかなハーブの香りだ。

「ああ、わざわざ悪いな」

「……もしかして仕事してるんですか？　俺、何か手伝いましょうか」

ユースの視線はアキの手元に広げられた書類に注がれている。カップを置いた際、書類の上部に記された『報告書』という文字に目ざとく気づいたらしい。

「いや、いい。ヴェルトルとやった見回りの報告書だから。ユースは関わってないだろ」

危険性の高さから、実習生は結界の先で魔瘴の分身の発見と駆除を行う見回り業務からは外されている。それは既に一人前といえる実力を持つユースも例外ではないため、日頃は基本的にユースと組んで仕事をしているアキも、見回りだけはヴェルトルと行っていた。

必ずしも見回りを行う際の相棒がヴェルトルである必要はないが、それでも二人を組ませるのは上官である隊長の意向だ。アキはお世辞にも上に従順とはいえないヴェルトルの扱いに、他の人間よりは長けているから、というのが主な理由だった。

「早く報告書出せって、隊長から急かされてるんだよ。まあ、他の仕事に追われて手をつけられなかった俺が悪いんだけど」

「……その言い方だと、まるで報告書の作成は先生だけの仕事みたいに聞こえるんですが」

「ヴェルトルはやらないからな。あいつ、こういう書類仕事、苦手なんだ」

「苦手だからって先生が全部やってあげるんですか？　そんなの不公平じゃないですか」

思いがけず強い語調で返されて、アキはカップを口に運ぼうとした動きを止めた。ユースの冷ややかな眼差しの先には、報告書の見回り担当者欄にアキの字で記されたヴェルトルの名がある。

「……ヴェルトルがいざってときに本領を発揮できるよう、手助けするのも平凡な俺の役目だよ。俺は魔瘴の暴走が発生したときにヴェルトルみたいには動けないけど、ヴェルトルが苦手な報告書を作成することはできる。適材適所だ」

もっともらしいことを言い訳がましく口にしつつも、実際には惚れた弱みで、ついヴェルトルを甘やかしてしまっているだけであることは理解していた。

どことなく居心地の悪さを覚えるのは、消耗しながらもヴェルトルとの関係から抜け出せない自らの弱さを指摘されたように感じるからだろう。自覚していながら目をそらしている弱点を他者に言及されるのは、逃げ道を絶たれたようで息苦しい。

誰だって、今の自分の在りようを、正しくないなどとは言われたくないのだ。たとえ自分自身で、決して正しくはないとわかっていたとしても。

「それはつまり、ヴェルトルさんは英雄だからってことですよね」

「……まあ、そうだな」

ユースは日頃あれほど温厚な人なのに、今夜はいやに棘のある様子で突っかかる。アキがやや違和感を覚えていると、ユースは続けた。

「俺にとっての英雄は先生ですから」

「なっ……なに、妙なこと、言って……」

「当たり前じゃないですか。俺を助けてくれたのは先生なんだから」

迷いのない口調で断言され、罪悪感が深く根を張った心臓が軋んだ。

近頃は六年前の件を抜きにした良好な関係を築けていると思っていたのに、結局この師弟関係は六年前を起点にしている。関係性の根本をこうして掘り起こされ、直接触れられると、無視できない激痛がアキを貫くのだ。

アキはユースの感謝や憧憬に値する人間ではない。

力不足だったという理由以上に、ユースに負い目を抱く理由がある。もっと罪深い理由が。

「……ほら、ユースはもう寝ろ。今日は王都まで行って疲れただろ」

骨の髄にまで響く苦痛を隠し、アキは机に向き直った。自らの心を占める鬱屈や葛藤は、弟子に見せるべきものではない。

「本当に俺が手伝えること、ないですか？」

「ないない、大丈夫」

「じゃあ、ひとつだけ。先生、抱き締めさせてください」

唐突な申し出を受け、アキは耳を疑った。

「はあ？　いきなりどうした？」

「人に抱き締められるのって癒し効果があるんですよ。仕事を手伝えないなら、俺にできるのはお疲れの先生を癒すことだけです」

「……別に、疲れてないけど」

「疲れてますよ。疲れた顔してます。というか、先生は基本的に疲れてます。多分、身も心も」

否定できず、アキは押し黙る。迷いを露わにしてユースを見つめていると、ユースは先ほどまでの剣呑な面持ちをすっかり消し去り、にこやかに笑って両腕を広げた。

「ということで、どうぞ」

他人との触れ合いには不慣れであるため、正直に言えば遠慮したいところだ。だがアキが腕の中に来ると信じて疑っていない無邪気な笑顔から、アキが拒絶すればユースがひどく落胆するのは火を見るよりも明らかだった。眩しい表情を曇らせるのは気が引けて、アキは短い逡巡の末に立ち上がる。

「……少しだけだからな」

アキがおずおずと身を寄せると、ユースは喜色を顔いっぱいに表してアキを抱き締めた。

長い腕がアキの背中に回され、互いの体の前面が密着する。アキよりも大柄なユースの腕の中にいると、まるで体全体が彼に包まれているようだった。

他意のない行為であるとはいえ、全身で触れ合っているとさすがに恥じらいが芽生えて、鼓動が速くなった。服越しに感じる体温や筋肉の感触、胸に満ちるユース自身の匂いが、早鐘を打つ心臓をさらに駆り立てる。

それでも抵抗感はなく、全身を包むあたたかな感覚が確かに心地よい。

「どうですか？　癒されるでしょ？」

「……まあまあだな」

「はは、素直じゃないなあ」

昼間エレーナから同様の指摘をされたこともあり、アキの心臓がひときわ大きく跳ねた。エレーナが抱いたアキとユースの関係性についての誤解を思い出したアキは、ユースに後頭部を向ける形で、やや熱を持った頰をユースの肩に乗せる。

不思議な感覚だった。胸の奥が落ち着かなく跳ねる緊張感は残しつつも、アキを揺らがず支えてくれそうな包容力に、自然と脱力して寄りかかりそうになる。

それはきっと、アキが大切だという気持ちを、ユースが行動で示してくれるからだ。

「……あったかいな、ユースは」

小さく、小さく、本音がこぼれた。ユースは無言でアキの背中を撫でた。驚くほど優しい手つきに、ふっと心の強張りがほどけ、ほのかに甘い波紋が生まれる。

アキがヴェルトルに向けてほしい恋愛感情と、ユースがアキに向ける純粋な情は、決定的に異なる。ユースからの好意でアキの渇望は満たされないし、満たそうとも思わない。

そもそもユースはアキが負い目を抱く相手だ。ユースからのあたたかな感情を、自分の渇いた心を潤す代用品にするなど、到底許せるものではなかった。

代わりにはならない。代わりにしようとも思わない。代わりになどできない。

それなのに、錆びついて、擦り切れて、色褪せた恋心が放つ未練に疲弊したアキの中に、ユースのぬくもりにどうしようもなく癒されてしまう部分がある。

「……先生は、けっこう不器用ですよね」

不意に、ユースはひとりごとのように呟いた。その声はどことなく寂しそうなのに、確かに柔らかく、返答に迷ったアキは黙ってユースの話に耳を傾ける。

「本当は情に厚くて面倒見がいいのに、取り繕ったり嘘をついたりするのが下手だから、不愛想できついって思われちゃうんです。強い責任感と真面目な性格で、自分のことは顧みず誰かのために尽くしちゃうところもあります。もう少し要領よく、楽に済ませればいいのに、できないんですよね。卒業実習説明会だってあそこまで厳しい発言をして嫌われ役に徹することはなかったし、俺を庇ってくれたときもあれよりうまい方法があったはず」

　不器用な自覚はなかったが、言われてみればそうなのかもしれない。自分のことは意外と自分ではよくわからず、他人から言及されて初めて気づくことがままある。

「それに……この報告書だって、きっと自分から抱え込んでるところ、ありますよね」

　ヴェルトルとの関係を暗に指摘された気がして、アキの体に力が入った。動揺を押し殺すため、アキはゆっくりと息を吐く。

　ヴェルトルへの未練を抱え、疲れ果て、離れればいいとわかっているのに離れられないところも、アキの不器用な部分といえるのだろうか。

「だから俺、先生から目が離せないんです」

　アキを抱き締めるユースの腕に力が入った。優しさや思いやりとは異なる、なにかもっと切なく激しい感情が彼の中で渦巻いているようだったが、その正体まではわからない。それでもユースの切実な様子に、なぜだかアキの胸にまでかすかに切ないものがよぎる。

「……なに生意気なこと言ってんだ。半人前のくせに」

　感情の揺れを悟られるのは抵抗があって、あえて棘のある口調で突き放した。こんなふうに可愛げのない自分だから、好きな人に選んでもらえないのかもしれない。自嘲気味にそんなことを思うものの、口から飛び出した言葉を飲み込むことなどできやしない。

「はい。だから俺、早く一人前になって、先生の助けになりたい」

　しかしユースはアキの素っ気ない物言いなどものともせず、こちらが気後れするほどまっすぐに望みを口にする。耳を撫でる真摯な言葉に、つっけんどんな態度が崩れそうになった。

「俺が一人前になったら、ヴェルトルさんとやってる仕事、俺とやってくれますか？」

「……一人前になったらな。それまでは危ないから駄目」

「……約束ですよ」

ユースの腕にさらに力が込められた。彼が胸に秘めた感情を推し量ることはできないまま、アキはしばらくユースの腕に身を預けていた。


温暖な海に面したティリエスの南部には大きな港があり、水揚げされる豊富な魚介類や船で遠方から届く食材は、魔術で鮮度を保たれたまま国内各地に運ばれ、人々の食卓を彩る。

そんな海の恩恵を受けているのは、アキの家も例外ではなかった。

アキがテーブルに置いた鍋の蓋を開ければ、白い湯気と共に魚介の香りが鼻先をかすめた。新鮮な白身魚や数種類の貝、イカやタコといった具材は、海鮮の出汁が溶け込んだ煮汁の中でごろごろと転がる。塩コショウと複数のスパイスが豊かな海のうまみを引き立てる品だ。

豚肉とナスやイモ、トマトといった野菜を重ねて焼き上げた料理には、細かなパスタを入れてある。葉物野菜やオリーブの実を盛ったサラダに添えたのは、塩味が強めのチーズだ。香草焼きに仕上げた山羊肉からは食欲をそそる匂いが漂い、赤ワインのボトルと磨き上げられた三つのワイングラスがテーブルを飾る。

「すごいですね、こんなにたくさん」

豪勢な料理を嬉しそうに眺めるユースの横顔を見て、アキもまた上機嫌に頬を緩ませた。自分の作った料理でこれほどまでに喜んでくれるのは素直に気分がいい。

「そりゃ、ユースの歓迎会だからな。豪華にしないと」

ユースがアキに弟子入りして一ヶ月半ほどが経ったこの夜、アキはヴェルトルも巻き込んだ三人でユースの歓迎会を開こうとしていた。

本音を言えばもっと早めに開いてやりたかったのだが、今年の卒業実習担当になっているアキは通常業務に加えて実習関係の仕事にも追われており、またそれぞれの予定がなかなか合わなかったこともあって、遅れての開催となったのだ。

「たくさん食えよ。俺とヴェルトルは酒があればいいから」

ユースは決して酒が苦手なわけではないらしいが、酒よりも美味い料理を好む。若い頃よりも食事量が減ったアキからしてみれば、料理優先の姿勢はまだまだ食べ盛りである証左に感じられて微笑ましい。

ユースと協力して取り皿やカトラリーを用意していると、アキの耳が階段を下りてくるヴェルトルの足音を捉えた。足音はリビングを通り越し、玄関のほうへと向かう。

嫌な予感が胸に芽生えたアキが慌ててリビングから廊下に出ると、玄関の扉を開けようとしていたヴェルトルが振り返った。

「お、アキちゃん。俺、出かけてくるから」

「……は？　今日はユースの歓迎会やるって言ったよな？」

「あ？　ああ、今日だっけか。悪い。忘れてた」

　口先だけで転がす軽い謝罪に、感情が乗っていないことは明白だ。悪びれもしない態度に怒りを通り越して呆れてきたアキに、ヴェルトルは小さく肩をすくめてみせる。

「紳士たるもの、可愛い子ちゃんからの呼び出しは無視できないだろ？　弟子くんだって大好きなアキちゃん先生と二人きりのほうが嬉しいさ。師弟水入らずで楽しみな」

「……お前も予定が合うならぜひご一緒にってユースが言うから、お前も誘ったんだよ」

「あははっ。俺だけ仲間外れにならないように気を遣ったんだろうさ。いい子だなあ。性格が悪い俺とは大違いだ」

　ヴェルトルはひらりと手を振って出ていった。いつもどおりに颯爽とした足取りでアキを置いていく後ろ姿が、ひどく腹立たしい。

　事の顛末をユースに話すと、ユースは朗らかに笑った。

「予定が入ったなら仕方がないですよ。先生も、気にしないでください。ということで、ヴェルトルさんの分も食べていいですか？」

　この反応もまた気遣いの表れなのだろうが、屈託ない姿に自然と憤りが鎮火する。アキは快諾してユースの取り皿に料理を山盛りよそってやった。

「ん！　先生、これすごく美味しいです」

　ユースは魚介の煮込みも、豚肉と野菜の重ね焼きも、サラダも、山羊肉の香草焼きも、口に入れては絶賛した。公爵家の令息らしく食事の仕方から上品さが失われることはないが、次々と料理を口に運ぶさまは見ていて気持ちがいいほどで、アキは満ち足りた気分でワイングラスを傾けた。意識の輪郭を少しずつ溶かす酔いの感覚が心地よい。

「この豚肉と野菜の重ね焼き、パスタを入れたやつは初めて食べました。もしかして、先生のご実家ではそうだったんですか？」

「そう。入れたほうが腹いっぱいになるだろって、必ず親が入れてたんだ。うち、俺の下に妹が二人と弟が一人いるから。四人の子の腹を満たすのは大変だったんだろうな」

この料理は平凡な家庭料理だからこそ、各家庭で材料や味付けに違いが出る。細かなパスタを口に入れると慣れ親しんだ家庭の味が広がり、生まれ育った王都の家で家族と共に食卓を囲んだ記憶が色鮮やかに蘇った。

いつ、何を食べ、何を話したのか、詳細まではもちろん正確に覚えていない。それでも確実に存在していた時間はおぼろげながらもアキの胸に刻まれ、ふと思い出すたび、輪郭のない湯気に似たぬくもりが心を撫でる。

「……これ、ヴェルトルも好きだったな」

隣家の一人息子だったヴェルトルは、両親が多忙ゆえに、よくアキの家族と夕食を共にしていた。だから家族との夕食の記憶の中には、ヴェルトルの姿もある。

幼いヴェルトルの姿を思い返すと、彼が今ここにいない現実が苛立ちと一体になった切なさを連れてきた。アキは芽生えた感傷ごと、グラスに残ったワインを飲み干す。

「あいつもさあ、性格が悪いってわかってるならやるなよな、まったく……」

自分の手でボトルを傾け、多めに注いだワインを口に含んだ。芳醇な香りが鼻を抜け、舌触りのいい液体が喉の奥に流れて消える。加速していく酔いは先ほどまでの心地よさを失っていて、漠然とした物寂しさをはらんでいる。

「……まあ、なんだかんだ俺があいつを甘やかすから、俺が悪いんだけどさ」

こぼれ落ちた声は、誰にも拾われずにむなしく空気に溶けた。

「先生はどうして、そこまでしてあの人と一緒にいようとするんですか？」

いつの間にか、ユースは食事の手を止めていた。動くものは、アキが手にしたグラスの中で揺れる深紅の液体のみだ。

「……気になるか？」

「気になりますよ。だって……疲れてないって言ったら、嘘になるでしょ」

敏い男だ。そんな感想を抱いたアキの口角が自嘲気味に上がる。傍から見れば不思議で仕方がないだろう。不思議なくらい、無意味で不毛だ。

「もう、一緒にいるのが当たり前なんだよ。一緒にいる理由なんていらないくらい、ずっと一緒に過ごしてきたんだ」

ヴェルトルは冬の名残の雪が降る頃に、アキは空がすっと高くなる夏の終わりに産声を上げ、同じ年に人生が始まった。

家族同然に育ったが家族ではなかった。最も近しい他人という特別感が恋に変化するのに、たいそうな理由も明確なきっかけもいらなかった。季節の進みと同程度の速さでアキの心は無自覚なまま恋に染まり、ヴェルトルから初めての恋人ができた報告を受けてようやく、失恋の痛みと同時に初恋を悟った。

　それでも、単なる幼馴染の顔をしてそばにい続けた。

「学院の入学試験も一緒に受けに行ったし、入学してからもずっと一緒で、試験前には揃って徹夜してさ。あいつがピアス欲しいけど金がないって言うもんだから、一緒に買って一つずつ分けて、お互いの耳に穴開けて、揃いでつけた。あいつはもうつけてないけど」

　アキの左手が、左耳を飾るピアスを弄る。耳朶を貫く銀色の輪はアキにとっては未練そのものので、いつだって硬く冷たいままそこにある。

「それに、俺が生きてるのは、ヴェルトルのおかげだから」

「……それって、もしかして六年前の？」

「そう。六年前、意識が戻らないままずっと寝てた俺を助けてくれたのがヴェルトルだったんだ。回復魔術でも治しきれなかった傷を、半分肩代わりしてくれた」

　回復魔術にも限界はあり、すべての怪我や病気を治せるわけではない。魔瘴によって重傷を負ったアキもすぐに病院で処置を受けたが、意識不明の状態が続いた。

　そこでヴェルトルは、他者の傷や病によるダメージの半分を自分が背負う魔術を用いた。

　この魔術は、術者、つまり患者以外の者に苦痛や危険が及ぶ性質を持つため、医療現場における使用は禁じられている。極めて高度な魔術ゆえに扱える者などそうそういないこともあって、魔術師の間では幻や禁忌に近い認識がなされていた。

「目が覚めたときの記憶は曖昧なんだけど、そばに誰かがいる気配がした。それでヴェルトルに聞いてみたら、自分がやったって」

苦痛や危険を引き受けてでもアキを救おうとする者の中で、実際に救えるだけの能力を有している者など、アキの周囲にはヴェルトルしかいなかった。そこでヴェルトルに確認すると、彼は自分の行いだと認める一方で、他者に広く知られることは嫌がり、アキに口止めをした。

そのため、アキは表向き、自然と意識を取り戻したことになっている。

アキが目覚めた頃、ヴェルトルは既に英雄として祭り上げられていた。アキを救った行いが広く知られれば、彼の周囲にはさらなる賞賛の嵐が吹き荒れたことだろう。これ以上に注目を集めるのは煩わしいと考えたのかもしれない。

「そんなこともあって、なんか、好きなままなんだよ」

あれほど適当で、調子が良くて、その場しのぎの薄っぺらな愛の言葉をいくらでも吐く、誠実とは程遠いところにいる男なのに、アキのためならその身を差し出す。信じられないほどの献身を、ヴェルトルならばやるだろうと信じられるくらいには、特別な関係だった。

ヴェルトルの中に、アキと同じ種類の感情はない。それでも愛と呼ぶにふさわしいものは確かに存在している。その真実を思い知らされる六年前の一件を決して忘れることなどできないから、きっとアキの左耳には今でもピアスがある。

「もうとっくに諦めてるのにさ、馬鹿みたいだよな」

沈黙が下りた。無音の時間を経て、アキは口を滑らせたと悟る。

弟子にこんな情けない話を聞かせてしまったのは、理性の螺子を緩ませる酒が原因だろう。

アキは気まずさを覚えながら、グラスにワインを注ぎ足す。

「……悪い。今の、忘れてくれ。知りたくもなかっただろ」

「じゃあ、俺にしませんか?」

軽快な声は完全に予想外で、ボトルを傾ける手が揺れる。勢いよく流れ出た深紅の液体がグラスの中で波を立て、アキは慌ててボトルを垂直に戻した。

「……なんて?」

「俺を恋人にして、俺のこと好きになれば、そんな気持ち消えるでしょ。荒療治かもしれないけど、多分効きますよ」

そう話すユースの口調と表情は平然としていて、曲がりなりにも交際を持ち掛けている人間のものとは思えない。

確かに素直すぎるきらいがあるユースはアキへの熱烈な好意を隠さないが、それはあくまで師への敬愛とか、親愛と呼べる類のものであるはずだ。そこから交際に発展するのはさすがに話が飛躍しすぎなのではないか。

ユースとの日々で渇いた心が潤されている自覚はある。だがユースからの親しみを恋愛感情と勘違いするほど浅はかではないし、面倒を見るべき年若い弟子を恋愛対象とするほど自制心が欠如しているわけでもない。負い目がある相手なのだから、なおさらだ。

アキは白けた表情でグラスを傾けた。

「大人をからかうな。若者は若者同士で青春しろ」

「あ、冗談だと思ってますね？　本気で言ってますよ、俺」

「はいはい。わかった、わかった」

「……俺、キスでもなんでもできますけど」

「お前なあ……じゃあ一回やってみろよ。本当にできるもんならな」

若さゆえに、恋心とその他の愛情の区別がついていないのかもしれない。酒で大胆になっていたこともあり、どうせキスなどできないだろうと少し意地悪く高をくくっていたのだが、アキは直後に自身の予想が甘かったことを知る。

アキに歩み寄ったユースはアキの顎に手を添えて上を向かせると、唇を重ね合わせた。

状況に理解が及ばず、頭が真っ白になった。やや遅れて唇の柔らかな感触と、眼前に迫ったユースの端整な顔と、彼自身の匂いと、吐息に混ざるほのかな酒気が一気に神経を刺激し、我に返ったアキは衝撃に目をみはる。

焦りで思わず開いた唇の隙間から、ユースの分厚い舌が口内に入り込んできた。ねっとりとした舌の感触にぎこちなく固まるアキとは対照的に、ユースは意外にも巧みで、アキの舌に自らのそれを絡める。

体は無意識のうちに後方へ逃れようとするが、頭の後ろに添えられた手によって動きを阻まれる。反対の手で左耳のピアスを弄られ、甘みを帯びた妙なくすぐったさに肩が震えた。

「……先生、慣れてないんですね。可愛い」

　ユースは吐息が頬を撫でる近さでささやいて、微笑みを湛えた唇を舐めた。赤い舌先を覗かせた妖艶な表情には、爽やかな好青年としての姿からは想像もつかない色気があり、アキは心臓を鷲摑みにされたみたいな感覚に陥る。

「この先はここじゃ無理だから……ベッド行きましょう」

「……は？」

「あれ、やってみろって言いましたよね？」

「言ってな……いや、言った、けど……いやいや、待て待て」

　アキはユースの顔を押しのけると、テーブルに片肘をつき、額に手を当ててうなだれた。

「……駄目だろ、弟子とは」

「そんな……先生、こんなところでまでそのクソ真面目っぷりを発揮するんですか……」

　頭上から降り注ぐ声には呆れがたっぷりと含まれている。アキが横目でちらりとユースの顔を見上げると、ユースはもはや憐れなものを見るような目をしていた。

「卒業実習中に師匠と交際しちゃ駄目って決まりはありませんよ？　上下関係を利用して無理に迫るのは問題ですけど、俺たちはそうじゃないでしょ。それに、先生には俺の卒業や就職に関しての決定権はありませんから、先生が私情を挟んでそのあたりに影響が出る懸念もない。成人した大人同士が普通に恋人になるだけの話なのに、何が駄目なんですか」

「そう、だけど……いや、やっぱり駄目。ユースが学院から預かってる学生である以上、俺はお前とどうこうなるのは無理だ」

アキの意思を覆すことは困難と悟ったのか、ユースは口を固く結んだ。諦めたかと安堵したアキはほっと息をつき、やれやれと軽く首を振る。

「今のは確かに俺が悪かった。でも、ユースも冷静になれよ。こういうことは、ちゃんとしたいやつとやれ。たまたま目の前にいた俺とじゃなくて」

「……たまたまじゃありません」

「は？」

「俺がキスしたくて、それ以上もしたいのは、先生だけです」

ユースはテーブルに手をついてぐっと身を乗り出すと、アキの左耳に口を寄せた。

「アキ」

鼓膜に直接、弾丸を撃ち込まれたみたいだった。アキは椅子を鳴らして腰を浮かし、壁際まで後退すると、左耳を手で押さえる。ただ愛称を呼ばれただけなのに耳はじんじんと熱を持っていて、伝染するように顔全体が熱に包まれる。

「ヴェルトルさんがこうやって先生を呼ぶたび、俺、なんか気に入らなかったんです。俺には許されていないところにあの人はいるんだって思い知らされて」

穏やかな語り口の中に、ユースが胸に秘めた苛烈な感情が顔を覗かせている。動揺で揺れるアキの脳は、やや遅れてから、それが嫉妬だと気づく。師弟愛だの、親愛だの、敬愛だの、そんなものの枠には到底収まりきらない、欲と一体になった熱だ。

ユースはアキの逃げ道を阻むように、壁際に立ったアキに歩み寄った。

「あの人じゃなくて俺がいいって、先生にそう言わせたい」

間近に迫った青の瞳が、あなたが欲しいと雄弁に告げる。

アキが呆然と立ち尽くしていると、ユースは左耳を覆っていたアキの左手首を摑んだ。そのまま手を軽く引き寄せられ、左耳を露わにさせられる。

耳朶を貫くリング状のピアスに、ユースは反対の手で触れた。

「そうやって、これ外して、穴塞いで、次は俺が穴開けたい。だから先生、俺が選んだピアスつけてくださいよ」

ユースの指先が銀の輪を弄ぶ。このまま強引に外したいのを必死に我慢しているのは明らかで、触れられる感覚に自然と身が震えた。

振り払えばいいのになぜだか体が動かなくて、アキはせめてもの抵抗で前髪の隙間からユースの顔を睨み上げた。しかし空色の瞳と目が合った瞬間、一直線に心の奥底まで貫く眼差しの熱に、不覚にも心が揺れ動く。

不毛な恋に渇き、ひび割れた心は、既にユースから与えられるしずくで潤される喜びを知っている。満たされる感覚は美酒に酔わされる幸福に似ていて、ひどく甘美だ。手を撥ねのけるべき理由はいくつも存在しているのに、抗うことを、ためらうほどに。

「学生だから無理ってことは、卒業したらいいってことですよね？」

ユースは摑んだままだったアキの左手を口元に寄せると、手首の内側にキスをした。敬愛のキスとはまるで趣が異なる、独占欲を隠そうともしない仕草に、アキの体に火が灯される。

「好きです、先生。だから俺、卒業までに好きになってもらえるように頑張(がんば)ります」

# 3

アキはその端麗な容姿が理由で、これまでたびたび他者から恋愛感情を向けられてきた。

しかし多くの者が恋愛に片足を突っ込み始める思春期に差し掛かった頃には、アキは既にヴェルトルへのほのかな恋心を抱いていた。この恋は叶わないのだという諦観に辿り着く前は当然ヴェルトル以外と交際する気は皆無であったし、いつしか自然と諦めがついたのちも、積極的に他の誰かと恋仲になるつもりはなかった。

ゆえに、ただ一人を一途に想うからこそ恋愛に消極的だったアキは、アキと恋人になりたいと願う者たちの申し出を断り続けた。もちろん可能な限り丁重に対応したのだが、中には容易には引き下がらず、アキの迷惑を無視してしつこく食い下がる者もいた。

それでもアキが根負けして交際に応じることはなく、友人であるヴェルトルやエレーナにも手を貸してもらい、なんとか相手と距離を取った。中には「あの子けっこう可愛いな。俺が口説くわ」などと言い始めたヴェルトルが相手と恋仲になることもあり、そのたびにアキは複雑な心中になったのだが、ひとまずは協力に感謝するのだった。

ゆえに、恋仲になるつもりがない者に迫られた場合、アキが取る選択は決まっている。どうにかして距離を取る。その一択だ。

だが、今回ばかりは相手と離れられないわけがあった。

「先生！　今夜も愛弟子がお疲れの先生を癒しにきましたよ！」

アキの自室に現れたユースは満面の笑みで両腕を広げた。先日同様にアキを抱き締めようとする弟子を前に、アキは鈍く痛み始めた頭に手を当てる。

ユースがアキの弟子である以上、師としての責任があるアキは、よほどの事情でもない限りユースから距離を取ることなどできやしない。

とはいえ、やはり師弟として適切な距離というものはある。

「……よく聞け、ユース。弟子によるお疲れの先生を癒す制度は、廃止だ」

「俺は先生の可愛い弟子なのに？」

「いいから、その有り余る自信はいったん脇に置いて俺の話を聞け」

アキはユースを机の前の椅子に座らせると、腕を組んでユースを見下ろす。

「いいか。ユースが俺に惚れてる以上、身体的接触は好ましくないと判断し、廃止の結論に至った。なので、解散。いい子は寝る時間だから大人しく自分のベッドに入れ」

「却下します」

「お前なあ……却下できる立場だとでも思ってんのかよ。というか、俺、お前とは無理だって言ったよな？　振られたんだから大人しくしとけよ……」

「振られてません。学生のうちは無理って言われただけです」

「それはお前の勝手な解釈で――」

「それに、ヴェルトルさんに振られてるくせにまだ一緒にいる先生に、大人しくしとけなんて言われたくないです」

容赦のない一撃に急所を串刺しにされたアキは、くずおれそうになるところを堪えた。

「ふ、振られてはない……」

「好きだって言ってないだけでしょ。でも全部バレてて、行動で振られてるんでしょ」

すべてお見通しだと言わんばかりに降り注ぐ言葉が、既に血まみれのアキの心をさらに刺す。

精神的満身創痍のアキだがやられっぱなしではいられず、ユースを鋭く睨みつけた。

「はっきり言うけど、俺はユースに応える気がない。ヴェルトルとどうにもならないからって恋人が欲しいわけじゃないし、お前を代わりにしてあいつを忘れるのはお前に失礼だ」

アキはヴェルトルへの未練を捨てられずにいるだけだ。新たな恋や恋人への欲求はなく、捨てるための手段としてユースを利用するのはあまりにも酷薄だろう。

「だから、思わせぶりなことをして期待させるのは避けたい。なんでもいいから、他のことに熱中して忘れろ。俺みたいにずるずる引きずる前に」

「……結局、先生はそうやって、俺を大事に考えてくれるんですよね」

ユースは柔らかく微笑んだ。

「俺だって、恋人が欲しいわけじゃないですよ。先生だから、恋人になりたいんです」

飾り気のない、ゆえにまっすぐに飛んでくる懇願に、心が揺さぶられそうになる。アキは平静を保つため、ぐっと拳を握り締めた。

ユースの愛には無用な装飾がない。むき出しだからこそ、厄介なのだ。

「……そんなことを言われても、俺がお前に惚れることはない」

「あははっ。先生は頑固で意地っ張りですね」

「うるさいな。だったらそんな面倒な俺はやめて、他のやつにしろよ」

「面倒なんて理由じゃ終わりにできないって、先生だってよくわかってるでしょ」

確かに、面倒だからと自分の手で恋を終わりにできていたら、アキは不毛な初恋をここまで長々と続けていない。

「それに、俺は先生のそういう面倒なところも、全部可愛くて仕方がないんですよ。不器用なところも可愛くて、目が離せなくて、放っておけない。だから俺、先生を支えたいんです。前に先生を抱き締めたときみたいに、少しでも先生の支えになりたい」

エレーナを訪ねた日の晩のことだ。あの夜、ユースの腕の中にいたアキからは確かに肩の力が抜けていた。心地よい安心感が、自然とアキを癒したのは事実だ。

「……半人前の俺じゃ、できることはこれくらいですから」

いつもとなんら変わることのない柔和な声に、ほんのわずかに悔しさの色が滲む。既に一人前といって差し支えない実力を有しているのに、実習期間だからというだけの理由で半人前の立場から抜け出せない現状が歯痒いのだと、想像がついた。

制約が多い中でもアキを支えようという意志の表れと思えば、頑なに強張っていた反発心がほろりと崩れた。

見ず知らずの他人やそれに等しいくらい関係性が薄い人間ならまだしも、既に師弟としての信頼関係を築き、個人としての情も芽生えたユースが相手となれば、真摯な思いやりを素直に受け取ってやりたくもなる。彼がアキに向ける愛情には、恋愛感情だけではなく純粋に師を慈しむ気持ちが多分に含まれていることは明らかだからだ。

　そんなものを手酷く跳ねのけられるほど、アキは薄情な人間ではなかった。

「でも、駄目なことは駄目だからな。抱擁くらいはいいけど、口へのキスとかは駄目」

　諦念のため息をつく。結局は受け入れるくらいには、アキはユースにほだされている。

「……仕方がないな」

「なるほど。セックスは？」

「駄目に決まってんだろ馬鹿弟子が！　なんで今の話を聞いてそれが問題ないと思った？」

「先生ってけっこうちょろいから、いけるかなって」

「おまっ……お前、本当に……その、あの……調子乗んなよ……」

「威勢がいいわりに罵倒の語彙が貧弱ですよね。基本的に善人だからかな。腹黒くもないし」

　もはや叱咤にも力が入らないアキに、ユースは悪びれる素振りなく淡々と告げる。この男をただの純粋無垢な好青年だと認識していた頃の自分の愚かさに涙が出そうだ。

「まあ、冗談は置いておいて。俺はもちろん、先生が嫌なこととか、許してないことはやりませんよ。そういう点は、先生も俺を信頼してるでしょ？」

　確かに、決して身勝手な振る舞いはしないだろうという確信はあった。先日のキスさえアキに促されてから行ったという事実が、ユースの発言を裏付けている。

「ということで、はい、どうぞ」

ユースは堂々と両腕を広げた。アキは苦々しい面持ちをするものの、今さら発言を撤回するのは卑怯な気がして、おずおずとユースの腕の中に身を寄せる。

ユースの両腕がアキの体に回された。ユースの匂いと、腕や胸板の感触と、わずかに感じる彼の鼓動と体温が、アキの全身を包み込む。抱擁はやはり抗いがたい安心感に満ちているが、身を預けるのは気に食わないので、棒立ちのまま寄りかからずにいた。

「どうですか？　癒されるでしょ」

「……別に。お前がどうしてもって言うから、付き合ってやっただけだ」

「少しは素直になったらどうですか。つんけんしちゃうところも可愛いですけど」

「お前なあ……俺が可愛いわけがあるか。目ぇ覚ませ」

「ねえ、先生」

続いた声は思いがけず左の耳元で聞こえた。吐息が耳朶を撫でる感覚に、愛称をささやかれた夜の記憶が否応なしに蘇り、びくっと肩が跳ねる。

「……ふふ、また名前で呼ばれると思いました？」

鼓動が速くなるアキのうなじに手を這わせ、ユースは指先でアキの髪を梳く。妙に甘いこそばゆさがアキを襲い、じわりと全身に熱が灯る。

「呼びませんよ。ああいう手は、ここぞというときに使うからこそ効力を発揮するんです。頻繁に使うと効果が薄れちゃいますから」

「効果って……なに言って」

「計算して動いてるに決まってるじゃないですか。二十七年もそばにいる相手から振り向かせなきゃいけないんだから、こう見えて、必死なんですよ」

ユースの指が、今度は左の耳朶とピアスを弄ぶ。早く外してほしいと懇願されているみたいだ。反応を示してやるのは腹立たしくて、こぼれそうになる震える吐息を必死に堪えた。

「先生は知らないですよね。俺が虎視眈々と、先生の隙に付け入る機会を窺ってること」

「……隙なんてねぇよ。調子乗んな」

「あれ、自覚ないんですか？　親しくない人間には許さないはずのこの距離を、俺には許してるのに。なんだかんだ言って俺が可愛くて、俺には甘いことの表れでしょ」

見透かされていると悟ったアキの心臓が大きく鳴った。反論の言葉は見つからず、焦りがじわじわと侵蝕を始める。

師としての責任感が別離を選ばない主な理由であるかのようでいて、実のところはユースを好意的に捉えているから離れがたいのだと、心のどこかではわかっていた。結局は自らユースの腕の中に入っていったという事実が、彼への甘さの証明だ。

「そういうところが隙だらけなんですよ、先生は」

どこか得意げにささやかれる声が、鼓膜を刺して脳の奥深くまで届く。一度跳ねた心臓は落ち着きを取り戻さず、速くなった鼓動は痛いくらいだ。心の乱れが伝わるのは悔しいのに、なぜだかユースの腕は振り払えない。

全身でぶつかってくるユースが差し出す静かな業火は、低温火傷一歩手前みたいなヴェルトルとの関係に慣れ切ったアキが余裕で処理できる範囲を超えている。

押し黙るしかないアキの口元が、ユースの手で覆われた。ユースの意図をはかりかねたアキが怪訝な顔をしたとき、ユースの顔が眼前に迫った。

アキの口を覆った自らの手に、ユースの手を挟んでキスをしたのだと、ユースは唇を寄せた。一瞬遅れてからアキは気づいた。

「はい、おしまい」

ユースはぱっと身を離すと、赤面を隠すこともできずに無言を貫いているアキに、満足げに笑いかけた。勝ち誇った笑みにも感じられて小憎たらしい。

「じゃあ、おやすみなさい、先生。あんまり夜更かししないで早く寝たほうがいいですよ」

ユースは軽やかな足取りでアキの部屋を出ていった。

閉じたドアをしばし睨みつけたアキは、やがてその場に力なく座り込む。

「……勘弁してくれよ」

堪えて、堪えて、堪えきれなくなった本音が、情けないほどかすれた声となってこぼれ落ちた。アキでさえ聞き取れないほど小さな悲鳴を、拾い上げられた者はいないだろう。

片膝を立て、アキは伏せた顔を手で覆う。もう片方の手で鈍く痛み始めた胸を押さえ、シャツの胸元を握り締めた。痛みを放つ右の鎖骨の下のあたりには、引き攣れた傷跡が残る。

冷えを感じているわけでもないのにアキを蝕む痛みの正体を、アキは知っている。

感謝も憧憬も、恋心も、決して癒えずに疼くアキの傷を貫く刃だ。

いっそのこと、恨んでくれたほうが楽だった。それだけのことをアキはした。単なる力不足ではない、罪悪感を構成する本当の過ちが、忘れるなとアキにささやく。

他の誰に許されようとも、アキはアキ自身を許せない。


家々の白い壁に照り付ける日差しが強くなった初夏の朝、アキがユースと共に朝食の席についていると、エレーナの声がリビングに響き渡った。

「アキ、いる？」

声がしたのは壁にかけられた鏡からだ。長方形の鏡の四隅には青く光る魔石が埋め込まれていて、日頃は周囲の光景をそのまま映し出す鏡面には、現在ではエレーナの姿があった。

目の下に隈を刻んだエレーナの顔には疲労が色濃く浮かんでおり、背後には彼女の疲労度を表すかのように高く積み上げられた本や資料がある。雑然とした背景から既に研究室にいるとわかるが、現在時刻を考慮すると、昨晩は泊まり込みだったとみるべきだろう。

「ああ、ユースくんも一緒か。おはよう。朝早くに悪いね」

「それはいいんだけど、どうした？　魔障に関して何かわかったのか？」

ユースと並んで鏡の前に立ったアキが尋ねると、エレーナは頷いた。

「半年分の魔障の観測データを確認したところ、三ヶ月くらい前から、魔障の魔力に変化が生じていることがわかった。近いうちに、森の近くで変化の原因を調べようと思う」

　ユースが発見した小さな異変は、やはり暴走の兆候だということだろうか。緊張が走ったアキが横目でユースを窺うと、ユースも不安を抱いているのか、横顔は硬い。

「辺境魔術師団にはこちらから話を通すよ。調査の際はアキと……他にも誰かに護衛を頼むことになると思うから、そのときはよろしく。じゃあ、また」

　別れの言葉を合図として、鏡面がわずかに波打つように揺らいだ。エレーナの顔や研究室の光景が波間に溶け、鏡面はやがて静かにリビングの光景を映し始めた。

　森の近くでの現地調査となると、結界を越え、見回りを行っている地点よりもさらに奥に向かうことになる。森の奥深くで蠢く魔瘴が、森に接近してきた人間の気配を察知し、触手を伸ばして襲撃してくる危険地帯まで。

「……ユースは行けないからな」

　アキが先手を打って釘を刺せば、自分も同行する気満々だったらしいユースは瞠目した。

「そんな……どうしてですか？」

「危ないからに決まってんだろ。まだ半人前のユースをそんなところには連れていけない。エレーナだってわかってるから、ユースの名前は出さなかったんだ」

「じゃあ、先生は誰と行くんですか？」

「それは……」

　矢継ぎ早に尋ねられ、アキは口ごもる。危険地帯に向かう非力な研究者の護衛役に最もふさわしい人物の名は、現在のアキとユースにとっては敏感にならざるを得ない名だからだ。

「……誰でもいいだろ。一人前の誰かだよ」

「なんだよ、アキちゃん。一緒に行くのは俺だろうって、はっきり答えてくれねえの？」

リビングのドアが開いた音と共に、場に似つかわしくない軽い声がその場に響いた。

現れたヴェルトルは鏡の前で言い合うアキとユースに歩み寄り、唇の端を上げて笑う。

「……ヴェルトル。お前、どこから聞いてた？」

「『アキ、いる？』から」

つまり、エレーナとの会話はすべてヴェルトルの耳にも入っていたということだ。廊下に身を潜め、リビングで交わされるやり取りに耳をそばだてるヴェルトルの姿が目に浮かぶ。

「観測所は問題なしと判断したデータに気になるところがあったから、念のためエレーナに確認を頼んだんだろ。で、エレーナは現地調査が必要と判断した。そうなればさすがに団に黙っては動けないから、正式に話を通して護衛を頼む、と」

盗み聞いた会話から事情を把握したらしいヴェルトルは、おそらくユースが己に嫉妬していると察したからこそ、今この瞬間に姿を現したのだろう。底意地の悪さを咎める意図でアキがヴェルトルを睨めば、彼は白を切るように肩をすくめる。

「なあ、弟子くん。一緒に行きたいなら、俺が団長に掛け合ってやるよ」

自らの優位性を誇示するように現れたくせに、いったいどういう風の吹き回しなのか。慌てたアキはユースに先んじて口を挟む。

「お前、勝手に……」

「こいつは既に一人前の力を持ってるよ。そんなやつを半人前にしとくのはもったいない」

「お前はただ早くユースを一人前にして、日頃の自分の仕事を減らしたいだけだろ」

「あはっ。バレた？」

「何がバレた、だ。ただでさえ俺にいろいろ押し付けてるくせに」

「ま、冗談は置いておいて。こいつの実力が一人前なのは本当だ。それはアキちゃんだって否定できないんじゃあないか？」

　実習初日でさえ、暴走した魔瘴を容易く圧倒したユースのことだ。数ヶ月間とはいえ団で研鑽を詰んだ現在であれば、あの日を優に超える実力を発揮することは想像に難くない。

　とはいえ、やはりユースが実習生である以上、アキはそうやすやすと許可を出せない。

「……ユースがいくら優秀でも、いきなり森の近くまで行くのは危険だ。一人前になってからも、まずは結界を越えて、見回りから少しずつ。それが基本だろ」

「なあ、アキ」

　改めてアキを呼ぶヴェルトルの声からは、それまでの軽さは失われていた。

「お前はそれをどの立場で言ってるんだ？　経験を積んだ師としての立場か？　それとも六年前にこいつを守りきれなかった実習生の立場か？」

　氷の杭を心臓に打ち込まれたような衝撃が走り、アキは呼吸を止めた。

　ヴェルトルは遠回しに指摘している。罪悪感から、アキは師として冷静に判断するべき場面において、冷静さを欠いているのではないか、と。

背中に嫌な汗が滲んだ。不穏に脈打つ心臓の鼓動が全身に響く。図星だからこそアキが動揺を隠せず沈黙していると、ヴェルトルは喉の奥を鳴らして苦笑した。

「でも、最終的な判断はアキに任せるよ。弟子くんの師匠はアキちゃんだからな」

「……自分で言い出したくせに俺に任せるって、本当に無責任だな」

「ごめんって。謝るから、ご機嫌斜めにならないで」

舌先だけで転がせる空っぽな謝罪に、からかっていることが明らかな猫なで声。侮られた気がしてさらに剣呑な目つきでヴェルトルを睨むアキに、ヴェルトルは再び笑いかける。

「安心しろよ。いざとなったら俺が全員守ってやるからさ。エレーナも、弟子くんも、もちろんアキもな」

人差し指に黒い指輪をはめたヴェルトルの左手が伸び、アキの髪を弄ぶ。

とっさにアキが身を硬くした瞬間、背後から伸びてきた腕が腰に回され、ぐっと後方に抱き寄せられた。

ヴェルトルの指からアキの髪がすり抜ける。背中に触れた硬い胸板の感触に驚いて頭上を振り仰げば、アキを両腕の中に収めたユースが冷ややかな微笑を顔に張り付けていた。

「ご心配なく。先生には俺がいますから」

物腰柔らかに牽制するユースを前に、ヴェルトルはとび色の瞳を細めた。面白いものを見たと言わんばかりに、唇がゆっくりと緩やかな弧を描く。

「……ふはっ。弟子というより番犬だな。アキには尻尾振って、俺には牙剝いて」

ヴェルトルは皮肉めいた言葉をその場に残すと、踵を返してリビングを出ていった。

「ということで、俺も一緒に行きますね」

抱え込んだアキの顔を覗き込むユースの表情は穏やかだが、確固たる決意が透けて見えていた。アキがどれだけ反対したところで、おそらく頑として首を縦に振らないだろう。

揺るぎない青の瞳は、ヴェルトルに精神的な弱点を指摘されたばかりのアキにとっては眩しすぎた。ユースの眼差しから逃れるように、アキは彼の腕の中から抜け出す。

「……危ないと判断したら、すぐに帰すからな」

直後、背後から喜色を含んだユースの返事が聞こえてきた。過保護になってはユースの成長を阻害するという考えのもと下した判断だったが、アキの胸には暗雲が立ち込めていた。


「端的に言うと、およそ三ヶ月前から森の魔瘴は魔力を弱めている」

辺境魔術師団の本部ロビーにおいて、エレーナはアキ、ユース、ヴェルトルの三人を前にそう口火を切った。

現地調査を行うエレーナの護衛役は、アキたち三人が務めることとなった。実習生であるユースの同行に関しては隊長も団長も良い顔をしなかったものの、本人の強い希望に加え、実力に対するヴェルトルの太鼓判と師であるアキの許可が後押しとなり、アキとヴェルトルが危険と判断しユースに退避を命じた際は必ず従うという条件付きで認められた。

ほどなくして迎えた現地調査の当日、ロビーに集合した一行はまず出発前の打ち合わせを始めた。そこでエレーナは今回の目的を説明するため、半年分の観測データの解析によって明らかになった結果を護衛役三名に話し始めたのだ。

開口一番にエレーナが告げた内容に疑念を覚え、アキは眉をひそめる。

「弱めている？　じゃあ、暴走の兆候じゃないってことか？」

「それは現時点ではなんともいえない。弱体化の原因を解明し、暴走に関係しているか否かを突き止めるのも今回の調査の目的だ。その原因として推測されるのは、二つ」

エレーナは右手の人差し指を立てた。

「まず一つ目。自然な変化として魔瘴の魔力が弱まっている。硬くて巨大な岩も、風雨にさらされれば次第に削られ小さくなっていくでしょう。それと同様、魔瘴も長い時間をかけて少しずつ弱体化するのかもしれない」

続けてエレーナは中指を立てる。

「そして二つ目。森にある魔瘴本体の魔力の一部がどこか別の場所へと流れたことで、本体の魔力が弱まったように見えている。結界のそばに設置された観測機は草原一帯と森に漂う魔瘴の魔力の強さを測るものだから、観測範囲を越えた場所に魔瘴の一部——例えば、巨大な分身が発生していても分身の魔力は感知できない」

日頃、草原に現れる魔瘴の分身は小さく、対処に慣れた辺境魔術師であれば容易に駆除が可能だ。しかし巨人なものが発生したとなれば、十分に脅威となる。

「そこで、今回は森付近の魔力の流れの確認を主な目的とする。森から離れた方向へと流れる魔力があれば、その先に分身等の魔瘴の一部が存在するはずだ。特に森から離れていく流れが確認できなければ、二つ目の可能性は否定されたとみていいだろうね」

打ち合わせを終えた一行は、さっそく草原へと繰り出した。ヴェルトルが先頭、アキとユースが彼の後ろに並ぶ三角形を作り、エレーナを取り囲んで進む。

本格的な夏に向けて日ごとに眩さを増す陽光が、豊かな緑の海と化した草原に降り注ぐ。植物の濃厚な甘みをたっぷり含んだ風が吹けば、流れる草が波を生み、さわさわとした音が優しく耳を撫でる。

「ここでいったん魔瘴の魔力の流れを確認するね」

結界の前に到着したとき、エレーナが魔杖を振った。現れた手のひら大のガラス瓶には純白の羽根が一枚収められていて、ゆっくりとその角度や向きを変えながら浮遊している。

エレーナが魔杖の先端を瓶に当て何かを呟くと、羽根が小さく震えた。すぐに羽根はぐるりと動き、尖った上部が結界の向こう側を指す。

羽根が示す先には、不気味に茂る魔瘴の森がある。

森の周辺だけが雷雨の中にあるかのようにぼんやりとした暗さに包まれ、木々は黒々とした影をつくる。初夏の眩い光景において、陰気を溜め込んだ森だけが異彩を放っていた。

「やっぱり、この距離じゃまだ森を指すだけだね。先に進みながら、同じことを繰り返そう」

エレーナにそう促され、一行は結界を越えた先へと足を踏み入れた。

　森を目指して進み、エレーナは時おり足を止めて魔力の流れを確認する。エレーナが確認作業を繰り返す中、アキは絶えず進行方向にある森に視線を向けていた。森は未だ静けさを保っているが、警戒を解くのは命取りだ。

「おい、ユース」

「はい、なんでしょう」

「もし魔瘴が襲ってきても、お前は前には出るな。ヴェルトルの後ろがいちばん安全だから、あいつの後ろにいろ」

　すると、ユースは露骨に表情を曇らせた。

「俺はヴェルトルさんに守られるために同行したわけじゃありませんよ。それに、魔瘴の動きによっては、絶対にヴェルトルさんの後ろに控えていられるわけでもないでしょう」

「そりゃそうだけど……」

「大丈夫です。心配しないでください」

　その程度の言葉で安心できていたら、アキはヴェルトルの後ろにいろなどという指示を出していない。払拭しきれない不安が胃を圧迫する不快感に耐えながら、アキは進む。

　エレーナが操る羽根が再び森を示したとき、暗い森から一斉に無数の鳥が羽ばたいた。無秩序に空を駆けていく様は、まるで何かから逃げていくかのようだ。

　ぴり、と異様な緊張感が肌を刺す。理屈ではない。本能が警告する。

「来るぞ」

短く呟いたヴェルトルが、魔杖を大剣に変化させた。同時にアキの右手には細身の長剣が、ユースの両手には双剣が現れる。武器を手にした三人に囲まれるエレーナの肩に力が入ったのをアキは見た。

ゆっくりと、森から上空に向けて三本の巨大な触手が伸びた。

赤黒い触手は尖った木の根に似て、森から空へと走る黒い雷光のようにも見える。しかし鋭利な先端が上空を指していたのも束の間、三本の触手は一斉に草原に立つ一行に狙いを定め、目にもとまらぬ速さで伸びてきた。

アキは傍らにいたエレーナの腰を左腕で抱くと、後方へ飛びのいた。ユースも同様に軽やかな身のこなしで魔瘴の猛攻を躱した直後、先ほどまでアキたちがいた場所に触手が刺さり、大地を割る轟音が周囲に響いた。

そのとき、太陽の光が翳った。空中で陽光を遮る影は人の形をしていて、彼が手にした人の背丈を優に超す大きさの剣が、光を反射し輝く。

上空に飛んで魔瘴の一撃を回避したヴェルトルは、着地と同時に大剣を触手へと振り下ろした。地面に刺さっていた三本の触手は見事に断ち切られ、切り離された部分は衝撃で宙へと跳ね上がり、赤黒い液体を散らし悲鳴じみた音を立てる。

宙を舞う三つの触手の一部は、消滅前に一矢報いようとするかのように、アキに向かって飛んできた。

アキはエレーナを背後に庇った状態で剣を振り、襲い来る触手の一部を的確に両断した。硬いものを斬る感触が腕に重みとなって伝わり、赤黒い飛沫が視界に広がる。

三発の銃声が轟き、魔瘴が上げる断末魔の叫びをかき消した。横目で窺うと、双剣を小銃に変えたユースが森へと銃口を向け、触手の根本付近を撃ち抜いたところだった。触手の直径を超える穴が開き、力なく草原に落ちた触手が消滅を始める。

だが、そこで新たな触手が五本、森から一行に伸びてきた。最前線に鉄壁のごとく立ち塞がるヴェルトルがすべてを薙ぎ払い、アキが切断された部分をさらに斬り伏せ、ユースが即座に根本付近を撃ち抜くが、直後に再び別の触手が姿を現し、同じことが繰り返される。

わずかに息が上がったアキの額を、一筋の汗が流れていく。魔瘴との戦闘に慣れている辺境魔術師といえども、体力にも魔力にも限界がある。魔瘴が落ち着けばいいが、きりがない状態が続けば撤退を視野に入れる必要があった。

「ユース！　任せた！」

ヴェルトルの声にはっと息を呑んだアキがユースを見やると、ヴェルトルが仕留めそこなったのか、触手の一本がユースに迫ろうとしていた。

どくん、とアキの心臓が不穏な音を立てる。ユースの手の中で小銃が双剣に変化するさまが、やけに遅く目に映った。意識が強制的に遠くへ持っていかれ、記憶の蓋が開く。

華奢な少年に迫る魔瘴の触手。とっさに割り込んだ直後、アキを貫いた激痛。そんなアキの背後で背中を手酷く傷つけられた少年。視界に舞う血飛沫の、不気味なほど鮮やかな赤。

やめろ。下がれ。逃げろ。悲鳴じみた懇願は声にならず、喉の奥で消える。

「アキ！　上！」

エレーナの声で我に返ったときは既に遅かった。

反射的に頭上を仰ぐと、切り離された触手の一部が、体液を滴らせて落下してくるところだった。顔へと降り注ぐ体液が右目に入り、走った激痛に思わず呻き声が漏れる。毒素で粘膜が焼かれる苦痛に顔を歪めるアキに、尖った触手の先端が襲い掛かる。

そのとき、アキの左目は自身の前に現れた背中を見た。

灰色のローブを翻してアキと触手の間に割り込んだユースは、飛んできた勢いのままに双剣を振り、やすやすと宙に浮かぶ触手の一部を両断した。最後の抵抗を試みていたそれはユースの一撃で草原に叩きつけられ、赤黒い塵となって消えていく。

「先生！」

ぐらりと傾いたアキの体が、ユースの腕に抱きとめられた。ユースは力が入らないアキの体をそっと草原に横たえると、アキの右目の上に手を当てる。

「すぐに手当てします。動かないでくださいね」

直後、右の瞼と眼球がほのかなぬくもりに包まれた。激痛がすっとやわらぎ、粘膜を傷つけた魔瘴の毒素が抜けていく。

次に右目を開けたときに見えたものは、初夏の青々とした空と、アキの顔を不安げに覗き込むユース、ヴェルトル、エレーナの顔だった。

額に手を当て、アキはゆっくりと上体を起こす。周囲に広がる草原は穏やかで、その先にある森も静かだった。魔瘴は落ち着きを取り戻したらしく、先ほどまで一行を襲っていた触手の姿は欠片も残っていない。

「大丈夫みたいだな。まったく、肝が冷えたぜ」

呆れた様子で言うヴェルトルだが、その声には確かな安堵が滲んでいる。エレーナもまたヴェルトルの隣で硬い表情を和らげると、ガラス瓶を片手に立ち上がった。

「私は今のうちに魔力の流れを確認してくるよ。アキは少し休んでいて」

「おおっと、待て待て。念のため俺も行く」

歩き出したエレーナをヴェルトルが小走りで追い、その場にはアキとユースが残された。

遠ざかっていく二人の背中を見送っていたユースが、不意にアキへと視線を移した。いつもは柔和な瞳は、今ではどこか苦しそうな、それでいて悔しそうな冷たい色を帯びている。

「……あの程度、普段の先生なら余裕で対処できたはずですよね。もしかして、俺に触手が向かってきたから、気を取られたんですか」

図星のアキが何も返せずにいると、ユースは唇を固く引き結び、立ち上がった。

「俺がここにいることが先生の危険に繋がるなら、先生は戻ってください」

有無を言わせない物言いを受け、アキもまた慌てて立ち上がる。

「なんでそうなるんだよ。戻るとしたら、それはユースのほうだ。半人前なんだから」

「まだ半人前とか言うんですか？　俺がちゃんと魔瘴を防いだの、先生だって見たでしょう。戻ったほうがいいのは先生ですよ。怪我したんだから」

「もうなんともない。お前は自分の心配だけしろ」

「無理ですよ、そんなの。俺が来なかったら先生はあの程度の怪我じゃすまなかった」

　事実だからこそ反論のしようがなかった。とはいえユースが触手に狙われた光景を目撃した今、アキの心は恐怖や焦りで激しく揺れ動いていて、やすやすとは引き下がれない。自身の不甲斐なさを噛み締め、アキは密かに拳を握る。

「……俺のことは、今はどうでもいいから」

「よくありません。いいわけないでしょ」

「なんかあってからじゃ遅いんだよ！」

　理性の蓋が壊れて飛び出した怒号は、アキ自身も驚くほど硬く尖っていた。

　突然の激昂はユースにとっても予想外のものであったらしく、ユースの表情が凍り付いた。愕然とした様子を見て、やってしまったという後悔がアキの胸に広がり始める。

　声を荒らげて強引に従わせようとするなど、アキがやるべきことではなかったはずなのに。失態をカバーしようにも、ふさわしい言葉は見つからなかった。アキは六年前に根付いた罪の意識が心臓を軋ませるのを感じながら、ゆっくりと、力なくうなだれる。

「……俺じゃ、守ってやれないんだから」

　やっとのことで絞り出した声は、微風の音にも負けるくらいに弱々しかった。

　アキはきっと、ずっと誰かに頼んでいるのだ。誰か彼を守ってくれと、六年前の光景を思い返すたび切実に願っている。俺じゃ守ってやれないから、誰か守ってやってくれ、と。

「……先生」

控え目な呼びかけには、脆いものに指先でそっと触れるような慎重さがあった。

「俺はもう、誰に守ってもらわなくてもいいんです。あのとき先生が守ってくれたから、俺は生きのびて、成長して、自分で自分を守れるようになりました」

切なさを乗せた声がアキの心臓を締め付ける。アキがこわごわと顔を上げると、前髪の向こうに透けるユースの表情は、ひどく寂しげだった。

「今の俺は、自分の力で先生の隣に立てます。だから今の俺をちゃんと見てください。いつまでも六年前ばかり見てないで」

アキの目の前にいるユースは、既に無力な少年ではなかった。精悍な面差しに少年時代の面影を残しながらも、背丈はもうアキより高く、肩幅も広く、しなやかな筋肉が力強い身のこなしを生み出す。なにより揺るぎない精神性が、彼の歩みを支えている。

アキは唐突に悟った。六年前に起因する感謝や憧憬がいたたまれないとばかり考えているアキのほうが、六年前から進めていなかったのだと。

「自分のことはどうでもいいなんて、そんな悲しいこと言わないでくださいよ。そんなこと言われたら……俺だって傷つくんです。俺は先生が大事だから」

つらそうに目を伏せるユースの顔を見て、アキは半ば呆然と、自分の過ちを悟る。

こんな顔をさせたいわけではなかった。彼から笑顔を奪いたいわけではなかったのに。

「はいはい、終わり、終わり」

場違いなほど軽いヴェルトルの声が、張り詰めた空気に罅を入れた。いつの間にか、離れたところにいたヴェルトルとエレーナが戻ってきていた。

「こんなとこで仲良く喧嘩なんかしてる暇ねえぞ。エレーナが何か見つけたってよ」

「そう。森から離れていく魔力の流れを発見した」

エレーナが掲げたガラス瓶の中では、浮遊する羽根が前方に広がる森の右側を指していた。西に位置する森の右側なので、つまりは北西の方向だ。

羽根が示す先には、国土の北西部に位置し、隣国との国境でもある山脈の姿が窺える。切り立った峰の上部は年間を通して溶けることのない雪で白く染められ、神々しい山々の険しさを伝えていた。

一行は北西へと進み始め、ほどなくして魔瘴が触手を伸ばす危険区域を抜けた。

さらに草原を歩いていく四人の前に、無数の煉瓦を積み上げて造られた複数の陸橋が現れた。太い支柱によって支えられたアーチ状の橋はどれもが長く巨大で、一行の視界を左右に横切る形で堂々とそびえている。

この橋は北西部の山脈から流れる水を運ぶ水道橋だ。魔術によって水は安全かつ迅速に、清潔なまま、国内各地へと届けられる。現在地からでは視認できないが、並行する橋はやがて少しずつ角度を変え、それぞれ異なる方角に向かって延びる形になっている。

「……ちょっと、水道橋を確認してみようか。あの、手前から二番目のやつ」

エレーナが手にしたガラス瓶の中では、浮遊する羽根が水道橋の一つを示していた。

水道橋に魔瘴の分身が出現しているということだろうか。そんな疑念を抱きながらアキは他の面々と共に水道橋の上へと飛翔すると、水路を覆う石板に降り立った。エレーナの指示のもと、協力して石板を浮遊させる。

石板で蓋をされていた水路が露わになったとき、アキの目は不可解なものを捉えた。

透明な水が勢いよく流れる水路の底で、人の顔ほどの大きさをした複数の赤黒い物体が等間隔に並んでいる。

「これ……魔石か？」

水底に置かれた結晶は、表面の質感や光の淡さにおいて、見慣れた魔石に酷似していた。

ただ一つ、本来は青いはずの光が、魔瘴と同じ赤黒い色をしている点を除いては。

「警察官を三十年やってるが、あんな妙ちくりんなもんを見たのは初めてだ」

ガラムと名乗った白髪交じりの警官は、眉間に深々と皺を刻んで呟いた。

水道橋に設置された不審な魔石を発見したアキたちは、辺境魔術師団だけの手には負えないと判断し、ティリエス警察に通報した。複数の警官を率いて駆け付けたガラムに事の次第を説明したあと、エレーナはガラムの部下たちと共に魔石の正体を探るべく調査を開始し、アキ、ユース、ヴェルトルはガラムと共に水道橋の下で待機している。

「学者の先生とうちの捜査員で、何かわかるといいが……お、噂をすれば」

ガラムにつられて頭上に目をやると、水道橋からエレーナが降下してくるところだった。

「調べた結果、あの魔石の内部には、魔瘴の魔力が満たされていることがわかった」

エレーナの報告に驚きを表す者はいなかった。魔力を内蔵する魔石が有害魔力の塊である魔瘴と同じ色をしていたのだから、皆、そのくらいは予想できていたのだろう。

「特殊な魔術によって、森の魔瘴本体から魔石に魔力が流されているんだ。そして、魔石はさらに水路に置かれた隣の魔石へと魔力を伝達し、魔力を遠方に運んでいる。水を運ぶ水路のように、並んだ魔石が魔瘴の魔力を運ぶ通路の役割を果たしているということだね」

問題なのは、魔瘴の魔力を運ぶ魔石が、水路に自然発生するはずがないという点だ。

「あれは確実に人為的なものだよ。つまり、森の魔瘴が弱体化していたのは分身が発生していたからではなく——何者かが、意図的に、魔瘴の魔力を水道橋に設置した魔石に流していたからだ。水道橋が延びる先に、魔瘴の魔力を運ぶために」

「そして、あの水道橋が向かう先は、王都だ」

いっそう眉間の皺を深くしたガラムが重々しく付け足した。浮かび上がってくる事実がもたらす不穏感に、その場の空気までもが重苦しくなる。

「……誰かが、王都を魔瘴に襲わせようとしてるってことか？　魔力を流すなんて、人の手で魔瘴の分身を王都に出現させるみたいなもんだろ」

「うん、アキの言うとおりだと思う。魔瘴の有害魔力を安全に運用する技術なんて確立されていないんだから、襲撃目的だろうね」

「気になるのは、誰がこんなことをしたか、ですよね」

　ユースは顎に手を当て、神妙に続ける。

「確か、王都へ向かうこの水道橋は三ヶ月くらい前まで、中央魔術省主導で大掛かりな補修工事が行われていたはずです。その際に仕込まれたんじゃないでしょうか」

　魔力を用いて水を運ぶ水道橋の管理は中央魔術省の管轄になる。加えて、三ヶ月前という時期は魔障の弱体化が始まった頃と一致しており、ユースの仮説には十分信憑性があった。

「首謀者は広範囲にわたって魔石を仕込む指示を出せるだけの地位にある人間……上層部である可能性が高いです」

「クーデターでもするつもりかもな」

　これまで沈黙を保っていたヴェルトルが、淡々と口を挟んだ。

「魔障の威力を考えれば、王宮だって容易く制圧できる。それに王を守る護衛たちも、魔術師の攻撃を防ぐ訓練はしてるだろうが、魔障の攻撃を防ぐ訓練なんかしちゃいない」

　国内で魔障をまともに相手にできる者など辺境魔術師くらいだろう。屈強な近衛兵や警備兵によって鉄壁の守りが固められた王宮も、魔障が相手となれば弱い。

「中央魔術省のお偉いさんなんて既にある程度の権力や富を持ってる連中だ。それ以上のものとなったら、国家そのものを牛耳る立場くらいしかない。非魔術師の王から王冠を奪って、支配構造を作り替えると考えれば、理由に関しても説明がつく」

　かつて魔術師が国を支配し、非魔術師を虐げた時代の反省から、王は非魔術師のみに限る規定が設けられた。非魔術師の王の下にいる政府高官は、魔術師と非魔術師が平等にその地位を担い、支配階級がどちらか一方に独占されない仕組みが取られている。

しかしそれはあくまで、正しい決まりに則った場合の話だ。魔術師が暴力で王位を簒奪し、政府高官を同じ思想を持つ魔術師で固め、再び権力を独占することは十分に起こり得る。

野心も上昇志向もさほどないアキからしてみれば不可解な話だが、人は簡単に、権力に目がくらむ。時に他者を害し、人々の不断の努力によって保たれてきた秩序を破壊してまで、それを求める。理解が及ばないほどの強欲さに、アキは薄ら寒いものを覚えた。

「……優れた存在である魔術師こそが国の支配者たるべきという考えは、かつては当然のものとされていましたが、今の社会では過ちとされています。ですが、伝統的価値観を重視する傾向にある貴族の魔術師の中では、今でも密かにその考えに賛同している人もいるんです」

ユースが弟子入りしてくるまで貴族と密接な付き合いがなかったアキにとっては、ユースが語る内容は初耳だった。アキの周囲にいる平民の魔術師は、大半が魔術師も非魔術師も平等であるという考えを当たり前のものとしている。

「以前、父が一度だけ漏らしたことがあります。貴族の魔術師が全体の四割を占める中央魔術省でも、そういう思想の人は少なからずいる、と」

「父……？　君のお父様は、中央魔術省の人なのかい？」

「そいつは大臣グラント公爵様の息子様だ」

ヴェルトルの答えを聞いて目を点にしたガラムに、ユースは小さく苦笑する。

「俺の立場はどうでもいいことです。それより……魔石を設置する指示を出した人間が中央魔術省上層部だと仮定すると、大臣である父も怪しいことになりますよね」

「い、いや、まさか……グラント公爵だけはないだろう。清廉潔白な彼が王都を襲ってクーデターを起こすなんて考えられないよ。しかも彼と陛下の信頼関係はとても強い。もし陛下や王家を狙う者が現れたとしても、彼は確実に陛下の側につくはずだ」

民の豊かな暮らしのために粉骨砕身し続けてきたグラント公爵の功績と、彼の王家への忠誠は、共に広く知られている。彼が盟友ともいえる王に逆らい、王位簒奪を企てているなど、国民にとっては信じるに値しない与太話だ。

先ほどのユースの発言も、あくまで立場だけを考えればグラント公爵も容疑者の可能性があると指摘したまでのことで、心から父を怪しんでいるわけではないようだった。人柄についてはユースも他の面々同様に信頼しているらしく、反論はせず「そうですよね」と引き下がる。

ガラムは軽く咳払いをすると、一同を見回した。

「とにかく、君たちは安心してくれ。水道橋の魔石の回収と、首謀者の捜査に関しては、俺たちティリエス警察と中央警察でしっかり行う」

中央警察は王都の警察行政を担う組織であると同時に、その他の地方警察を統轄する組織でもある。王都絡みの事件や複数地域に跨る事件が発生した場合は、地方警察は中央警察に報告し、合同で捜査に当たる。

「真相はどうであれ、襲撃は事前に防げたわけだ。君たちには心から感謝するよ。では」

ガラムは軽く地を蹴って浮上すると、水道橋の上にいる部下のもとへと向かっていった。

不安の種が完全に取り除かれたわけではないが、事件捜査は専門外である以上、一行は大人しく帰路に就くしかない。アキ、ユース、ヴェルトル、エレーナの四人は疲れた体を引きずり、草原を抜け、ティリエス北部へと入る。

「……でも、思ったんですけど」

乗り込んだ馬車がティリエス中心部へ向けて動き出したとき、ユースが口火を切った。

「王家とは無関係な魔術師が正統性もなく王になれば、非魔術師や、クーデター派には従わない魔術師は反発しますよね。その対処はどうするつもりなんでしょう」

ユースの指摘にも一理ある。魔術師と非魔術師は平等だと考える魔術師の中には、ユースやヴェルトル並みの実力者も多数いるはずだ。クーデター反対派による反乱が勃発した場合、クーデター派はかなりの苦戦を強いられるのではないか。

「王宮を制圧するのに利用した魔瘴をそのまま兵器として活用できれば、反乱も容易に鎮圧できるのかもしれませんが……」

「いや、それは難しいんじゃないかな。王都に発生する魔瘴はあくまで辺境の森にある本体の分身だから、威力は本体より弱いはず。不意打ちで王宮を制圧するのは可能だろうけど、魔瘴の対処に慣れた辺境魔術師に集団で攻撃されたら、けっこう簡単に破壊されると思うよ」

エレーナは向かいの席に座るアキとヴェルトルに目を向けた。

「もっともこれは、辺境魔術師団はクーデター派に従わないという前提のもとでの話だけど」

「おいおい、従うわけがないだろ？　クーデター派が大昔の価値観を引きずる貴族様なら、貴族様を嫌ってるうちの連中は、むしろ意気揚々と反乱に乗り出すさ」

アキもヴェルトルと同意見だ。団内には貴族への悪感情は蔓延している一方、多くの国民同様に王や王家への不満はない。クーデターが起これば王側につくと予想された。

「そうなると、反乱が勃発すれば魔障を用いても鎮圧は難しい、となる。このくらいはクーデター派も想定しているだろうけど……いったい、何で反乱を抑え込むつもりなんだろうね」

「そもそも、抑え込むつもりはなかったりしてな」

ヴェルトルは冗談めかした口調で言い、唇の端を吊り上げた。

「より正確に言うと、反乱はないと考えている。国の人間はみーんな、我らに喜んで従うだろう！　とおめでたく考えてるってことさ」

「……ヴェルトル。お前、もう疲れて考えるのが嫌になってるな？」

「あはっ。バレた？」

肩をすくめるヴェルトルの隣でアキは嘆息する。反乱が起こるだろうという前提をもとに知恵を出し合っていたというのに、その前提をひっくり返すとは、適当にもほどがある。

「中央魔術省の上層部が、反乱も想定できない馬鹿なわけないだろ……」

「いや、こういう可能性もある。単に想定できてないんじゃなくて、反乱を確実に防げるだけの力を持つ手札を持ってる、とか」

「はあ？　なんだそれ」

怪訝な顔をするアキに、ヴェルトルはどこか得意げに答える。

「実はクーデター派の魔術師の中に、王位継承権を持つやつがいるんじゃないか？　そいつが王になれば一応は正統性があるから、その後に極端な圧政でもしない限り反乱は起こらないだろうし、魔術師の頭としての役割もばっちり」

よくもまあ、ここまで突拍子もない仮説をすらすら並べ立てられるものだ。真面目に考えるのが嫌になっているどころか、もはや完全に遊んでいる。

「お前なあ……王家は非魔術師家系ですって、小学校で習ったの忘れたか？」

「俺が行った小学校では習わなかったんだ。アキんとこは違ったかもしれないが」

「俺が行った小学校はお前が行った小学校と同じだよ」

「そこの落単コンビ。ふざけるなら黙らせるよ」

学生時代に魔瘴観測学の単位を揃って落としたアキとヴェルトルは、エレーナの脅しに屈して口を閉じた。実のところ、アキはヴェルトルに苦言を呈していた自分が彼と一括りにされるのは納得がいかなかったのだが、エレーナの眼光が反論を許さないほど鋭かったのだ。

エレーナは呆れた様子で額に手を当て、小さく首を振る。

「まったく、王家に魔術師がいるなんて言い出して……」

「……あながち、冗談じゃないかもしれません、それ」

静かな緊張をはらむユースの声が、弛緩した空気を引き締めた。

「貴族の間で、噂があるんです。第一王子は、実は魔術師になったんだって」

あまりにも現実味に欠ける内容だったから、耳に入ってきた情報を正しく理解するのに少しの時間がかかった。

「次代の王として期待されていた第一王子は、六年前の春頃に、病気を理由に公務から退きました。しかし本当は魔術師に変化したから、王位継承権を剝奪されて公務からも外された、と噂されているんです」

　にわかには信じがたいが、ユースはヴェルトルのようにふざけた冗談を口にするたちではない。だからこそ嘘だと一蹴することにためらいを覚え、背中に汗がじわりと滲む。

「表舞台から去って六年が経過した現在でも、第一王子は国民からの支持を集めています。もしその第一王子が王となるならば……たとえ彼が強引な手段で王位を奪った魔術師であったとしても、国民は受け入れてしまう。そうは考えられませんか？」

　現在、現王への支持は安定している一方、王位継承に関しては懸念が残る。次の王について不安を抱く国民の前に、現在でも王の後継者として期待されている第一王子が王として現れれば、新たな王への反発は少なく、反乱が勃発する確率もまた低いだろう。

　加えて、第一王子は非魔術師として生まれて魔術師に変化した、つまり両者の要素を併せ持つ存在ということになる。そんな彼だからこそ両者の架け橋になれるという見方もできるため、なおのこと国民、特に非魔術師からの反発は少ないのではないか。

　エレーナとヴェルトルも同じ考えらしく、ユースの問いに否定を返す者はいない。

「……確かに王位継承者ではなくなったと仮定すれば、王太子であるはずの第一王子が、わざわざクーデターで王位を簒奪しようとすることにも説明がつくね。魔術師になった彼はもう、強引な手段を取らないと王になれないから」

「そうなると、利害が一致したともとれるな。王子が黒幕なのか、クーデター派に話を持ち掛けられたのかは不明だが、王子とクーデター派が結託してるとすれば、双方の望みを叶えられる。王子はクーデター派の力を借りて王になり、クーデター派は王となった王子に魔術師が優位な社会を作ってもらう。ははっ。悪知恵が働くやつらじゃないか」

魔術師の身でありながら王となった王子は、国民の支持のもと、自らの周囲をクーデター派で固めるだろう。クーデター派が望む魔術師の世は、第一王子のもとで穏やかに再来する。

「でも、それはあくまで、第一王子が魔術師に変化していたら、の話だろ？」

そう問いかけたアキに、他三名の視線が集中した。

非魔術師として生まれた第一王子が魔術師に変化したという前提が成立しえないものであることなど、この場に集う者ならば言われずとも理解しているはずだ。

「そう。非魔術師家系に生まれた者が後天的に魔術師へ変化する例は、確認されていない。というか、可能性は限りなく低いと私は思う」

エレーナは続ける。

「魔術師か非魔術師かは血液中の魔力の有無で決まるから、後天的に魔力体質に変化するってことは、血液が魔力を含むものに変化するってことだ。いったん血を全部抜いて、魔術師の血を代わりに注ぎ込む、みたいなことをしないと不可能じゃないかな」

「そんなことすりゃ、言うまでもなく死ぬわな」

　血を入れ替える場面でも想像したのか、ヴェルトルは顔をしかめた。

「だから、第一王子が魔術師に変化したなんて話は、単なる眉唾ものだと思うよ。今回のクーデターに関して考えると、それが真実であると仮定すると説明がつくことばかりだけどさ」

「……そうですよね」

　そう同意するユースの声には、もう張り詰めた硬さはない。

「ありえない話です。忘れてください」

　そのとき、不意にアキの脳裏を違和感がかすめた。

　第一王子魔術師説などという、否定されることが明白な仮説を、聡明なユースがわざわざ口にするだろうか。

　理由が気にかかったものの、ユースはアキと目を合わせずに窓の外へと視線を向けた。深い意味はないのかもしれないが、アキの眼差しを拒絶したようにも思えて、アキの胸が痛む。

　草原での戦闘後に口論をしてから、アキはユースとまともに会話をしていなかった。

　目には見えずとも常にアキとユースの間を断絶していた過去が、今では厳然と存在する溝となって二人を隔てている。気まずさが蔓延する溝を飛び越えることはできず、アキは、そしてきっとユースも、居心地の悪さに耐えながら同じ空間にいる。

　この状況は、アキの弱さが招いた結果だ。自身の責任を痛感するアキは、密かに決意し、覚悟した。抱え続けた秘密と共に、罪悪感の根が張る心臓をユースに差し出すことを。

アキの秘密を知ったユースがどんな行動に出るのかはわからない。確かなのは、ユースがどのような行動を取ったとしても、アキは粛々とすべてを受け入れるということだ。

ティリエスの中心部で馬車を降り、飛空艇の空港へ向かうエレーナと別れた。団の本部に帰還したアキ、ユース、ヴェルトルが隊長と団長に帰還報告をすると、労いの言葉と共に帰宅の許可をもらったので、三人で本部をあとにする。

「じゃ、俺はここで」

ヴェルトルは颯爽とした足取りで、午後の光がそそぐ街の雑踏の中へと姿を消した。彼の後ろ姿が完全に人込みに紛れてから、アキはユースに向き直る。

ユースの顔を真正面から見るのは、ずいぶんと久しぶりな気がした。ユースは戸惑い気味の表情をしながらも、アキから目をそらそうとはしなかった。

「話したいことがあるんだ。付き合ってくれるか？」

「……先生からのお誘いを、俺が嫌だって断るわけないじゃないですか」

「……まったく、お前は」

確かな断絶が存在していながらも、いつしか亀裂の上に高く積み上がっていた情愛がひりひりと心を焼く。どんな顔をすればいいのかわからなくて、アキは先導して歩き出した。振り返ることはできなかったから、ユースがどんな顔をしているのかもわからなかった。

アキがユースを連れて向かったのは、ティリエス中心部にある小高い丘だった。

悠々と枝葉を伸ばす木々に覆われたこの丘は、展望台として人々に愛されてきた場所だ。緩やかな階段を登りきった先は開けた空間になっており、特徴的な白亜の街並みが一望できる。

眼下に広がる街は穏やかな時の中にあった。魔瘴が暴走した六年前のあの日は、家々も、市庁舎も、学校も教会も、路地や広場に至るまで、多くが触手で破壊されたが、今ではもう爪痕は残っていない。

「俺、ユースには負い目があるんだ。六年前に、守ってやれなかったから」

ベンチにユースと並んで腰かけたアキは、街並みを眺めながらそう切り出した。周囲には二人以外の人の姿はなく、アキの声以外に響くものは葉擦れの音のみだ。

「……守ってくれたじゃないですか。先生がいたから、俺は死なずに済んだんですよ」

「死にかけたのは事実だ。俺は……お前を守りきれなかった」

二人の間に認識の差異を生じさせている最たる原因こそが、アキが罪の意識を抱く本当の理由だ。ユースはアキの頑なな態度に疑念を抱いたようだが、眉をひそめつつも唇を固く引き結んだ。ユースに無言で先を促されているのを察し、アキは続ける。

「中途半端な人間は辺境じゃ自分も他人も殺すから、来るな。俺が卒業実習説明会で偉そうにそう言ったの、ユースも覚えてるよな」

「覚えてますよ。それに、もっともなことだと思います。魔瘴相手の仕事は、一瞬でも気を緩めれば命に関わる」

「その中途半端な人間っていうのが、俺だよ」

罪の告白をしたその瞬間は、微風もやみ、葉擦れの音さえも聞こえなかった。

「俺はただ、ヴェルトルを追って辺境魔術師になることを決めたんだ。あいつが好きで、離れがたかったから」

学院の最高学年となり、卒業後の進路選択が脳裏にちらつき始める頃には、アキは既にヴェルトルへの恋に見切りをつけていた。しかし未練の熾火にちりちりと焼かれる心は、卒業後に訪れるヴェルトルとの別離の可能性に怯えた。

アキは恋を自覚する前も、自覚したのちも、ずっとヴェルトルの隣にいたのだ。就職先が異なるという極めて現実的な理由で、ともすれば家族よりも長く一緒に過ごした相手と離れるなど、到底受け入れられなかった。ゆえにアキは先に辺境魔術師団を卒業実習先に決めていたヴェルトルを追う形で、同じ進路を選択した。

「本当は、俺はヴェルトル目当ての学生たちにきついこと言える人間じゃないんだよ。俺こそが、ヴェルトル目当てでここに来た、中途半端な人間なんだから」

特段の理想も目標も抱かず、自身の能力や適性に関して熟考もせず、覚悟もなく、ただ恋愛感情を理由に辺境魔術師を選んだことがどれほど稚拙な行動であったか。アキに自身の浅慮さを痛感させたのは、六年前の春に発生した、史上最大規模の魔瘴の暴走だった。

結界を破った魔瘴は当初、草原でとどまっていた。ソフィアなどの経験豊富な実力者は草原での戦闘に参加し、経験が浅い若手やアキたち実習生は街で住民の避難誘導を担当した。

まさか街にまで危険が及ぶことはないだろう。それが団や街の人々の共通認識で、避難はあくまで念のためだった。

ところが、暴走する魔瘴は次第に勢いを増し、安全と思われていた街にまで触手を伸ばした。赤黒い巨大な触手が街の上空に現れ、人々に襲い掛かり、建物を見境なく破壊した。若手団員や実習生は逃げ惑う住民を守るため、何度破られても果敢に結界を張り、人々を避難先へと誘導した。

そんな中、アキだけは魔杖を取り出すこともできず、声を発することもできず、ただ足を竦ませ立ち尽くしていた。

自分はこんなところに来るべきではなかった。来ていい人間ではなかった。ようやく悟った真実が、恐怖に支配された脳を侵蝕した。

そんなとき、アキは路地の先で魔瘴に貫かれそうになっている少年を発見した。

無力感と後悔に苛まれながらも、なんとか役に立たねばと考えたのか。アキは少年と魔瘴の触手の間に身を割り込ませた。当然、アキには魔瘴を退けることなど不可能で、触手はアキの妨害などものともせず、アキもろとも少年に重傷を負わせた。

意識を取り戻したとき、アキは満身創痍で、ヴェルトルは英雄として名を馳せていた。

「あの場にいたのが俺じゃなかったら、きっとユースにあれだけの怪我を負わせることはなかった。中途半端なまま辺境に来た俺だったから、守れなかったんだ」

あのとき、あの場にいたのがアキではない別の人間だったらと、考えずにはいられない。先輩団員であれば、ヴェルトルであれば、同期の誰かであれば、ユースは現在でも時おり痛みを放つほどの深手を負うことはなかったのではないか、と。

アキが身の程をわきまえずに一人の辺境魔術師としてあの場にいたから、他の辺境魔術師があの場に配置されなかった。

アキが恋愛感情という浮ついた理由で、中途半端な気持ちで、生半可な覚悟だけで辺境魔術師を選んだから、ユースは死にかけた。

その事実に気づいたとき、決して法では裁かれない罪がアキの心臓に根を張った。

「……俺がここに来たから、ユースは死にかけたんだ。お前を殺しかけたのは、俺だ」

人を殺しかけたら法の裁きが下されるのに、アキの場合は罪の烙印を押されないどころか、傷つけた者からは感謝や憧憬が、周囲の者からは純粋な心配が向けられた。真実を知る者は誰一人としておらず、ゆえにアキを咎める者もいない。

だからアキは自分で自分を罰するしかなかった。心臓に根付いた罪の意識を決して忘れず、人知れず贖罪の道を進むことを選んだ。崇高さや高潔さの表れではない。己を許さない者が一人もいない状況に、耐えられなかったからだ。

「だから俺は……ユースの憧れにも、感謝にもふさわしくない。本当は、お前に好かれるような人間じゃないんだよ」

言葉尻がわずかに震え、アキは拳を握り締めた。ユースからの好意も、愛情も、それらの感情から染み出すぬくもりも、アキは享受するべきではなかったのだ。アキが彼から向けられるべきものは、憎悪や恨み、激しい怒り以外にはありえない。

「……困った人ですね、先生は」

　ユースの横顔は穏やかだった。だが確かに遠くを見つめるような寂しさも漂わせていた。

「それでも先生は悪くないって言っても、聞いてくれないんでしょう。先生は頑固で意地っ張りだから」

　他者にどれだけアキに責任はないのだと諭されても、アキ自身はそうは思えない。アキはアキ自身を絶対に許せないから、他者の柔らかな言葉は心の表面をかすめるだけだ。罪悪感と贖罪への渇望は、決して揺らがずアキの心の奥深くにある。

「……本当に困った人だな、あなたは」

　続いた声は先ほどまでと明らかに違い、冷たく、鋭利で、硬かった。声音の変化にアキがたじろいでいると、ユースはアキと目を合わせた。

「俺を殺しかけたのは自分だなんて、己惚れないでください」

　告げられた内容はあまりにも思いがけないもので、一瞬だけ、理解が遅れた。

「自分が殺しかけた、自分が悪いって思ってないと、罪の意識に耐えられないんですよね。でもそれ、俺に押し付けるのはやめてくださいよ。俺は先生ごときに殺されかけるほどヤワじゃないんで」

　突き放すみたいな口調は、静かな怒りと同時に悲しみをも帯びていた。アキは動揺の中、やや遅れてからユースの胸の内を悟る。

ユースの悲憤の理由は、アキのせいで自分が傷を負ったことではない。アキが自分への罪悪感で苦しみ続けていることだ。

「本当のことを俺に話して、俺にどうされたかったんですか？　好きにならなきゃよかったって、もう嫌いだって言われたかったんですか？」

「それは……」

その先は声にならなかった。否定できない部分があると、心のどこかでわかっていたからだ。そんなアキの心中はユースにも伝わったのだろう。彼は苦しげに眉を寄せた。

「そんなの……無理に決まってるじゃないですか。先生が何を思っていようとも、先生が俺にやってくれたことは、俺にとっては全部大事なんですよ」

絞り出すように話すユースの瞳には、やるせなさが透けている。しかし青の瞳はまっすぐにアキを射貫いていて、眼差しの強さにアキは目をみはる。

どうして、とアキは心の中で問いかけた。どうしてここまでアキにこだわるのか。アキなど見限ってくれていい。もっと辛辣な言葉を浴びせて、アキを放置して、別の人をその聡明な瞳に映せばいい。これほど強く想われる理由などアキにはわからない。わからないことが苦しくて、胸が張り裂けそうになる。

それなのに、アキもまた、青の瞳に魅入られたみたいに目をそらせない。

「……ヴェルトルさんは、先生の罪悪感について知ってるんですか」

「え？　あ、ああ……知ってる」

「辺境魔術師を選んだ本当の理由も？」

「それも……察してるとは思う。俺のことは、なんでもお見通しだから」

アキの性格や思考回路を熟知しているヴェルトルが相手だと、秘密が秘密として成り立たない。アキが明確に伝えたことはない恋心さえも察しているのだから、アキが卒業実習先を辺境魔術師団に決めた理由が自分にあると予想するくらい容易いだろう。

「でも、なんでもお見通しのヴェルトルさんは、何も言わないんでしょう。いいとも、悪いとも言わない。先生はそれが楽なんだ。違いますか？」

「なっ……んで、そこまで、わかって……」

戦慄がアキの脳から足先までを一気に貫いた。

ヴェルトルはアキのありのままをそっくりそのまま受け止める。肯定も否定もしないヴェルトルの姿勢は、自分を許すことがなによりも苦しいアキにとっては、これ以上ないくらいに楽だ。自分を許せない自分のままでいることを、許されているから。

「でも、俺は何も言わないままじゃいませんから」

ユースはアキの腕を掴むと、ぐっとアキの上体を引き寄せた。ユースの端整な顔が眼前にまで迫る。この距離がいたたまれないのに、アキはどうしてもユースから身を離せない。

「先生は自分を許せないから、後生大事に抱えた罪悪感を捨てるのは苦しいですよね。だから現状維持のほうが簡単なんですよ。苦痛が完全になくなるわけじゃないけど、それは小さくて、決定的な変化における痛みよりはマシだから」

決して許せない自分自身を許すという激痛に耐え、罪の意識を手放し、一生続く痛みから解放されるか。

決して許せない自分自身を許すという激痛を避けるため、罪の意識を抱え続け、一生続く痛みに耐えるか。

変化と現状維持。確かに後者のほうが簡単だ。誰だって大きな痛みは避けたい。避けるためなら日々の小さな痛みには目をつぶってしまう。

ヴェルトルのそばを離れる決心がつかず、未練の悲鳴を聞き続けているように。

「でも、変わらなかったら、先生は一生苦しいままですよ」

ユースは許さない。アキの罪悪感も、苦しみ続けることも。

ヴェルトルは許す。アキの罪悪感も、苦しみ続けることも。

どちらの姿勢も、絶対的に正しくもなく、決定的に間違っているわけでもない。ただ、アキという人間に対する向き合い方が違うだけだ。

「俺は、好きな人が目の前で苦しんでいるのに、そのままでいいなんて言えません。あなたが苦しんでいることを、あなたらしいなんて無責任なひとことで片付けたくはない」

すぐそばにある目が、声が、アキの体からも思考からも自由を奪う。言い返せないアキの口から、頼りなく震える吐息がこぼれる。

「先生が俺に対する罪悪感に苦しめられるなら、それは俺が壊します。壊せるのは世界でただ一人、俺だけでしょ。俺に対する気持ちなんだから」

ユースの言うとおり、アキの心臓に根を張った罪悪感は、ただ一人、ユースにだけ向いている。だからこそユースは世界でたった一人という特別感をもって、心の深部には届かない柔らかな言葉ではなく、容赦のない言葉をアキに浴びせるのだと、アキはようやく気づいた。

その行いは、心臓に巣食う罪悪感の根を、心臓ごと銃弾で撃ち抜くみたいだ。賢く敏いユースは知っているのだろう。アキにとっては苦痛が伴う行いでも、本質的なところでアキを癒すにはそれくらいの厳しさが必要だと。

「変わってください、先生。もう苦しまないで。あなたは……もう自分を許していい。許してください」

「……やめろ。嫌だ、そんなの……聞きたくない」

「先生」

たまらず小さく首を振るアキの頰を、ユースは両手で挟んだ。そうしてユースは額をアキの額に触れ合わせる。まるで祈りを捧げるように。

「それがどれだけつらくても、俺は、先生を一人にはしませんから」

声を失ったアキの体を、ユースはそっと抱き締めた。思わずアキの肩に力が入り、反射的にユースを突き飛ばしたい衝動に駆られる。しかし体は意思とは裏腹に動かなくて、それどころかいつもと同じ抱擁の感覚に、自然と脱力していく。

抜けていく力の代わりに、胸の中で膨れ上がるものがあった。自身への情けなさでもあり、捨てきれない申し訳なさでもあった。遠慮なくアキの弱点に踏み込んでくるユースへの苛立ちもある。

　しかしアキは気づいていた。その中には、ユースが今ここにいてくれることへの安堵もあるのだと。それが強く、何よりも強く、胸を震わせていると。

「……お前、本当に、生意気なんだよ。俺ごときとか言いやがったの、一生忘れねえからな」

　破裂しそうな気持ちのままに、弱々しく吐き捨てた。熱いものが視界を滲ませ、アキは半ばやけくそになってユースのローブに縋りつく。

「わかったような顔して、全部お見通しで、好き勝手に言いやがって。俺がこの六年間、どんな気持ちでいたと思ってんだ。簡単に変われるわけねえだろ、馬鹿野郎」

　明言していない部分まですっかり暴かれて、わかりやすく解説される。心を解剖されたうえで批評されるなど、そんなもの喜んで受け入れる人間がどこにいるのか。日頃は甘ったるい言葉ばかり吐くくせに、その実ちっとも甘くない。甘いか甘くないかだけで言えば、アキのすべてを許すヴェルトルのほうがずっと甘い。

「お前が……お前さえいなきゃ、俺は前のままで、済んだのに」

　許されたいなどとは、欠片も思っていないはずだった。それなのに苦しむなと言われた瞬間から、心臓が別の悲鳴を上げていた。許されたい、許してほしいと、アキ自身に懇願するアキの声が響く。

　贖罪を受け入れたくせに、本当は苦しみから逃れたいのだと痛感させられる。救済を求める自分自身など許せないのに、求めていると自覚させられる。

こんな汚くてずるい自分がいるなんて、知りたくなかった。

それでも、アキがどれだけ汚くてずるい人間であろうと、ユースは変わらずそばにいてくれるのだろう。

綺麗ではないところを晒したのに、厳しい姿勢を見せながらも、結局はそれさえ包み込んでくれる。包み込んでくれなんて、アキは一度だって頼んでいないのに。そんな強引な優しさはいっそ憎たらしいくらいで、だからアキを囲うユースの両腕なんて振り払ってしまいたい。そう思うのに、絶対に振り払えないのだとわかっている。だってアキは、もうこの腕のあたたかさを知ってしまったから。一度手にしたぬくもりを、容易く手放せるほど強くないから。

馬鹿みたいだ、とアキは思う。

嫌ってくれと願っていたのに、いざ嫌われたらきっと、アキは息もできない。

「大嫌いだ、お前なんて」

せめてもの意地で、嘘をついた。しかし大嘘に過ぎないと見抜かれているのだろう。その証拠にユースはアキの頭を撫でた。いつもと同じ、とても優しい手つきだった。堪えきれなくなった涙が溢れて、頬を伝って流れていく。嗚咽が漏れる喉も、胸も痛くて、アキはユースの肩に額を押し付けた。

「お前に、憧れられるのも、感謝されるのも……好かれるのも、しんどいのに。そんなの関係なしに、この期に及んで、俺を愛そうとするから、大嫌いだ」

「はは、愛しますよ、そりゃ。本当は俺に愛されるの嬉しいって、わかってますから」

「うるさい。調子乗んな」

「はいはい。いつかしんどくなくなるときまで、俺はいくらでも待ちますからね」

待っていればいつかは愛されると確信しているあたり、やはりこの男は図々しい。顔を上げたアキが真っ赤になった目で睨んだら、腹立たしいことにユースは笑った。

「だから頑張って変わって、俺の愛情を堂々と受け取ってください」

あたたかく柔らかなしずくも、膨大な数が集まれば奔流になる。受け止めきれないと言っているのに、ユースはそんな水流をアキに注ぐ。アキが溺れるほどの激しさで。

そんな方法で愛してくる男に惚れられてしまったのは、運の尽きか、はたまたこの上ない幸運か。

「ね、先生。もう気まずいの終わりにしましょうよ。俺、先生とまともに話せなくて、寂しくて死にそうだったんです。夕飯は何にします？　俺、買い物も料理も手伝いますよ。あ、夜はまたこうやって、ぎゅって抱き締めてあげますからね」

「……今日の分はこれで終わりだ。図々しいぞ。馬鹿弟子が」

「ははっ。まーた悪態ついて」

仕方がないなと言わんばかりにユースは笑う。

「俺、先生の苦しみを取り除けるなら、馬鹿でいいよ」

# 4

暑さの盛りはいつの間にか過ぎ去り、見上げた空はずいぶんと高くなった。

西から照り付ける斜陽が建物の白い外壁を橙に塗り替える。前髪を揺らす風は思いのほか冷たく、アキは手にしていたローブを羽織った。アキ同様に帰宅途中と思われる通行人も、夏の簡素な装いに一枚上着を重ねている。

青葉が茂り光がきらめく夏から、静謐な冷気がしんと満ちる秋へ。季節の境界線はいつだって気が付かないうちに乗り越えていて、今までそばにいたものの気配がすっと薄れてから、もう季節が変わるのだと気づく。冬へと向かう季節への変化だからだろうか、苛烈な熱気が消え去る夏の終わりは、いつも一抹の寂しさを胸に落とす。

不意に、この日は休みで家にいる弟子の顔が思い浮かんだ。鬱陶しいくらいにまとわりついてくる弟子が傍らにいれば、きっとこんな感傷的な気分に浸る暇もないのだろう。苦笑気味に頬が緩みそうになって、アキは慌てて顔を引き締めた。

「ただいま」

「先生！　おかえりなさい！」

アキが玄関に入ると、さっそくユースが廊下に顔を覗かせた。普段よりもはしゃいだ様子を怪訝に思ったアキは、リビングに入ったところでその理由を悟る。

テーブルの上では、豪奢な料理が柔らかな湯気を立てていた。

白身魚や貝、イカやタコといった海鮮のトマト煮込み、牛の塊肉の香草焼き、チーズを添えたサラダ、煮込んだ野菜をチーズで蓋をして焼き上げたものなど、複数の料理が彩りも豊かに並ぶ。もちろん赤ワインのボトルとグラスも準備済みだ。

「先生。お誕生日、おめでとうございます」

夏の終わりのこの日、アキは二十八歳の誕生日を迎えていた。

大人になったアキにとって、自身の誕生日は重視するものではなかった。朝いちばんにユースから祝いの言葉を贈られた際も、そういえば今日は誕生日だったなと、たいした感慨もなくそう思って仕事に出た。

「……誕生日だからって、これ全部、わざわざ作ったのか」

「もちろん。大事な誕生日なんだから、お祝いしないと」

アキさえも大切に扱っていないアキ自身のことを、ユースは両手で大切に掬い上げる。たったそれだけのことが、胸にあたたかなひとしずくを落とす。

「ささ、先生、さっそく食べてください。お腹空いてるでしょ？」

ユースに促されたアキだが、そこで違和感が頭をかすめて動きを止めた。

「……これ、量が少なくないか？」

「あ、すみません。足りなかったですか？　先生、そんなに食べないから――」

「そうじゃなくて。俺の分しかないだろ。ユースの分は？」

アキが以前ユースの歓迎会を行った際はすべての料理を大皿に盛ったものだが、今テーブルにのっている皿はいずれも小さめで、当然料理の量も少なめだ。アキがワインを飲みながらつまむには十分な量であるものの、食べ盛りのユースが腹を満たすには心もとない。ワイングラスも一つだけであるし、アキの分しか用意してないと考えるのが自然だろう。

「俺のことは気にしないでください。実は味見しすぎちゃって、満腹で……」

心なしかぎこちなく感じられる微笑みを浮かべ、ユースはさりげなくリビングとキッチンを隔てるドアの前に移動する。まるで、固く閉じられたドアを自身の体でさらに封じるように。

「……おい、ユース。グラスにワインを注げ」

あえて有無を言わせない口調で命じれば、ユースは従順な犬を彷彿とさせる素早さでドアの前から移動し、ワインボトルを手に取った。その隙に、アキはキッチンのドアを開け放つ。背後で「あ」に濁点をつけたみたいな声が聞こえたが、無視した。

キッチンに足を踏み入れたアキがまず目にしたのは、調理台に残された鍋やフライパン、耐熱性の皿だった。それらの中には魚介類のトマト煮込みや牛肉の香草焼き、野菜のチーズ焼きが残されている。

特筆すべきは料理の状態だ。牛肉もチーズ焼きのチーズも真っ黒で、もはや炭と化している。怪しんだアキが試しに鍋に残ったトマト煮込みをスプーンで掬って味見してみれば、強烈な塩味が舌を刺した。

対して、調理台の脇にある流しに放置された小ぶりな鍋、フライパン、耐熱皿は空で、わずかなソースやチーズの欠片のみが残った状態で水が溜められている。

　すべての料理を二度作ったような有り様に、アキの脳は一つの仮説を導き出す。

「……サラダ以外は全部失敗して、これじゃまずいと思って作り直して、ちゃんとできたほうをテーブルに並べておいた、と」

「……レシピを見れば、できると思ったんです」

　アキがキッチンの入り口を窺うと、ユースは両手で顔を覆ったままうつむいていた。もはや真実の隠蔽は不可能と悟り弱々しく自白する姿からは、哀愁が漂っている。

「でも、レシピには曖昧な表現が多くて……塩一つまみとか、適量とか、中火とか弱火とか……こっちはそのあたりがわからなくてレシピを見てるのに……裏切りだ……」

　恨みがましくぼやく姿がおかしくて、アキは思わず「ふっ」と吹き出した。

「あ！　先生！　笑わないでくださいよ！」

「ご、ごめん……いや、なんか、おかしくて……ふ、はははっ」

　頬を赤くしたユースは腹を抱えるアキを不満げに睨んだのち、ふいと真横を向いた。若き天才魔術師も料理はてんで駄目と思えば、失敗を恥じらう姿に心をくすぐられる。

「隠さなくてよかったのに。公爵家で育って、料理なんてする生活じゃなかったんだから、できないのは当たり前だろ」

「……嫌に決まってるでしょ。そんな格好悪いところ、先生に見せるの」

　ユースはそっぽを向いたまま、赤くなった頬に手の甲を当て、表情を隠す。

「好きな人には、格好つけたいじゃないですか」

　ふてくされたみたいな声と、悔しさと照れくささが覗いた横顔が、不意打ちとなってアキの胸をきゅっと締め付けた。たまらなく可愛らしく思えた一面にどぎまぎしながらも、アキもまたやや頬を染め、両手でそっとユースの頭を撫で回す。

「……格好悪くても、嬉しかったからいい。ありがとう」

　小声で告げれば、乱れた前髪の隙間にある青の双眸が見開かれた。直後に相好を崩したユースは、アキをぎゅっと抱き締める。

「……ふふ。先生、お礼、言ってくれましたね」

「……ん？」

「ありがとうって言ってくれるの、今まであんまりなかったんですよ。俺が何かしても、悪いなって言うばかりで。何も悪くないのに」

　弾んでいた心臓に、冷たい針を刺されたようだった。無意識のうちに現れていた罪悪感の片鱗を自覚したアキが息を詰まらせると、ユースはアキの背中を優しく撫でる。

「でも、今はありがとうって言ってくれたから、嬉しいんです」

　耳元を撫でる喜色混じりの声に、次第に呼吸が楽になっていく。まだユースへの申し訳なさが完全に消滅したわけではない。だが、自覚していないところで、少しずつ変化の兆しが見え始めているのかもしれない。

　その変化には、これでいいのかという戸惑いもある。それでも、ユースがいつもどおりに笑ってくれるなら、きっとこれでいいのだろうと思えた。

失敗した料理はのちほどユースが隠れて平らげるつもりだったようだが、アキはもちろん一人で夕食にする気などなかったので、渋るユースを説得し、料理の味を調え始めた。トマト煮込みは水とトマトソースを足して塩気を抑え、牛肉とチーズ焼きは焦げた部分を取り除く。大幅に量が増えたトマト煮込みと、小ぶりになった牛肉と、チーズの大半を失いもはやチーズ焼きとは呼べない様相になったチーズ焼きをテーブルに並べ、二人で舌鼓を打つ。

「……失敗したって言っても、二回目にはちゃんとできてるとこがむかつくよな」

アキはグラスを傾けながら、最初からテーブルに準備されていたほうの料理を眺める。小さめの皿に盛られた料理は見た目にも崩れたところはなく、味も十分に美味だった。

「まあ、俺は失敗から多くを学べる男ですので」

「可愛くねえ……まだ自信喪失してろ」

「まーたつんけんしちゃって。まったく、先生って人は……そんなところも可愛いけど」

アキの剣呑な物言いにも動じずに笑い、ユースはチーズを失ったチーズ焼きの具を口に入れる。ユースが口に入れる料理はほとんどが失敗したほうであることくらいは気づいていた。

妙な男だ。美男で能力も高く人柄も申し分ないとくれば相手など選び放題だろうに、愛想も可愛げもないうえ幼馴染への初恋を拗らせているアキがいいと言うのだから。

アキがいいとしつこく言うものだから、だんだんとこの妙な男の振る舞いや笑顔が、ひどく愛らしく感じられるようになってしまった。

「先生？　どうしました？」

ユースに問われ、アキは無意識のうちにユースの顔を凝視していたことに気づいた。

「いや……お前け料理以外でも、なんかできないことないのかなって思って」

視線を泳がせながら、アキは小さな嘘をつく。ユースはアキの心中を察していないのか、珍しく困ったみたいに苦笑いをする。

「好きな人に好きって言ってもらうのは、まだできてないですね」

アキはグラスを口元に運ぼうとしていた手を止めた。

「もうそろそろ言ってくれそうだなって思ってるんですけど、なかなか手ごわくて……」

発言内容とは裏腹に、ユースの声も表情も穏やかだった。まるで季節の変化と同程度の速度で進むアキの心変わりの過程さえも、丸ごと愛していると言うように。

漠然としながらも胸の奥で確かに存在していたものに、明確な輪郭が生まれた。

あるべきものが、あるべきところに収まった感覚。それはどちらかというと諦めの感覚に近いのに、がんじがらめの状態から自由になった解放感もあり、自然ともういいかと思えてしまって、いつの間にか根負けしていた自分に気づき、心の中だけで苦笑する。

好きだという簡潔な言葉は、透明なしずくに似ている。とても柔らかいのに、一滴、一滴と注がれれば、いつかは硬く冷たい未練の岩にも罅を入れる。

そうして罅割れた未練の岩の下には、いつの間にか透きとおった青を宿す泉ができていた。

アキは向かいの席に座るユースに歩み寄ると、ユースの肩に手を置いて、何事かと目を丸くするユースの頬に唇を押し付けた。

「……卒業まであと少しなんだから、いい子で待ってろよ」

消え入りそうな声量で告げれば、ユースは啞然とした表情で頬を手で押さえた。赤らんだユースの顔と、爛々と輝く青の瞳を直視できず、アキはさっと身を翻した。

「ちょ……先生！　今のって、つまり……」

アキは素早くローブのフードをかぶって赤面を隠し、キッチンに駆け込んだ。即座にドアを閉めてユースの侵入を阻むと、ドアにもたれてずるずると座り込み、籠城の構えを取る。

「先生！　ちょっと！　可愛いことしておいて逃げるのずるいですよ！」

「うるさい。黙れ。どっか行け」

「あ、あなたって人は、本当に……まったくもう！」

信じられないくらいに可愛げがない自覚はあるものの、こういう場面において素直になれていたらそれはもはやアキの皮を被った別人だ。

「……先生。俺、卒業したら改めて言います」

何を、とは言われずとも、ユースの意図は明らかだった。アキは沈黙のみを返す。

温暖な海に面した南から吹く夏風がやむと、今度は北から乾いた風が吹く。海の湿り気を帯びた暖気が海上へと押し戻されれば、それはもう秋の入り口に立った合図だ。

今は空がすっと高くなった夏の終わり、ユースが卒業する秋まではもうすぐだ。

学院の中心部にある広場に、四百名近い学生が集う。皆一様に灰色のローブを羽織った学生たちが見上げる先には、黒のローブを秋風に翻して広場上空に浮かぶ学長の姿があった。

「皆さん、卒業おめでとう！」

初老の学長が空中で魔杖を振ると、学生たちのローブが瞬く間に黒へと色を変えた。半人前を表す灰色のローブから、一人前を表す黒のローブへ。卒業証書よりも雄弁に卒業を物語るローブの変化に、学生の集団が歓喜に沸く。

集団の中では、ユースも他の学生と同様、傍らに立つ学友に笑顔を見せていた。黒のローブは華やかに整った金髪碧眼の容姿によく似合っていて、弟子の卒業を見届けたという感慨が影響しているのか、アキの目にはユースの横顔が昨日までより大人びて見えた。

師である魔術師は皆、心は同じなのだろう。アキと同じく広場の隅に立ち、遠巻きに学生を見つめる黒ローブの魔術師の中には、感極まったのか指先で目尻を拭う者もいた。

「アキ、来てたんだ」

背後から歩み寄ってきたエレーナは、そう声をかけながらアキの隣に並んだ。

「弟子の卒業だからな」

「師だからといって来る人ばかりじゃないよ。ユースくん、喜んだでしょう」

実際、アキが卒業式に同行すると知ったユースは嬉々として抱き着いてきた。余りの喜びように、同行を申し出たアキのほうが恥ずかしくなったほどだ。

「そのユースくんが言っていた、第一王子に関することなんだけど」

「第一王子って……魔術師に変化してるかもしれないって噂のことか？　でも、非魔術師家系の第一王子が魔術師になるのはありえないって、この前エレーナだって言ってただろ」

「うん。あのときはそう考えてた。でも先日、後天的な魔力体質への変化について記された資料を発見したんだ」

瞠目するアキにエレーナは語る。

「魔力体質か否かを決定づけるのは血液中の魔力の有無だ。つまり、それまで魔力が存在していなかった血液でも、新たに魔力を流せば魔力体質ということになる。例えば、外傷。魔力攻撃によって体が傷つけられ、傷口から入り込んだ魔力が血液中を流れることで魔力体質に変化する、と資料には書かれていた」

一応、筋は通っている。

「もっとも、全員が全員というわけではないだろうね。もともと魔力に適応しやすい体質の者に限られると思うよ。そしておそらく、そんな体質の者は非魔術師の中ではごくわずかだ。だからこそ事例が確認できず、一般的には知られていないんだろう」

「エレーナはその資料、どこで見つけたんだ？」

「十年ほど前、一斉に失踪した研究者が使っていた棚の中にあったんだ。魔瘴研究者がどうして非魔術師が魔力体質に変化する件について調べていたのか、理由はよくわからないけど」

魔瘴は有害魔力の塊であるから、魔瘴研究は大まかな分類でいえば魔力そのものに対する研究でもある。つまりエレーナたち魔瘴研究者は皆が魔力に関する専門家なわけだが、体質変化となると少し方向性が異なるように思えた。集団失踪事件は未だ真相が解明されていないという現状もあり、うっすらと得も言われぬ不気味さが感じられる。

「そうなると……第一王子に関する貴族の噂は、あながち嘘じゃないかもしれないのか」

「それはそう。でも、もう一つ、君に伝えたいことがあって」

エレーナの表情に影が差し、困惑が浮かんだ。

「そんな噂は、貴族の間で流れていないみたいなんだ」

「……え？」

「私の友人の研究者に、貴族の家柄の人がいてね。彼女に聞いてみたところ、聞いたことがないって。情報通の彼女が知らないんだから、そんな噂は存在していないと考えていいと思う」

「じゃあ……ユースは嘘ついたってことか？」

「おそらく。だから気になっていて」

第一王子魔術師説などという現実味のない話を、ユースがあの場でとっさに思いついたとは考えにくい。どこか別の場所で小耳に挟んでいたからこそ、口にしたと見るべきだ。本当の情報源を隠すために貴族の噂という嘘をついたのだろうが、真相は確かに気にかかる。

エレーナは考え込む素振りを見せていたが、やがて彼女は小さく首を振った。

「いや……やめよう。きっとユースくんなりの事情があったんでしょう」

エレーナは不愛想なようで、実のところは他者への心配りを欠かさない人だ。ユースが真実を隠した以上、暴くのは心苦しいと考えたに違いない。

「めでたい日なんだ。今は、彼の卒業を祝おう」

声音をいくぶん明るくしたエレーナが見つめる先には、黒ローブの学生たちの中で笑うユースの姿がある。青春時代の最後を惜しむ姿を見守っていると、もう二度と戻らない日々の記憶が蘇り、ほろ苦さがふわりと広がった。

「隣に君がいるからかな。妙に懐かしいよ。試験前に勉強を見てくれた私のおかげで卒業できたって、アキとヴェルトルが卒業式の日に私をエレーナ様って呼んできたことを思い出す」

「忘れてくれ。若かったんだ」

「師匠はぎりぎり卒業で、弟子は編入試験から卒業まで完璧に近い成績を維持したと思うと、その差が面白いね」

編入試験という予想外の単語に、アキはユースからエレーナに視線を移した。

「……編入試験？　あいつ、編入してきてたのか？」

「あれ、知らなかったの？　ユースくんは非魔術師系の大学から学院に編入してきたんだよ」

少数派ではあるが、魔術師家系の者でも魔術師以外の道を選択し、非魔術師系の学校を卒業する者もいる。

だが、ユースの家は魔術師の名門グラント公爵家だ。以前ヴェルトルが言ったように、グラント公爵家の者はほとんどが学院を卒業し、優秀な魔術師としての人生を歩む。だからこそかつてユースが非魔術師系の学校に通っていたという事実は、にわかには信じがたい。

「編入って……いつ？」

「私たちが実習生のときだから……六年前か。すごい子が入ってきたって、学院の教職員の間で話題になったからよく覚えてる。半端な時期だったんだよね。一年次の後期の後半、初夏の頃だったから」

六年前の初夏というと、魔瘴の暴走が発生した三ヶ月後くらいだ。十六歳のユースは、その頃には傷もすっかり癒えていただろう。

加えて、一年次の後期の後半に編入ということは、大学に入学して一年も経たないうちに進路変更したことになる。深手を負った約三ヶ月後であることも含め、その時期の編入には不可解なものがあった。

編入の件をアキに黙っていたのも妙だ。あえて話すまでもないと考えただけなのかもしれないが、なぜだかユースの沈黙に特別な意図がある気がしてならない。

いくつもの違和感が、じわじわとアキの思考を支配していく。理屈ではない。本能に近い感覚が、何かがあるとアキにささやく。

エレーナからもたらされた情報。仮説。違和感。脳内に散らばっていたいくつもの手がかりの断片が集約し、ゆっくりと、何かの形をなそうとする。

第一王子は魔力による外傷で魔術師に変化している疑いがある。

第一王子が病を理由に公務から離れたのは、六年前の春頃。

六年前の春に発生した魔瘴の暴走で魔瘴——有害魔力の塊に傷つけられたユースは、およそ三ヶ月後に非魔術師系の大学から、魔術師系の学院に編入した。

ユースはとある筋から第一王子魔術師説を聞いていると考えられるが、情報源に関しては嘘をついて隠した。

第一王子とユースは、共に現在二十二歳。

情報の断片が、ひとつの明確な形をなす。

浮かび上がってきた衝撃的な可能性に、アキは思わず口元に手を当てた。

「……アキ？　どうかした？」

怪訝そうにアキの顔を覗き込むエレーナに、今しがたアキの脳内に浮上した可能性に気づいている様子はない。そこでアキは悟る。エレーナはユースが六年前の暴走で傷を負った事実を知らない。この情報が欠けていれば、鋭敏な頭脳を持つエレーナとて推理は難しいだろう。

澄んだ鐘の音が周囲に響き渡った。学院の中心に建つ時計塔の鐘だ。

「ああ、ごめん。私はもう行かなきゃ。ユースくんにおめでとうって伝えておいて」

エレーナはアキにそう言い残すと、広場から去っていった。

「先生！　お待たせしました！」

弾んだ声が聞こえたと同時に、背後から大きな衝撃に襲われた。駆け寄ってきた勢いのままアキにしがみついたユースは、よろけたアキの体をしっかりとその両腕の中に収める。危うく転倒しかけたアキは呆れ顔で、ユースの顔を押しのけた。

「こら、でかい図体で飛びついてくんな。吹っ飛ばされるかと思った」

「すみません。俺、先生が大好きなので……」

さらりと吐き出される甘ったるい台詞に心臓が跳ねたが、いつもどおりの反応を示すには頭に浮かんだ仮説がもたらす驚愕が大きすぎた。戸惑いを隠せない複雑な面持ちでユースを見上げていると、ユースは「先生？」と首を傾げる。

「……六年前に編入してきたんだってな。知らなかった」

「ああ、はい。わざわざ言うことでもないかと思って」

「しかも最初は非魔術師系の大学に入ったって。グラント公爵家じゃ珍しかっただろ」

「……まあ、そうですね」

「……なんでまた、半端な時期に進路変更をしたんだ？」

「先生」

呼びかけに明確な制止の意図を込め、ユースはアキから身を離す。

「さっきエレーナさんと話してましたよね。俺の編入の件もエレーナさんから聞いたんでしょうけど、他に何か話しました？」

「……非魔術師家系の人間が、魔力による外傷で魔力体質に変化する可能性について。その理屈で考えれば、第一王子魔術師説も十分に成り立つ」

なぜだか、やたらと喉が渇いていた。それでもアキは慎重に続ける。

「それと……第一王子魔術師説なんて噂は、貴族の間で流れてないってことも聞いた」

ユースの目がほんの少しだけ見開かれた。しかし動揺らしきものが表れたのは一瞬で、すぐにユースは苦笑する。

「うーん、やっぱり貴族の間での噂っていうのは安直でしたね。あの場でとっさについた嘘だったとはいえ、雑すぎました」

「……白を切らないんだな」

「はぐらかしても無駄でしょ。先生はもう勘づいてるんだから」

隠していた秘密が暴かれようとしているというのに、ユースは余裕の態度を崩さない。堂々たる姿は王者の風格を思わせ、相対するアキの肺が緊張で締め付けられる。

「……ユースは他人から第一王子魔術師説を聞く以前に、第一王子が魔術師だと知っていた。なぜなら、本人だから」

第一王子とユースにまつわるさまざまな情報を整理すると、導き出されたのは第一王子とユースは同一人物であるという仮説だった。

六年前に発生した暴走の日、非魔術師である第一王子は魔瘴の触手に傷つけられ、魔力体質に変化した。それゆえ王位継承権を失った王子はユースと名を変えて魔術師としての人生を歩み始め、暴走のおよそ三ヶ月後に学院に編入した。そう考えると辻褄が合う。

王の親友とも呼ぶべきグラント公爵は、王子が魔術師となった真実を知る立場だったのだろう。だからこそ、魔術師となった王子は末子としてグラント公爵家に迎え入れられたのだ。

「でも、もちろん本当の立場については俺たちには明かせない。だけどいきなり第一王子魔術師説なんて突拍子もない話をし始めるのは不自然だから、貴族の噂で聞いたことにした」

ユースは特段の反応を示さず、ただ目を細めた。肯定も否定も露わにしない姿が、アキの推測が正しいことを何よりも物語っていた。

「……きっかけは、水道橋に魔石を発見した日にヴェルトルさんが言った冗談でした」

束の間の沈黙を経て、ユースは穏やかに語り出した。

「王家に魔術師がいればクーデター派にとって都合がいいと、彼は言いました。反乱を防ぐための正統性があり、魔術師を束ねる頭としての役割も果たせるから、と」

それはクーデター後に発生すると予想される反乱の鎮圧について、考えるのが嫌になったヴェルトルが口にした冗談に過ぎず、アキやエレーナはもちろん、ヴェルトル本人にとっても信じるに値しない話だった。というのも、非魔術師家系の王家に生まれた者が魔術師に変化するなど、その三名にとっては現実味に欠ける話だったからだ。

だが、あの場でただ一人、ユースだけは違った。

「第一王子が魔術師に変化した事実を把握している俺にとっては、冗談で済ませられるものではありませんでした。なぜならそれは、クーデター派が求める王に最適な人物と考えられる第一王子が、クーデターに利用される可能性を示唆するものでもあったからです」

「……王位簒奪の意思が王子になくても、クーデターを成功させる駒として、クーデター派に王の役割を押し付けられるってことか」

「さすが先生。理解が早いですね」

ユースは唇の端を小さく上げた。

「気づいたときは、俺もさすがに動揺したんです。自分の身に降りかかる事態かもしれないと考えれば焦りも芽生えました。この可能性を否定できる要素はないかと思い、先生たちの知恵を借りるため、貴族の間での噂なんて嘘をついて、第一王子の件を話題に出したんです」

「……そしたら、第一王子であればクーデターに最適という仮説を否定するものは、第一王子は魔術師ではありえない、という点のみだった」

「そうです。その条件が成立している以上、第一王子は魔術師の王に最適という俺の言説が補強されることになります」

　つまり、アキたちの意見をもとに導き出された結論は、第一王子であり魔術師であるユースにとっては、自身が陰謀に巻き込まれる懸念を強めるものでしかなかった。

「緊急事態と判断した俺は、あのあと養父を通じて王宮にすべてを伝えました。王宮と養父の協力のもと、ティリエス警察と中央警察が合同で動いているはずです。もう魔石の回収も終わっているだろうし、首謀者に関する捜査も進んでいると思うので、安心してくださいね」

　王子として、必要な対処はしたということだ。アキたちには真相を知らせず、一人で。

　今になって思えば、第一王子魔術師説を取り下げた際のユースの顔には見覚えがあった。魔瘴の観測データに表れた異変を観測所の解析官に一蹴されたあと、アキには忘れてくれと言いながらも、腹の中では別の人間にデータを見せることを決めていたときの顔だ。自分一人で、対処することを決めていたときの顔。

　先日も、きっと同じ思いだったのだろう。自分の問題には誰も巻き込まないと決心していたからこそ、ユースは真実を一人で飲み込み、忘れてくれと会話を断ち切った。

「ねえ、先生。俺のこと、信じてもらえますか？」

唐突な問いの意味がわからず、アキはおずおずと「……え？」と尋ね返す。

「さっきは第一王子に王位簒奪の意思はないという前提のもとで話しましたけど、真実である証拠は何もないんです。ヴェルトルさんが言ってたみたいに、実はクーデター派と結託してるかもしれない。疑われても仕方がないって、俺もわかってるんです。でも」

ユースはそこで一度、口を閉じてから、決然とした顔で言う。

「俺は、辺境魔術師以外になる気は絶対にありません」

揺るぎない瞳を見つめ、アキは考えた。魔力体質に変化したユースが半端な時期でも学院に編入したのは、一刻も早く魔術師としての人生を歩みたかったからではないか。その道の先に存在している、辺境魔術師という目標に近づくために。

「信じるよ」

答えは、最初から決まっていた。迷うまでもなかった。

「信じないわけないだろ。俺が真っ先にお前を信じてやらなくてどうするんだ」

ユースはアキたちと共に水道橋の魔石を発見し、警察への通報にも異を唱えず、中央魔術省上層部が関与しているのではないかと指摘し、嘘をついてまで第一王子の件を口にした。いずれもクーデターの全容を解き明かし、実行を防ぐための行動だ。

それになにより、アキの胸にはユースへの大きな信頼があった。根拠がなくともユースの潔白を確信できるだけの信頼を、この半年間でユースはアキに与えた。

　アキはローブのポケットに手を入れると、中からしずく形の青い結晶を取り出した。アキの親指ほどの長さの結晶には、輪になった細い鎖が取り付けられている。

「だから、これ、受け取れ」

　アキがユースの首に鎖をかけると、ユースは胸元で光る結晶を手のひらにのせた。

「これ……先生の魔力を感じます」

「俺の魔力を固めて作ったからな」

　ユースに渡した青い結晶はアキの魔力そのものだ。魔石にも似ているが、魔石は内部に魔力を溜める結晶であるのに対し、これは結晶自体が魔力でできている。

「この結晶は辺境魔術師が一人前になった弟子に贈るお守りだ。飲むと魔力をすぐに補えて、重傷を負った場合でも回復できる。何日もかけて、かなりの量の魔力を固めて作るから、効力は回復魔術よりもずっと強い」

　一人前になった弟子は、師と別行動を取る機会も増える。だから辺境魔術師は、師である自分がそばにいなくとも弟子を守れるようにという願いを込め、このお守りを贈る。

「世界でただ一人、贈られた相手にしか効果がない。だからそれはユース専用だ。肌身離さず持って、自分を守るために使え。俺も六年前、そう先生に教えられた」

　アキは首にかけていた鎖を引っ張り、シャツの内側から鎖の先についた楕円形の結晶を取り出した。ソフィアの魔力で作られた結晶は、六年の歳月が流れた今でも青く光る。

「いざというときは迷うな。なくなったら、またいくらでも作ってやるから」

アキは結晶を手のひらにのせたユースの手を両手で包み込み、彼に結晶を握らせた。過去を隠し、新たな立場で生きる覚悟を決めている彼を、少しでも守ってくれと願いながら。

「……なあ、ユース。お前個人の問題に俺を関わらせろとは言わないよ。でも、俺はいつでもお前の力になるつもりだってことは覚えておけ。なりふり構わず頼れる人がいるって思えるのと、思えないのじゃ、全然違うから」

ユースがアキとの間に引いた境界線を強引に越えようとは思わない。たとえ動機が心配であったとしても、他者が示した拒絶を無視して迫ることは、身勝手で傲慢な行いにもなり得るからだ。

それでも自分には支えにできる人がいるのだと、ユースには知っておいてほしい。

アキが抱えた罪悪感はしぶとく、ユースにあれほど厳しいことを言われたにもかかわらず、今でもふとした瞬間、痛みに苛まれる。結局は、アキが自分で変わるしかないのだ。罪悪感はどこまでもアキの問題に過ぎないから。

しかし自分が自分であるがゆえに、どうしようもなくまとわりつく問題に一人で向き合うときでも、絶対に離れないでいてくれる人がいる。代わりに問題を解決してくれるわけではないし、重みを背負ってくれるわけでもないけれど、自分の背中をそっと支えてくれる。そう確信できるだけで、息が少しだけ楽になる。

アキにとってユースがそうであるように、アキもユースにとってそうでありたい。

「……ありがとうございます、先生」

ユースの声は感極まったように震えていた。結晶を収めた拳を胸に当て、目を伏せてから、ユースは再びアキと目を合わせる。

「先生、俺、卒業まで待ちました」

いつもと同じように青く澄んだ瞳を、アキは不意に美しいと思った。透きとおっていて、熱いものを宿す瞳に、いつの間にか胸が焦がされていたのだと知る。

「俺を先生の恋人にしてください」

若い直球の懇願はやはり、不毛な未練の痛みに慣れた身には眩しすぎた。それでも悪い気はしなくて、でもやはり素直に喜びを露わにするのは恥ずかしくて耐えられず、アキは無言のまま左耳のピアスに触れた。

耳朶を貫く銀色の輪を外す。未練そのものを耳から取り、今まで晒すことのなかった小さな穴をユースに晒した。乾いた風が穴を撫でる感触がこそばゆい。

「……何もないと落ち着かないから、なんかお前が好きなやつ、買っておけよ」

あえて素っ気なく言う声が尻すぼみになる。頰を紅潮させたユースの、静かな喜びを表す表情を直視できず、視線を横に逃がした。

伸びてきた大きな手が、アキの頰に添えられた。優しく促す手に従って顔を上げれば、ユースの顔がゆっくりと下りてくる。

最初は、唇同士がそっと触れ合うだけだった。柔らかな一瞬を経てすぐに唇は離れ、見つめ合うわずかな間ののち、引き寄せられるみたいにして再びキスをした。

唇の隙間から入り込んできたユースの舌を受け入れる。分厚い舌に少し上顎を撫でられただけで、くすぐったさに似た痺れが頭の奥まで駆けた。ピアスを失ったばかりの左耳を指先で挟まれれば、一段と強い刺激が走る。ユースの仕草ひとつひとつが示す欲と執着に、体の芯がとろりと熱を持つ。

求められる喜びが、アキの意識を興奮へと突き落とす。

「……先生」

左の耳朶を弄りながら、ユースは左耳の横でささやく。

「続きは、宿のベッドの上でにしましょう」

「んっ……は、あ……」

簡素な宿の部屋に入ってローブを脱いだところで、アキはさっそくユースにベッドへ押し倒されてキスをされた。真上から押さえつけられるキスは息苦しいほどで、アキは慌ててユースの肩を押しのける。

「こら、そんなにがっつくな。まだ風呂も入ってないのに」

「いいですよ、省略で」

「いや、俺がよくないんだって」

「俺に抱かれるためにわざわざ宿を取ってくれたんだから、早くしてあげないと」

勝ち誇ったみたいな顔で微笑みかけられ、アキの全身に火がついた。

「日帰りでもよかったのに泊まりにしたのって、こうなるってわかってたからですよね？　家だと、ヴェルトルさんが帰ってくるかもしれないから」

この男はどこまでアキの心中を見抜けば気が済むのだろう。アキはたまらず言い返そうとしたものの、大きすぎる羞恥のせいで反論も文句も声にはならなかった。

ユースは耳まで赤くして黙り込むアキに再び笑いかけ、肩を押すアキの手をシーツに押し付けると、アキの首筋に舌を這わせた。舐められた感触に肌が粟立ち、体がびくっと跳ねる。

「……はは、先生。可愛い。慣れてないんですね」

「……うるせえな。こなれたほうが好みなら別のやつ抱けよ」

どうしてアキは先ほど恋人になったばかりの男とベッドにいるこの瞬間、可愛げという可愛げを徹底的に排除した物言いしかできないのだろうか。さっそく自己嫌悪に陥りそうになったアキだが、シャツの裾から入り込んできた手が思考を断ち切った。

へそのあたりを撫でた手は、腹部から胸元へと上がった。早鐘を打つ心臓の上に、彼の大きな手が乗る。その指先が、左の胸の先に触れる。柔らかなそこは指が触れた感触だけをアキに伝えるばかりで、性感には程遠い。

しかしユースの手付きは明らかに情事の一部だとわかるから、どうしても意識させられる。今からこの手に触れられ、抱かれるのだと、思い知らされる。

「別の人を抱けなんて、可愛い照れ隠しですね。そんなの思ってもないくせに」

ユースは言い終えると同時にアキの口を自身の唇で塞いだ。ねっとりと舌が絡むかすかな音がアキの鼓膜を震わせ、妙に甘く感じられる唾液とユースの匂いが脳まで侵蝕する。無遠慮に体の上を這う手が背中側に移動し、艶めかしい手つきで腰を撫でた。

キスの音。舌を伝って流れる唾液の甘さ。愛撫。視界に映るユースの顔。彼の匂い。五感のすべてが彼で染められ、すべてを支配されているような錯覚がする。

そんなことを思った瞬間、ぞくりと背筋が震えた。

震えは甘さを帯びて、体の中心に溜まり、足の間に熱を落とす。

触れられてもいない性器がわずかに存在感を増した。一度でも性感を意識してしまうと、五感への刺激が容易く心地よい痺れに変わり、キスの合間に艶っぽい声が漏れる。

「は、あっ……」

「……先生、気持ちよくなってきました？」

「そんなわけ――あっ」

服の上から性器に触れられ、明確な快感にたまらず仰け反った。

ユースは膨らみ始めたそこを緩慢な手付きで撫で回した。手のひらで包み、五本の指で軽く揉み込む。焦らしているとわかる意地の悪い動き。物足りなくて自然と揺れそうになる腰を必死に制御するも、一滴、一滴、ぽたぽたと落とされる甘いしずくが放出の欲を膨らませる。

「ん、う……」

口を手で押さえても、堪えきれない声が隙間からこぼれ落ちる。目に涙をため、荒い息を漏らし快感に耐えるアキを見下ろし、ユースは口角を上げた。

「俺としては、こっちも好きになってほしいな」

もう片方の手が再び胸の先を指先で挟んだ。触れられたそこは自然と硬さを増し、性感とまではいかないものの、まろやかな刺激が走る。

「ひ、あっ……あ、お前、ねちっこい……さっさと、しろよ」

「……顔真っ赤にして涙目で文句言ってくるの、可愛すぎる」

「うるせえ」

反射的に振り上げた足がユースの肩に直撃し、ユースは「いてっ」と呟く。軽く蹴ってからブーツを履いたままだったことを思い出したアキは「あ、ごめん」と謝ったが、そもそもユースが粘着質な前戯をしてくるのが悪いと責任を押し付けた。

両足のブーツと、下半身の服をすべて脱がされる。そのまま両膝を両手で押さえられ、足を大きく開く格好を余儀なくされた。

当然、物欲しさを示すように緩く立ち上がった性器を隠すものは何もない。アキが羞恥で赤らむ顔を手で隠していると、ユースは屹立したものに顔を近づけた。

いったい何をするのかとアキが怪訝に思った瞬間、ユースは大きく口を開け、当然のようにアキのものをくわえこんだ。

頭が真っ白になったのも一瞬だった。すぐに柔らかくあたたかな粘膜の感触がもたらす、大きすぎる快感に襲われる。

「んっ……ん、ああっ」

　根本まで口に含まれ、吸いつかれ、舌で舐められ、唾液が絡む。ゆっくり、ゆっくり、食われているみたいだ。弱いところを的確に攻められ、体がびくびくと震える。

　そもそも誰かとこうして触れ合うのは初めてだというのに、いきなりこれでは体にも心にも刺激が強すぎる。アキは涙目でユースの頭をやんわりと引き剝がそうとするが、手にはうまく力が入らない。

「ん、う……もう、でる、から……」

「出して。このまま」

　穏やかながらも有無を言わせない物言いに、心臓がぎゅっと締め付けられた。ユースはじんじんと疼くアキの性器に舌を這わせたまま、上目遣いでアキを見る。金髪の向こうに透ける青の瞳が、恐ろしいほど妖艶にアキを射貫く。

　アキが出すものさえも自分のものだと言わんばかりの眼差しに、アキは限界を迎えた。

　声にならない嬌声を漏らし、アキはユースの口内で果てた。大きく跳ねた体から、徐々に力が抜けていく。呼吸を乱して横たわるアキを満足げに見下ろし、ユースは口の中のものを嚥下する。赤い舌先を覗かせ唇の端を舐めると、ユースは微笑んだ。

「気持ちよかった？」

　答えなどわかっているだろうにわざわざ問うのは、アキの口から言わせたいからか。アキは赤く染まった顔でユースを睨みつけると、シーツに押し付けるようにして表情を隠した。

「……ふふ。照れちゃって、可愛い」

「うるさいな。なんでもかんでも可愛いって言うの、やめろ」

「仕方がないじゃないですか。全部可愛いんだから」

ユースはアキの顔の横に両手をつくと、アキの左耳に顔を寄せた。

「もういい加減に諦めて、大人しく俺に可愛がられてくださいよ」

小さな穴だけが残された左の耳朶を、ユースの舌が這う。唾液を絡めた舌の音が鼓膜を揺らし、アキはたまらず身を捩る。しかし仰向けになった体はユースにのしかかられていてまともに身動きが取れず、二人分の熱い吐息が満ちるベッドの上に逃げ場はない。

耳元に、わずかな魔力の気配を感じた。ぴりりとした痛みが左の耳朶に走り、穴が塞がれたのだと悟った。

「先生……好き。大好き」

未練の証をすっかり奪い取ったユースは、うわごとみたいにそう呟きながら、首筋の柔らかな肌に吸いついた。見えるところに痕は残すなと制止したいのに、甘さを含んだかすかな痛みが理性を粉々に破壊して、もっと好き勝手にされたいという欲求が顔を出す。

この男になら、乱されてもいい。乱してほしい。身も心も暴かれて、目を背けたくなるような欲が引きずり出される。心臓が爆発しそうなほど恥ずかしいのに、今さらだと半ばやけになって、絡みつくように触れてくるユースに自らキスをした。

激しさを増したキスの合間に、互いの服を脱がせ合った。現れたユースの裸体には引き締まった筋肉がほどよくついており、顔の造形の美しさもあいまって、彫刻を思わせる肉体美に目を奪われる。

ユースの下半身に視線を落とせば、そこにはアキのものよりずっと太く長いものが猛々しく立ち上がっていた。これから繋がることを思うとその大きさに少しの不安がこみ上げたが、すぐに恐れを凌駕する確かな期待と興奮が押し寄せる。

ユースは軽く手を振って液体が満たされた小瓶を出現させると、栓を抜き、再び硬くなりつつあったアキの性器に透明な液体を注いだ。人肌程度に温められていた液体はとろりとしていて、会陰を伝って後ろへ流れる。

「……後ろ、慣らしますね」

ユースはアキの後ろの窄まりに指先で触れた。周辺を揉むような仕草にアキが体を硬くすると、反対の手で性器を包まれる。うっすらと高められていた性感が一気に跳ね上がって、たまらずアキの身がびくっと跳ねた。

後ろに指が浅く入り、中を探り始めた。前で感じる快楽の波がじんわりと腰全体を溶かし、後ろでも感じている錯覚を抱く。先ほど出したばかりだというのに、性器が熱く疼き始める。

「……んっ」

中に入れられたユースの指先がかすめたところに、それまでとは違う痺れが走った。外に放出するのとは異なる、内側で快感の塊が波打ったような、体感したことのない感覚だ。

「……ここ、いい？」

ユースがそこを少し強めに押すと、強烈な快感が内部に走った。頭の中で光が明滅するみたいで、未知の快楽に脳が困惑するのに、体は素直に気持ちよさを拾う。

「あ、ああっ……」

アキは涙をこぼしながら身を捩るが、中に入れられたユースの指は離れず、執拗にそこを刺激した。ぐりぐりと押し潰されて内側がとろけ、熱を持ち、欲しがるようにユースの指を締め付ける。

いつの間にか足の間で立ち上がっていたものが、先端から透明な蜜をたらす。溢れた蜜を塗り込むようにして触れられ、強すぎる快楽に、甘ったるい喘ぎ声を抑えられない。

限界が近づくアキの耳元に、ユースは顔を寄せた。

「アキ」

そう呼ばれたと同時に中を強く押されて、今度はユースの手の中で達した。

背中が仰け反る。力が抜けていく体を、絶頂の心地よい余韻が包み込む。涙が染み込んだシーツに額を押し付けると、吐き出した熱い息が頬を撫でた。

放出の名残は穏やかで、ゆらゆらと波間で揺蕩っているみたいだった。意識が輪郭を失い始め、「先生？」というユースの声が遠くで聞こえる。駄目だと思うのに瞼は重く、アキの意思に反して下りていく。

次に目を開けたとき、部屋には橙色に染まった光が差し込んでいた。

「あ、起きました？」

アキの傍らでうつ伏せに寝転んでいたユースは、手元で広げていた本を閉じた。アキと共有する毛布の下からはむき出しの肩が覗いていて、アキ同様に裸身であることが窺える。

アキはそこでようやく情事の最中に寝た失態を思い出し、顔面を蒼白にした。

「俺、途中で……」

「大丈夫です。気にしないでください」

戦慄するアキとは対照的に、ユースは心底愛おしそうにアキの髪を梳く。

「多分、今日すぐに俺のを入れるのは無理だったと思います。だから、今日は先生が気持ちよくなってくれただけで俺は満足です」

「……満足ではないだろ」

「いいんですよ。だって俺に触れられるのは気持ちいいって、わかったでしょ？」

ユースは毛布の中でアキを抱き寄せ、アキの腰を撫でた。

「いつか先生から抱いてって可愛くおねだりしてほしいから、俺と寝るのは気持ちいいんだって覚えてください」

欲情を隠そうともしない手つきで尻を揉まれ、アキの体が一気に熱を持った。途端に普段のつっけんどんな態度がむくりと顔を出し、アキは即座にユースの顔を押しのけた。

「せ、先生……愛を深めた直後なのに、素っ気ない……」

「恥ずかしい言い回しすんな」

ユースの頭をやや荒っぽく撫で回してから、アキはベッドから抜け出す。

隣のベッドにはアキの服が綺麗に畳まれている一方、ユースの服は乱雑に脱ぎ捨てられたまま散乱していた。アキのものだけ丁寧に整えるところがおかしくて、密かに笑みを漏らしたアキは、ユースのシャツを拾い上げる。

「ユース、お前も服着ろよ。夕飯、外行くだろ」

「ああ、はい。ありがとうございます」

ユースがベッドから起き上がったとき、アキの目は意外なものを捉えた。

ユースの体の、右の鎖骨の下のあたりに、横長の傷跡が残っている。引き攣れたような大きな傷跡は、アキの右の鎖骨の下に残る六年前に負った傷跡に、形も大きさも酷似していた。

情事の最中も視界に入っていたはずだが、気づくだけの余裕がなかったのだろう。今になって存在を認識したユースの古傷に、アキは動揺を隠せない。

「ユース、その傷跡……」

ユースは何かを言いかけたが、すぐに口を閉じ、視線をさまよわせた。詳細を語ろうとしない姿から、彼がそこには踏み込まれたくないのだとわかって、アキもまた沈黙する。

アキの傷跡とよく似ている点は気になるが、ユースが話したくないなら無理には尋ねられない。王子である出自を隠しているユースは、ただでさえ容易には話せない事情を抱えている人だ。距離の取り方を見誤れば、すぐに居心地の悪さが一緒にいる幸福感を上回る。

アキはユースに歩み寄ると、彼の肩にシャツをかけた。

「さっさと着ろ。その……冷えないように」

冷えると傷跡が痛むなら、二人で冷えないようにしようと、かつてユースは言った。

「はい。先生も」

ユースは目を細め、柔らかく微笑（ほほえ）んだ。あたたかな表情を見てアキは悟る。あの夜に交（か）わしたやり取りを、ユースも覚えていたのだと。

ユースはシャツを肩にかけた格好のままアキを抱き締（し）めた。

「先生、好きです」

「……知ってる」

「はは。こういうときは、俺も好きって言ってほしいなあ」

巨大（きょだい）な角砂糖をいくつも吐き出しそうなほど甘ったるい台詞（せりふ）が己（おのれ）の口から飛び出す場面など、アキには想像ができない。気恥（きは）ずかしさを隠し、アキはユースの腕（うで）から抜（ぬ）け出す。

「また今度な」

「ええ……今度っていつですか」

「今度は今度だ。いい子で待ってろ」

「先生。俺は十分、いい子で待ったと思うのですが」

「調子に乗るな」

アキはユースに背を向け、服を着た。アキの気持ちは確かにユースに向いている。はっきり言葉にする日はそのうち来るだろうと、たいして気にも留めなかった。

ユースが卒業し、晴れて一人前の辺境魔術師になったということは、すなわちこの年の卒業実習が終わったことを意味する。

自室の机に実習記録用のノートを広げ、ペンを走らせていたアキは、最後のページの最後の行まで書き記したところでペンを止めた。この団内保管用の記録を団長に提出し、不備がなければ、今年の実習担当としてのアキの役目も終了だ。

感慨深くノートを見返していると、いつの間にか左手が左耳に触れていた。ピアスも穴もなくなった左の耳朶を人差し指と親指で挟んで弄び、はっと我に返る。

ユースに穴を塞がれてからというもの、アキはふとした瞬間に左耳を触る癖がついていた。ずっと左耳にピアスをつけていたから、何もないと違和感があるのだ。断じて、ユースに再び穴を開けられ、彼好みのものをつけるときを待ちわびているわけではない。

そう脳内で言い訳をしてしまうのも、数日前、このような会話をしたせいだろう。

「……まだピアス、決まらないのか」

アキがそう尋ねると、ユースは表情を緩ませた。

「先生……早く欲しいなんて、可愛い……」

「ないと落ち着かないだけだって言ってんだろ。都合よく解釈すんな」

「まったく、また無意味に嘘ついて……すみません、もうちょっと待ってください。先生に贈るものなので、どうしても吟味に時間がかかってしまって」

「……まさか、とんでもなく高いやつ買おうとしてるんじゃないだろうな」

「え？　安物なんてありえないでしょ。駄目ですか？」

「駄目に決まってんだろ……普段使いできるやつにしろ」

「普段使い……？　値段がいくらであろうと普段から使えばいいじゃないですか」

「使えるか！　俺の庶民っぷりを舐めるなよ！」

　金銭感覚の違いが表れたやり取りは、控え目なところも可愛いなどと言い出したユースのキスによって中断させられ、結局ピアスの値段に関する結論はうやむやになった。

　キスで反論を封じられた気がして少しばかり癪に障るものの、溢れんばかりの喜びを隠そうともしないユースに触れられていると、この上ない多幸感が胸を満たす。すると細かなことはどうでもよく思えてきて、全部受け入れてやりたいと、たまらない気持ちにさせられる。

　深く、ゆったりとしていて、それでいて強烈に胸を焦がす熱い情動。

　二十八歳で二十二歳の若者にした恋は、相手の表情や仕草に一喜一憂して、少し指先が触れ合うだけでも胸が高鳴っていた、弾むような初恋とは決定的に趣を異にしている。

　失恋の痛みと不可分だった初恋の記憶を反芻していると、その相手と未だに同居状態にある苦い現実を思い出した。ユースと二人で新たな家に引っ越すことを考えているが、近頃のユースはなぜだか忙しそうにしていて、話を切り出すことさえできていない。

　多忙の理由をユースは明確に語らないが、仕事とは無関係と聞けば、アキの頭に浮かぶのは王子関連の事情だ。無遠慮に首は突っ込めず、ユースが落ち着くときを待っている。

　机に向かったままぼんやりと物思いにふけっていたアキは、そこでまたしても左手が左耳に触れていることに気づいた。顔に熱が集まるのを感じながら立ち上がり、階下に向かう。

「あれ、ユース。帰ってたのか」

　リビングに入ると、外出していたはずのユースがソファーに座っていた。

「ああ、先生。さっき帰ってきました」

　手元に視線を落としていたユースは、いつもと何も変わらない柔和な表情をアキに向けた。しかしアキの目は、ユースが不自然な素早さで手首を振り、手にしていた紙を消し去ったのを捉えていた。

　魔術で隠すくらいだから、紙にはよほどアキには見られたくない内容が記されていたのだろう。帰宅した際は必ずアキにただいまというひとことを告げに来るのに、今回はその挨拶がなかったことも妙だ。漠然とした不安感が膨れ上がり、アキの胸に暗雲が立ち込める。

「俺、今夜、ちょっと出かけますね」

　アキの内心を察しているのか、いないのか、察したうえで無視しているのか、平然としたユースの心中を推し量ることはできなかった。アキもまた平静を装って答える。

「ああ、そうか。夕飯は？　いらない？」

「はい、俺の分はいらないです。遅くなるかもしれないので、先に寝ててください」

　リビングを出ていこうとするユースの背中に、アキは衝動的に「ユース」と呼びかけた。胸に芽生えた不穏な気配が、そうするべきだと叫んでいた。

「……行きたくないのか？　俺にできることがあったら言えよ？」

「……大丈夫ですよ」

そのとき、ユースが湛えた微笑は少しばかり儚げだった。寂しそうにも見える微笑に、アキの胸が違和感に跳ねる。

ユースはアキを抱き締めると、アキの唇に自身の唇を押し付けた。口内に入り込んできたユースの舌が、アキの舌に絡みつく。優しく食らいつくみたいなキスに、とっさにユースの名を呼ぼうとした声までもが奪われる。

自然と熱を持つ体から力が抜けそうになったとき、ユースはアキの首筋に顔を寄せた。首に落とされたキスは徐々に下がり、やがて首の付け根に小さな痛みが走った。軽く吸いつかれた感触から、そこに赤い痕が残されたと知る。

横からアキを奪い取ろうとする手など一つもないし、アキの目はもうユース以外の人間を見ていない。独占欲の証を残す必要はないのに、どうしてだかユースは自らの手でアキの柔らかな肌に痕を落としたがる。

理由を尋ねたくなったとき、再び唇を塞がれた。疑問は甘美な沼に呑まれて消えた。

魔石を用いた街路灯の光が、人どころか野良猫の姿さえない静かな通りに落ちている。周囲の家々から漏れる明かりも、どこか夜の静けさをはらむ橙色だ。宵っ張りが集う中心街はまだ喧噪に包まれる時間帯だが、住宅街には既に就寝前の穏やかなひとときが訪れていた。

ところが、ユースはそんな時間になっても帰宅していなかった。

窓の外を覗いていたアキは落胆を胸にカーテンを閉め、ソファーに座った。ユースが出かける前に見せた姿が妙な胸騒ぎを連れてきている。先に寝ていてくれと言われたものの、彼が無事に帰宅した姿を見届けるまでは自室に戻る気にもならなかった。

不安感の正体はわからない。理由もなく過度に心配しているだけのことかもしれない。そうであったらいいと祈っていると、玄関の扉が開く音がした。

すぐさまリビングを飛び出したアキは、玄関に立つ人の姿を見て肩を落とした。

「なんだ、ヴェルトルか」

「なんだとはひどいな、アキちゃん」

口ぶりとは裏腹に、ヴェルトルは傷ついた様子もなく、喉の奥をくつくつと鳴らし笑う。

「悪かったな。アキちゃんの大好きな恋人じゃなくて」

揶揄が混ざった物言いに、アキの心が動揺で小さく波打った。ユースの求愛を受け入れ、晴れて恋人同士になったことは、ヴェルトルにはまだ話していなかった。

鋭い観察眼を持つユース同様、ヴェルトルもまた人の心の機微には敏い。滅多に帰宅しないくせに見抜かれたことが悔しくて、同時に照れくさく、感じる必要はないはずなのに若干の後ろめたさもあり、アキは複雑な心境でヴェルトルを睨んだ。

「……からかうなよ。意地の悪いやつだな」

「あらら、恥ずかしくなっちゃった？」

「だから、からかうなって言ってんだろ。もういい。夕飯でも風呂でも好きにしろ」

「アキ」

踵を返したところで名を呼ばれ、アキは不機嫌な面持ちで振り返る。

「見えてるぞ」

ヴェルトルは自らの首筋を指先で叩いた。

一瞬だけ、意味を理解できなかった。しかしアキはすぐにヴェルトルが指す部分に残された赤い独占欲の証を思い出し、一気に顔を赤らめ、首の付け根を手で覆う。

「あははっ。なんだよ、可愛い顔しちゃってさ」

アキは逃げるようにリビングに引き返そうとしたが、突如として背後から腕を掴まれた。強引に引き寄せられ、背中が軽く廊下の壁にぶつかる。

「おい、何して――」

とっさに飛び出しかけた文句は、目の前に見えたヴェルトルの冷ややかな表情への驚愕で、あっけなく消えた。

ヴェルトルは自身の体と壁でアキを挟む形で立ち、互いの体が触れ合う寸前の距離でアキを見下ろしている。夜に灯る明かりを思わせる、妖艶で甘ったるい香水の匂いが、重くまとわりついてアキを囲う。

「そんな可愛い顔で、他の男と夜に二人きりって、ちょっと警戒心が薄いんじゃねえの」

「なに、言ってんだ、お前……」

ヴェルトルは狼狽するアキの顎に手を添えた。びくっと肩を震わせるアキにキスでもするように、アキの顔を少しだけ上に向かせ、わずかにその長身をかがめる。アキの唇から空気一枚だけを隔てたところにあるヴェルトルの唇が、感情を失ったように動く。

「俺、アキのこと、抱けるよ」

告げられたその瞬間だけ、時間が止まった錯覚を覚えた。

アキがヴェルトルを突き飛ばそうとしたのと、玄関の扉が開いたのは同時だった。

「……何してるんですか」

ひどく乾いた声が廊下に落ちた。首の骨を軋ませ、アキは声がしたほうを見る。

顔面を蒼白にしたユースが玄関に佇んでいた。青の瞳と目が合ったとき、心臓がひゅっと音を立てて体から抜け落ちた気がした。

目の前に立ち塞がるヴェルトルの体を押しのけた直後、ユースに腕を掴まれて抱き寄せられた。ユースらしくない、乱暴な動きだった。以前は余裕の態度でヴェルトルを牽制したユースだが、今は焦燥も激憤も隠そうともせずヴェルトルを睨む。

「おっと、視線だけで殺されそうだ。まだ死にたくはないからな。退散するとしよう」

さすがは修羅場慣れしている男というべきか、ヴェルトルはユースの殺気立った眼差しなど意に介さない様子だ。小さく肩をすくめ、軽やかに階段を上がっていく。

「……キス、したんですか」

ヴェルトルの足音が消えてから、ユースは鋭くも弱々しい声で尋ねた。アキは動揺しながらも必死で首を横に振る。

「してない。何もしてない。あいつには……そういうの、何もさせない」

「あそこで俺が来なかったとしても？」

「そんなの当たり前だろ」

「ずっと好きだった相手なのに？　本当はまだ未練があるんじゃないですか？」

その問いが単なる事実の確認ではなく、詰問であることは、尖った声音から明らかだった。

「……叶わないってわかってるのに、ずっと離れられなかった相手ですもんね。そんな簡単に気持ちが消えるほうがおかしいって、俺もわかってます」

「そんなことない。あいつのことは、もうなんとも思ってない」

必死に言葉を紡ぐ口が強張る。足を冷たい濁流に押し流される感覚。とても悪い方向へと進もうとしていることがわかるのに止められない。アキはたまらずユースの腕に縋りつく。

「そんなのわかってんだろ。俺があいつに流されることはないし、あいつだって俺らをからかっただけだ。ユースが不安になることは何も――」

「不安にならないわけないでしょ。まだ一度も、好きとさえ言ってもらってないのに」

想定外の発言が、アキの胸の真ん中を射貫いた。

言っていなかったか、という自問は刹那に過ぎ去り、すぐに一度も口にしていなかったのだと確信する。アキから直接伝えられていたら、ユースが忘れるはずがない。

ユースはきゅっと眉を寄せた。泣きたいのをどうにか堪えているみたいだった。

「わからないんですよ。本当は先生がどう思ってるかなんて俺にはわからない。俺のことが好きなのか、まだヴェルトルさんが好きなのか、先生が教えてくれなきゃわからないんです。誰だってそうでしょ。他人の心を正確に読み取れる人間なんていますか？　ある程度は見抜けたとしても、それはきっとこうだろうって予想してるだけで、確信があるわけじゃない」

好きだの、愛しているだの、口に出すことは羞恥が阻んだ。アキにとって好意や愛情は明確な言葉で伝えるものではなく、態度や行動から滲み出るものだったからだ。口ではなんとでも言えるのだからと、愛のささやきを白眼視している部分もあった。その点、自分の振る舞いは雄弁にユースへの愛を語っているだろうと思い込み、気持ちの表明を放棄していた。

だが、敏いユースならばわかってくれているだろうという無意識の期待は、不安の中ではっきりとした愛の言葉を求めたユースへの甘えだった。アキはずっと求められる悦楽だけを享受し、澱のようにユースの心に積み重なる恐れを、無自覚に、傲慢に踏み躙っていた。

「ずっと俺以外を見てた先生を必死に口説いて、やっと振り向いてもらえたかと思ったのに、あんなキス寸前のところを見せられて……」

ユースは額に片手を当て、うつむいた。憔悴しきった姿を目の当たりにし、自覚したばかりの過ちが心臓を刺す。今さら好きだと口にしたところで言い訳にしか聞こえないのは明白で、ユースに縋りついていた手から力が抜け、アキの手がユースの腕から離れる。

「俺……もう、疲れました」

　ユースはぎこちなく笑った。きっと、あまりの悲憤にもう笑うしかなかったのだろう。不格好な笑顔は痛々しく、普段の笑顔とどうしても重ならなくて、違和感さえ覚えた。

　ユースはアキに背を向けた。そのまま家の外へと出ていくユースを、アキは慌てて追う。

「ユース！　どこ行くんだよ」

「しばらく王都に行きます。家の用事で。仕事の休みも取ってあるので」

　足を止めないユースに追いすがるアキの顔から、さっと血の気が引く。休暇を取得してまで王都に向かうなど寝耳に水だった。取ってつけた理由なのか、本当に家の事情なのか不明だが、真偽を確かめる余裕は今のアキにはない。

「ごめん、俺が悪かったから……」

「もういいです。忘れてください」

「ユース……」

「まだわからないんですか？　もう顔も見たくないんですよ」

　魔石灯が照らすユースの瞳に、いつもの柔らかな色はなかった。ただ手酷い裏切りへの絶望だけがそこにあり、空虚な瞳にアキの足がすくむ。

「……先生のところになんか、来なきゃよかった」

　ぽつりと呟かれた後悔が決定打だった。現実を受け入れられずに立ち尽くすアキを置いて、ユースは去っていく。一度も振り返ることはなく、やがてローブに包まれた背中は消えた。

　魔石灯がぽつぽつ並ぶ暗がりに、アキ一人が残された。

気が付いたら、アキは自室のドアを開けていた。

ユースと別れたときは外にいたはずだが、いつの間にか家に戻ってきていたらしい。記憶が曖昧で、ユースの背中を見送ってからどれくらいの時間が経過したのかさえ定かでなかった。

ヴェルトルの行いがきっかけとはいえ、結局はアキの傲慢さが招いた結果だ。今はヴェルトルに怒りをぶつける気力も残っておらず、アキは引き裂かれそうな胸の痛みに苛まれながら、ベッドに倒れ込む。

ベッドがわずかに弾んでアキの体を受け止めた拍子に、ふわりと白いものが舞い上がった。

それは純白の羽根だった。

羽根から漂う魔力がユースのものであると察し、アキは目を丸くする。わけがわからず羽根を見上げていると、羽根は浮遊したまま小刻みに動き始めた。

根本側の先端が描く軌跡が、青い線となって空中に浮かび上がる。まるで透明な壁に青のインクで文字を書きつけるように、何もない空間にメッセージが現れる。

『ひどいことを言って本当にすみません。信じてもらえないかもしれないけど、全部嘘です』

『俺がやらなきゃいけないことがあります。俺が帰るまで、ヴェルトルさんのそばにいてください。悔しいけど、あの人のそばがいちばん安全だから』

『愛してます』

信じがたい気持ちでユースの言葉を見つめていられたのも束の間、羽根と青い文字はやがて塵も残さずに消滅した。今しがた目にしたものは現実なのか、夢なのか、わからなくなりながらも、アキは心臓が確かな歓喜に脈打つのを感じた。

ユースの先ほどの言動は、彼の本心ではなかった。

アキを突き放した姿は、アキがよく知る柔和で愛情深いユースの姿からはかけ離れていた。嘘をついていたからこその違和感だったと、アキは今になって悟る。

そのユースの行動と彼が残したメッセージから、こう推察することができる。おそらくユースはなんらかの不穏な事態に直面していて、アキを危険から遠ざけるために演技をしてまでアキから離れた。本来は頼りたくないはずのヴェルトルにアキの安全を託しているくらいだ。かなり緊迫した状況だと考えていいだろう。

ユースが何か穏やかでない状況に置かれているとわかれば、ただ黙ってユースの帰りを待っているわけにはいかなかった。溢れそうになった安堵は強い懸念に一転し、アキは即座に立ち上がる。

まだユースの足跡は辿れるか。追いつけるか。不安と一体になった問いが脳を駆け巡る中、素早く腰につけたベルトに魔杖を下げ、黒のローブを羽織った。自室を飛び出し、ほぼ飛び降りる勢いで階段を下り、玄関の扉を開け放つ。

そのまま外に駆け出そうとしたアキは、玄関前にいた人の姿に動きを阻まれた。

「ガラムさん？」

今まさに玄関の扉を叩こうとしていたのか、ティリエス警察のガラムは中途半端に右の拳を宙に突き出した格好で動きを止めていた。

「あ、ああ。いきなり開いたもんで、びっくりした」

「どうしたんですか、こんな時間に。部下の人たちまで連れて」

ガラムの背後には彼よりも年若い魔術師が五名並んでいた。ガラムが訪ねてくる心当たりなど皆無であるし、なにより状況が切迫している今は彼を相手にしている場合ではない。敵意はなくとも棘のある口調になってしまったアキを前に、ガラムは困った様子で顎に手を当てる。

「いや、妙ちくりんな事態だとは思っているんだが」

「……はい？　なんですか？」

ガラムは一度咳払いをすると、重々しく告げた。

「アキルス・レクト。王位簒奪を企てた容疑で逮捕する」

## 5

「中央警察がいきなり君を逮捕しろと指示を出してきたんだが、何かの間違いだと思うんだ。魔石を発見した君がクーデターを企てた張本人なんて、ちょっと信じられん。できるだけ早く釈放されるようにするから、すまないが、待っていてくれ」

　アキに手錠をかけたガラムは困惑顔でそう言ったが、中央警察に引き渡されたアキが捜査用の小型飛空艇で連行された先は、おそらくガラムには期待できないことを暗に示していた。

　アキが放り込まれたのは、王都にある豪奢な屋敷の地下室だった。

　石を積み上げた壁に四方を囲まれた部屋は狭く殺風景で、天井の四隅には蜘蛛の巣が張り、床には使い古された毛布が丸められていた。天井から下がる照明は魔石の魔力が尽きる寸前なのか、寒々とした室内に落ちる光はちらついている。

　唯一の出入り口である鉄製の扉は外側から施錠されていて、アキが試しに軽く手で押してみてもびくともしない。魔術で破壊しようにも、アキの首には魔力を封じる枷が付けられているうえ、魔杖も没収されている。手錠こそ外されていて両手は自由だが、魔術が扱えないとなれば、脱出は不可能に等しかった。

「……どうなってんだよ、いったい」

　あまりの混乱にアキは声に出して呟いて、壁に背を預けてずるずると座り込んだ。

　貴族の邸宅を思わせる屋敷の地下にあるこの部屋は、どう考えても警察が管理する容疑者の留置所ではない。

つまり、中央警察がアキをクーデターの容疑者として扱っているのは、あくまで表面上だけということだ。逮捕はアキの身柄を拘束するための手段に過ぎず、アキの監禁には何か別の目的があると考えられる。アキが潔白か否かとは関係ないところで事が展開している以上、ガラムが正攻法でアキの潔白を証明したとしても、アキが釈放されないことは明白だった。

それどころか、生きてここから出られるかどうかさえ危うい。

すり寄ってきた恐怖を追い出すため、アキは目を閉じ、深呼吸を繰り返す。意識して冷静さを保ち、アキは瞼を上げた。

問題は、中央警察がどんな目的でアキを拘束したのか、という点だ。

現状、中央警察の思惑を推理できるだけの手がかりは限りなく少ない。だがユースが姿を消す前にアキの身を危ぶむメッセージを残していたことを考慮すると、アキの拘束はユースが対処しようとしている問題に関係するものではないか、と予想がつく。

近頃、ユースは王子関連の事情とみられる件で忙しそうにしていた。ならばユースが現在直面している問題は、第一王子としてのユースの立場にまつわるものである可能性が高い。

加えて、第一王子であるユースは、クーデター派にとって王に最適な人物だ。

クーデター派の策謀は、ティリエス警察と中央警察による合同捜査によってある程度は阻止されたはずだった。少なくとも、アキはそう考えていた。しかし中央警察によって危険に晒されている今、中央警察に対する信頼は揺らいでいる。

もし、中央警察が敵側に寝返っていたとしたら、そもそも中央警察自体がクーデター派であったら、クーデターはまったく阻止などされていないのではないか。

浮かび上がってきた仮説に慄然としながら、アキは心の中でユースの名を呼ぶ。どうか無事でいてくれと唇を噛み締めたとき、扉の外で物音がした。

重いものが倒れるような音だった。音はすぐに止んだが、アキは反射的に腰を浮かし、扉の反対側の壁際まで後退した。再び満ちた静寂の中、身構えたアキはじっと扉を睨む。

鍵が鳴る音が響き、扉が開いた。

最高潮に達したアキの緊張は、扉の隙間から現れた人の姿を見て崩れ去った。

「先生……」

姿を見せたのは、黒いローブのフードを深くかぶったユースだった。アキが無事でいたことに安堵したのだろう。ユースは硬い面持ちをふっと和らげたのち、何かを堪えるみたいに唇を引き結ぶと、飛びつくようにアキを抱き締めた。

「……無事でよかった」

アキの首元に顔を寄せたユースの、か細い声が耳を撫でる。痛いくらいの抱擁に耐え、アキもまたユースの体に腕を回した。安心感で涙が溢れそうになって、置かれた現状が、演技とはいえユースに拒絶された状態が、自分で思うより不安だったと知った。

「すみません、あんなこと言って。怪我ないですか？　ひどいことされてませんか？」

「……ああ、大丈夫。心配しなくていい」

アキはそう答えながら、緩みそうになった涙腺を必死に締めた。おそらく今は、泣いている場合などではない。

「まずは安全なところに移動しましょう。詳しい話は、道中にします」

ユースはアキの首枷を破壊すると、アキに魔杖を差し出した。中央警察に没収されていたものを、ユースが地下室に来る途中で奪い返したらしい。アキは魔杖を腰のベルトに下げ、ユースに続いて地下室を出る。

扉の外では、見張りと思しき魔術師が気絶していた。先ほどの物音は見張りが床に倒れた音だったのだろう。階段を上がった先にある屋敷内も同様で、ユースに先導されたアキは廊下やホールのあちこちで気を失っている魔術師たちを横目に、屋敷を抜け出す。

頭上の空には雲が立ち込めており、深夜の街を照らすのは街路灯の光のみだった。音もなく落ちる明かりを頼りに、アキとユースは揃ってローブのフードを目深にかぶった格好で、周囲を警戒しながら足早に王都の街を進む。

「単刀直入に言うと、一連の事件の黒幕はグラント公爵です」

衝撃が走るが、どこかで予想もしていた。中央警察まで巻き込めるとなれば、首謀者は中央魔術省トップクラスの人間でなければ不自然だからだ。

「魔術師こそが国の支配者であるという思想を抱いた公爵は、表向きは王に忠誠を誓いながらも、虎視眈々と理想を実現する機会を窺っていました。長い時間の中で、公爵は王位簒奪後の国民の反発を避けるため、正統な王位継承者の中に魔術師を作り出すことを思いつきます」

公爵は本来ならば存在しえないその二つの要素を満たす人間を生み出すため、動き出した。

「公爵は王家に信頼されている立場を利用し、密かに現王の子の中で魔力に適合しやすい者がいないか調べました。その結果、最も魔力体質に変化しやすいと判明したのが、第一王子である俺でした」

魔力に適合しやすいか否かは血液を調べればわかるらしい、とユースは付け足す。

「加えて、公爵は俺に体質変化を引き起こす最も適切な方法を突き止めました。その方法というのが、西の辺境の森に存在する有害魔力の塊——魔瘴による外傷です」

「……ちょっと待てよ。それって、まさか」

「はい。六年前の暴走は、公爵により人為的に引き起こされたものです。魔瘴に俺を襲わせることで、俺を魔術師にするために」

絶句したアキは、全身の血が凍り付いたのを感じた。

勝手に記憶の蓋が開く。必死に逃げ惑う人々の恐怖に染まった顔。悲鳴と、建物が壊される轟音。視界を横切る赤黒い触手の不気味さ。十六歳のユースの怯えた顔を、アキは今でもよく覚えている。直後に身を貫いた激痛も、舞う血飛沫の鮮やかさも、忘れていない。忘れられるはずがない。

あの惨劇を、自らの意思で引き起こした者がいる。にわかには信じがたく、信じたくない思いもあった。足元の地面が瞬時に失われたような浮遊感に包まれる。大きな衝撃と同時に、静かに、静かに、頭が割れるほどの憤りが湧く。

「六年前のあの日、俺は……密かにティリエスを視察中でした。街を歩いているときに暴走が発生し、護衛ともはぐれ、魔瘴に襲われたんです。でも、もちろん俺が死んでしまっては元も子もありませんから、魔瘴は死なない程度に俺を傷つけるよう制御されていました」

そこで、アキの頭に疑問が浮上した。

魔瘴の暴走を意図的に引き起こすことや威力の制御、そもそも体質変化に関することなど、研究者でもない公爵が自ら突き止めたとは思えない。ならばいったい誰が、と考えるアキの脳内を察したのか、ユースは続ける。

「公爵の企みには、魔力や魔瘴に関する専門知識を持った人間の協力が不可欠でした。その役を担ったのが、十年ほど前に一斉に失踪した魔瘴研究者たちです」

「……まさか、失踪事件も公爵が？」

「はい。公爵は当初、家族に害をなすと研究者たちを脅して研究をさせていましたが、一度だけ真相が明るみに出そうになったらしいです。それで公爵は焦りを覚え、私財を投じて私有地に研究施設を作り上げると、研究者たちを家族もろとも監禁し、そこでの研究を命じました。ゆえに世間一般では、研究者は失踪したことになっているわけです」

非魔術師が魔力体質に変化する可能性にエレーナが気づいたのは、失踪した魔瘴研究者が残した資料の中にその旨の記述を発見したからだと言っていた。失踪以前から研究者が公爵に研究を命じられていたとなれば、情報が残されていたのも腑に落ちる。

「魔瘴に傷つけられたことにより、俺は公爵の思惑どおり魔力体質に変化し、王位継承権を失いました。公にはなっていませんが、俺はもう王太子ではなく、王家からも除籍されています。父である王も、俺も、公爵の本性などつゆ知らず、俺は新しい名前で、公爵家の末子として生きていくことになりました」

その後、学院に編入したユースは平穏に日々を送り、やがて卒業実習で辺境に来た。

「今の俺は、王宮との連絡は公爵を介して行っています。第一王子である俺がクーデターに利用される可能性に気づいた際も、公爵を通じて王宮に事情を伝えたため、情報はすべて公爵に握り潰され、王宮はまだ何も知りません」

「……加えて、本来ならティリエス警察と連携してクーデターの捜査にあたるはずだった中央警察は公爵側についていて、クーデターはまだ実行可能だと」

「そうです。中央警察は、クーデターは極めて高度な政治的事案であるため警察組織の中枢である我々が対処するべきである、と主張し、ティリエス警察を捜査から外しました。当然、魔石の回収も首謀者の捜査も行わず、今も魔瘴の魔力は王都に流れています」

公爵の潔白を根拠なく信じ、警察に任せれば問題ないと判断したことが、大きな間違いだったわけだ。とはいえ、この国で生きる者の誰が両者をはなから疑ってかかれるだろうか。それだけの存在が国家を揺るがそうとしている事態に、アキは改めて怖気を覚える。

前方に学院の門が見えた。研究機関としての側面も持つ学院は深夜であっても人が皆無になることはなく、建物の窓からはぽつぽつと明かりが漏れていた。ユースは開け放たれた門を迷いなく抜け、アキを敷地内へと先導する。

「卒業から少し経った頃、俺は真実を公爵から聞かされ、クーデターへの参加を要請されました。ようするに、舞台は整えたから王になれ、と命じられたわけです。表立って突っ撥ねれば俺の周囲の人……特に、先生に危害を加えられることは明らかでした。加えてティリエス警察にも公爵の手先が入り込んでいる可能性は否定できず、迂闊に外には漏らせない。だから俺は公爵に従うふりをして、彼本人や彼の手先とやり取りをしていたんです。慎重に情報を引き出し、計画を阻止するために」

アキの脳裏に、昼間ユースが急いで手紙らしきものを隠した光景が蘇る。おそらく、あの紙はクーデターに関して公爵とやり取りしたものだったのだ。

「ですが、非常に用心深い性格の公爵は俺を完全には信用しておらず、こっそり監視役をつけていました。ならば本格的に先生を人質に取る可能性もあると考えた俺は、先生には俺に対する人質の価値はないと公爵を騙すため、破局したように見せかけたんです」

口ぶりから察するに、ユースはヴェルトルの行いがなかったとしても、なんらかの理由をつけてアキを突き放したのだろう。昼間のどこか思い悩むような様子は、アキを傷つけることへの苦悩の表れであったのかもしれない。

可能な限り、破局の演技は避けたかったはずだ。しかしあんな方法を取るしかないところまで、ユースは追い込まれてしまった。様子がおかしいと思いながらも何もできなかった自身の無力さを遅れて認識し、忸怩たる思いにとらわれたアキは小さく唇を噛む。

「それでも、公爵の用心深さは俺の想定を超えていて……公爵は中央警察に命じて先生を逮捕させると、自分が所有する屋敷の地下室に監禁しました。その旨を公爵にほのめかされた俺は興味がないふりをしていったんその場をやり過ごして、少し時間を置いてから、監視の目を掻い潜って先生のところに行ったんです」

ユースは屋敷に配置されていた見張りの人数を密かに把握してから、屋敷に乗り込み、見張り役が外部への救援要請や緊急の連絡をするより先に、全員を眠らせた。ゆえに、公爵はまだアキが脱出した事実を知らないはずだとユースは語る。

「公爵は確かに俺を完全には信用していませんが、完全に疑っているわけでもありません。先生を人質に取ったのもあくまで念のためで、俺が敵だという確証はないはず。だからこれから俺は公爵のところに戻って、味方のふりをして公爵を拘束する隙を窺います。中央警察が機能していない以上、クーデターを阻止するにはもうその手段しか残されていません」

「残されてないって……もしかして」

「はい。クーデターの決行は翌朝にまで迫っています。公爵は王宮にある王立会議の会場近くに魔瘴を召喚し、王や宰相といった標的を殺したのち、王宮を制圧するつもりです」

ユースはそこで足を止めた。いつの間にか、二人は学院中心部の広場に辿り着いていた。

「でも、それは俺が絶対に止めてみせます」

「……俺も行く」

「駄目です」

「なんで」

「危険すぎます。公爵は俺を殺せないけど、先生は殺せる。それにまた先生を人質に取られたら、俺は身動きが取れなくなる」

王という利用価値があるユースと違い、アキは公爵にとって取るに足らない存在だ。加えて厳然たる実力差があるユースから足手まといになると暗に示されては、否定しようがないアキは悔しさを噛み締めながらも、押し黙るしかない。

風が吹く。広場の木々が枝葉を揺らす乾いた音が聞こえる。頭上の雲に、切れ間が差した。隙間から落ちる月光に照らされたユースの顔は落ち着いていて、迷いのない表情が、彼が秘めた確たる決意を物語る。

「俺は、もう嫌なんですよ。俺のせいで先生が傷つくのは」

「これは……ユースのせいじゃないだろ」

「いや、俺です。六年前も、今も、先生を危険に晒してるのは俺なんです。結局は、俺を狙って引き起こされたことなんだから」

銀色に染まる月光が照らし出す瞳は、深い悲しみを帯びていた。底なし沼みたいな悲愴感の強さに、アキは返す言葉を失う。

暴走に居合わせたという事実と、ユースを標的にして暴走が発生したという事実では、ユースの精神にのしかかる責任の重みは段違いだろう。加えて現在まで続く陰謀にもアキを巻き込んだとなれば、ユースが自責の念に駆られてしまうのも無理はない。

未だ罪悪感の根が残存するアキの心臓が、どくん、と不気味な音を立てる。

ユースもまた、同じものを心臓に根付かせてしまったのだと、アキは悟る。

耐え難い苦痛に、それでも耐えるしかない。逃げ場はない。現実を変えることもできない。

そんな極地に追い込まれ、懊悩し、やがて矛先は自身に行き着く。アキの身が危険に晒されたことの元凶は公爵だと頭では理解していても、理屈とは無関係に揺れ動くユースの心には、自分が関係する事柄でアキが危険な目に遭った、という事実以外は入り込む余地がない。

入り込む余地がないから、アキの声も届かない。

どうして、とアキは心の中で叫んだ。容赦なくアキの罪悪感の根を撃ち抜いてくれたのに、どうして自分のこととなると容易く罪の意識を抱え込んでしまうのか、と。

だが、アキはすぐに気づく。自分のことだからだ。あなたのせいではないと他人を諭すことより、自分のせいではないと信じることのほうが、ずっと困難だからだ。

「だから、先生。ここにいてください」

ユースはとても悲しそうに微笑んだ。笑う以外の表情を忘れてしまったような不格好な微笑は、それでもやはり綺麗で、だからこそ行き場のない彼のやるせなさが表れていた。

たまらずユースの名を呼ぼうとした口が、ユースの唇で塞がれた。すぐさま口内に入り込んできた舌が、ユースを引きとめようとするアキの声を奪う。

ユースはアキの体をかき抱き、上から押さえつけるみたいにして舌を絡めた。顔を上げられた状態で深く口づけられれば、自然とユースの唾液が喉の奥まで流れ込む。

妙に甘い唾液を飲み込んだとき、がくんと膝から力が抜けた。耐えられずにアキは両膝を地面につくが、ユースはアキの顎を摑んで嚙みつくようにキスを続ける。

何かがおかしい。そう思った直後、耐え難い眠気に襲われた。

ここでアキはようやく、体内に注がれるユースの唾液に混ざる魔力に気づいた。

ユースの意図を察知したところでもう遅い。アキに抗うすべは残されておらず、いつしか完全に地面に座り込み、上体をユースに預けていた。ユースはアキが術中に嵌まったと確信したのか、それまでの激しいキスから一転、啄むような優しいキスを最後に落とし、眠りに落ちる寸前となったアキの体を抱き締める。

「ねえ、先生。全部終わらせたら、先生のところに帰っていいですか？」

いいに決まっている。というか、帰ってこなかったら怒る。そう返したいのに声は出ず、アキの意思に反して瞼が落ちる。

「たくさん傷つけたくせに虫が良いってわかってるけど……それでも、帰っていいですか？」

アキは残った力をかき集め、唇を開けた。だが、許諾の言葉はなんの意味もなさない吐息となって、あっけなく夜の空気に溶けて消える。

視界は黒一色だ。雲が月を覆い隠したのか、瞼が完全に下がったのか、もうわからない。

「本当は、まだヴェルトルさんへの未練があったっていいんです。俺は何年でも、何十年でも待てるから。一度好きになったら、そんな簡単に忘れられないじゃないですか。だからいいんです。それでもいいです。それでも離れられないくらい……それでも、もうどうしようもないくらい、俺、先生のことが好きです」

涙の気配を色濃く漂わせて、ユースは本心を吐露する。眩い笑顔の裏に隠した、彼の心のとても脆く弱い部分が、光のない夜の隙間にこぼれ落ちていく。

ああ、そうだったのかと、アキは暗闇の中で悟った。破局の演技をした際の言葉はすべて嘘だと、ユースはメッセージを残した。だが、本当はそのメッセージこそが嘘だった。

気持ちを明確に示さなかったアキの態度に、不安を覚えなかったはずがない。本当はまだ、アキはヴェルトルをいちばんに想っているのかもしれない。そんな恐れに揺れ動く心を笑顔で隠し、アキを責めることすらせず、アキの目が自分一人を映す日を待っていてくれた。誰かを好きになるという気持ちがどれほど大きく、重く、熱く、忘れがたいものであるか、身をもって知っていたから。

ユースが欲したひとことを、与えてやればよかった。恥ずかしさを誤魔化しながらでも、照れ隠しで少しつっけんどんになりながらでも、好きだと伝えてやればよかった。

好きな人が別の人を見ている寂しさも、振り向かない相手を想い続けるむなしさも、それでも目を離せない痛みも、どうしようもないほど好きな気持ちも、アキだって知っていたのに。

閉じた瞼の裏側に、熱いものがたまった。ユースは一度だけ、アキを抱き締める腕にぐっと力を込めた。それが最後だとわかった。目覚めたとき、きっと隣に彼はいない。

たまらずアキはユースのローブを掴んだ。だが手にはもう力など入らず、ひどく優しい手つきでそっと指を外される。指の骨が軋む感覚が、やけに鮮明に胸に響いた。

好きだ。愛してる。一人で行くな。一緒に行って、一緒に帰ろう。

ユースが離れないでいてくれるなら、他にはもう何もいらないから。

痛切な願いはあっけなく散り、アキの意識は途絶えた。


「おや、お目覚めですか、殿下」

人知れずグラント公爵の屋敷に戻ったユースが廊下を歩いていると、前方から歩いてきた男がそう声をかけてきた。

五十代半ばほどの男だった。細身の体躯をフリル付きの豪奢な衣装に包み、気品ある口ひげを湛えた彼の面差しは穏やかだ。軽く束ねた茶色の長髪には一本の白髪もなく、若々しい印象を与えるが、堂々とした佇まいからは長年に亘り国政に参与してきた威厳が感じられる。

中央魔術大臣にして、ユースの養父、グラント公爵だ。

公爵の背後には、彼の配下である五名の魔術師が控えていた。油断なくユースに視線を向ける彼らを一瞥したのち、ユースは公爵に微笑みかける。

「ああ。少し、気が高ぶっているのかな。途中で起きてしまって」

ユースを殿下と呼ぶ公爵に、ユースもまた王子として嘘を返す。翌朝に決行するクーデターに備えて早めに休むと公爵に告げ、寝室に引っ込んだユースだが、実際には屋敷を出てアキを救出していた。

「そうでございましたか。殿下ほどのお人でも、緊張と無縁ではないのですな」

「はは、当たり前じゃないか。俺だって人間だよ？」

「おや、人と思っていないわけではございませんよ。ただ、あまりにも優れたお人でございますから」

公爵は柔和に目を細めたが、実のところ彼の緑色の瞳に笑みはない。ユースの発言が真実か否か、静かに見定めようとしているに違いなかった。

とはいえ、公爵の真意を察したところで動揺するユースではない。どんな感情でも笑顔で隠し、嘘を真実と信じ込ませるすべは、王子として生きた十六年間で身に付けた。ユースもまた余裕の微笑を崩さずにいると、公爵は目尻の皺を深くした。

笑顔での腹の探り合い。公爵への敵意を抱くユースと、ユースへの猜疑心を抱く公爵が、ひと月近く繰り返してきたことだ。

現状、公爵はユースを完全には信用していない。おそらく、ユースが自身に牙を剝くことは想定している。もし今この瞬間にユースが襲い掛かってきたとしても、公爵は慌てず配下の魔術師に場を任せ、ユースを捕縛させるだろう。

政界という権力闘争の場を生き抜いてきた公爵は、疑心が自分の身を守るものであると理解しており、あらゆる可能性を考慮し慎重に事にあたる。

だが、公爵とて完璧な存在ではない。膨れ上がる感情により、理性に綻びが生じる瞬間があるはずだ。自らの優位性に酔いしれ、隙を見せる一瞬が。

だからこそユースは限界まで粘り、勝利を確信した際の公爵が見せる、一瞬の隙をつく。

具体的には、公爵が標的の前で魔瘴を召喚する直前に彼を拘束することになるだろう。危険な賭けであることは否定できないが、公爵の警戒が薄れる前に勝負を仕掛けるよりは勝算があるに違いない。

雲の裏側に隠れていた月が、ゆっくりとその神々しい姿を露わにしていく。窓から差す銀色の月光が、それぞれに決意を秘めたユースと公爵の顔を冷たく照らす。

「迷いはございませんかな、殿下」

「ないよ。俺から王位継承権を奪って、王家から追い出した連中だ。憎くて仕方がない」

すらすらと淀みなく口から出る答えは、公爵が期待しているであろう答えだ。ユースの考えは当たっていたようで、公爵は満足げに口角を上げる。

不慮の事故で魔力体質に変化したために王家に虐げられ、次代の王としての座を追われた悲劇の王子が、協力者である公爵と共に王座を奪還し、華々しく王として君臨する。それが今回のクーデターの筋書きだ。王太子として期待され、人気も高かったユースだからこそ、民衆は同情し、逆転劇に心を躍らせ、高揚はユースへの支持に繋がる。

人は、物語に弱い。六年前に発生した魔瘴の暴走で名を馳せたヴェルトルの英雄譚に、未だ多くの人間が目を輝かせ、耳を傾けるように。

そして長年政治の舞台に立ち続けた公爵は、そんな人の性を熟知している。

「いよいよです。いよいよ、殿下が正しき王となる」

公爵は窓の外に視線を向け、感慨深そうに呟いた。

公爵の横顔は決然としており、良心の呵責は感じられない。それも当然だろう。魔術師こそが国の支配者であると考える公爵にとって、非魔術師の王により統治された現在の国の姿は決定的に間違っており、クーデターは誤った世の在りようを正す善行でしかない。

ユースを魔力体質にするために六年前の魔瘴の暴走を引き起こしたと、悪びれもせず語ったことからも、公爵が自らに正義があると信じているのは明らかだった。大義名分の前では、ユースを傷つけたことはもちろん、大勢を危険に晒したことは些事となる。

アキが死にかけたことも、公爵にとっては些細なことだ。

不意に、真相を知らされた瞬間から絶えず煮え滾る激憤が溢れそうになった。ユースは深呼吸を繰り返し、怒りを鎮める。ここで感情的に動いてはすべてが水の泡だ。

「ところで、殿下。彼のことは本当によいのですか？」

「うん？　彼、とは？」

「辺境魔術師団の、あなたの師です。情を通じておられたのでしょう。分不相応にも不義の行いをして、あなたを傷つけて……罰を与えるために捕らえて参りましたが、お優しい殿下は何もせずともよいとおっしゃる」

「ああ、先生のことか。いいんだよ。そのままにしておいてと言っただろう」

ユースを裏切ったアキを罰するため捕らえてきたと、数時間前に公爵はユースに告げた。実際にはアキを人質に取ったとほのめかされたと同義で、ユースはもうなんとも思っていないから何もしなくていい、と無関心なふりをしてその場をやり過ごした。

「殿下は本当に寛大なお方です。ですがもし気が変わられましたら、彼は我が手中に収めておりますので、いつでもお申し付けください」

公爵は低姿勢で穏やかに言う。人質がこちらの手の内にあることを忘れるな、と。

やはり公爵はまだアキが脱出したことを知らないようだ。見張りを全員、即座に眠らせたことが功を奏したらしい。

「ご自身で罰を与えるのは気が進まないということでしたら、私が代わりに手を下しても構いませんので」

「……君は、そういうことも得意だったね」

「ええ。気が強そうな男ですから、躾けがいもありましょう」

普段は巧妙に隠している公爵の嗜虐性が、ちらりと覗く。公爵の頭の中にアキの姿が描かれることさえ許せず、ユースは彼の横っ面を殴り倒したい衝動に駆られたが、密かに拳を握ることで耐える。

「それでも、もういらないとおっしゃるならば、私が個人用として所有しますので」

その瞬間、腹の底が熱くなり、怒りを封じていた理性の蓋が持ち上がった。

拳が震えるほど力を込める。爪が手のひらに刺さり、痛みを感じる。痛みで脳を刺激し、正直な感情を追い出す。耐えろ、耐えろ、耐えろ、と、ユースは自身の脳を殴る。

そしてユースは笑う。

「はは、好きにするといいよ」

心と口がちぐはぐで、頭がばらばらに砕けてしまいそうだった。自分の足でアキの尊厳を踏み躙っている気がして、強い嫌悪感が臓腑を裂く。全部耐えてユースは笑顔を維持した。すると公爵もまた薄く笑ったまま、ユースをその場に残して廊下の奥へと進んでいく。

必要とあらばどんな嘘でもつける自分を、ユースは冷酷な人間だと思う。悪魔に魂を売り渡しているのかもしれない。死後はきっと地獄行きだ。

それでもユースの冷酷さがアキの幸福に繋がるならば、ユースはいくらでも悪魔に魂を売り渡すし、地獄にだって喜んで行くだろう。

どうしようもないほど傷つけてしまったアキへの償いにはならないと理解していても、ユースはただアキの幸福への祈りを胸に、一人で孤独な道を歩くしかない。心臓に根を張る罪悪感の痛みに耐えながら、アキが辺境で魔瘴と戦い続けたように。

帰りたいな、とユースは思った。先生、ただいま、と彼に言いたい。彼はユースを迎えてくれるだろうか。帰ってもいいかと尋ねたのに、答えを聞く前に飛び出してきてしまった。答えを聞くのが、怖かったから。

ユースは自分の臆病さを嘲笑った。同時に願った。臆病な自分でも、せめて彼の視界の片隅にいるくらいは許してほしい、と。

今すぐ彼のたった一人として愛されたいなんて、そんなわがままは言わないから。

恐怖も不安も、涙も怒りも、胸を裂く寂しさも、それでもなお鮮烈な愛おしさも、すべてを呑み込み、ユースは拳を握っていた手を開く。

手のひらには、爪の形に血が滲んでいた。

アキは夢の中にいる。夢の中で、横たわって目を閉じている。

この夢は六年前、死の淵から生還した際の記憶の再現だと、誰に言われずとも察した。ヴェルトルがアキの苦痛の半分を肩代わりし、ゆっくりと死に向かっていたアキの手を引いて現実に戻してくれたときのことだ。

夢の中で、アキはまつ毛を震わせ目を開ける。暗闇を切り裂いて差す光が眩しく、視界は透明な薄い膜が張ったようにぼやけていた。右手が、誰かの手に包まれている感覚がする。あたたかく大きな手が誰のものか、夢の中のアキは知っている。

ところが、生まれた頃からそばにいた幼馴染の名を呼ぼうとした口が、止まった。

アキの視界で、光を溶かしたような綺麗な金髪が輝いていた。こちらを覗き込む瞳は、春の空を思わせる澄んだ青だ。鮮明さを欠いた視界では、その人がどんな顔をしているのか、どれくらいの年齢なのか、詳しいことはわからない。

でも、夢の中にいる二十八歳のアキは彼の名を知っている。

呼んでやらなければ。彼の名を。アキが呼びかけると、ただそれだけで彼は嬉しそうな顔をするから。アキは彼が喜ぶ顔が、眩しい笑顔が好きで、可愛くて仕方がないのだ。

だがそこで、視界がぐにゃりと歪んだ。彼の姿が遠ざかる。アキの右手から、彼の手がすり抜けていく。アキは必死に口を開く。

そうして呼ぶ。生涯忘れることのない、彼の名を。


ユースを呼んだアキ自身の声が、アキを眠りから覚醒させた。

「悪いな。ユースじゃない。俺だ」

目を開けると、横たわったアキを覗き込むヴェルトルの顔がそこにあった。既に早朝と呼べる時間は過ぎているらしく、ヴェルトルの背後にある空には淡い青が満ちている。

アキは眠りに落ちた際と同じ、学院の広場にいた。まだ鈍い睡魔がまとわりつく額に片手をあて、アキはゆっくりと上体を起こす。

「ヴェルトル、なんでここに……いや、今はどうでもいい。ユースのところに行かないと」

アキは慌てて立ち上がろうとしたが、すぐにヴェルトルにローブのフードを引っ張られ、広場にひっくり返った。恨みがましい目でヴェルトルを見上げるアキに、ヴェルトルは言う。

「落ち着けよ。俺はそのユースにアキのことを頼まれて、王都に来たんだ」

「ユースに？　いつ？」

「昨日の夜だよ。修羅場のあと、メッセージを見つけた」

ヴェルトルが殺気立ったユースから逃れて自室に退散したときには既に、アキを頼むという旨のメッセージが残されていたらしい。

「そのあと、ユースは大好きなはずのアキを置いて出ていっちまったから、あいつは本気で身を引くつもりなのかって怪訝に思ったんだよ。でも、すぐにアキがクーデターの容疑者で逮捕されて、これは色恋沙汰の話じゃねえなと察したわけだ」

陰謀の気配を察知したヴェルトルはすぐさま行動を開始した。クーデターが未だ実行可能である可能性を考え、エレーナに事情を説明して件の水道橋の調査を頼むと、王都に向けて出発した。その後、エレーナとの待ち合わせ場所である学院の広場に到着したところで、倒れていたアキを発見した、とのことだった。

「……でも、飛空艇が動いてる時間じゃなかっただろ。自力で来たのか？」

「ああ、飛行魔術でぶーんとな。さすがの俺でも骨が折れた。魔力もかなり使っちまったからな。今の俺はそのへんの猫ちゃんによる可愛い猫パンチにも負ける」

冗談めかした物言いだがあながち冗談でもないようで、ヴェルトルはシャツの襟元に手を入れると、細い銀の鎖を服の下から引っ張り出した。

鎖の先に取り付けられているのは、彼の師であるソフィアの魔力を固めた青い結晶だ。ヴェルトルはその楕円形の結晶に歯を立て、ひとくち、ふたくちと飲み込んでいく。

アキが知る限り、ヴェルトルはこれまで一度もこうして魔力を補ったことはない。団内でも屈指の実力者であるヴェルトルは魔力量も膨大で、そう易々と危機的状況に陥ることはないからだ。そのヴェルトルが迷いなく魔力補給に踏み切ったという事実は、過去に類を見ない深刻な事態に直面していることを物語っており、アキの身に緊張が走る。

「念のため、さっき先生にも連絡は入れた。すぐに来てくれるってことだから、しばらくここで……ああ、噂をすれば、来たな」

空を仰ぐと、上空から広場へと降下してくるエレーナとソフィアの姿が見えた。地面に降り立った二人はアキのもとへと駆け寄り、揃って表情に安堵を浮かべる。

「アキ、よかった。無事だったんだね」

「いきなり逮捕なんて……ヴェルトルから聞いて、私も驚いたわ。怪我はない？」

「大丈夫です。エレーナも悪い、心配かけた」

そう言いながら立ち上がったアキに、今度はヴェルトルが問いかけた。

「で、アキは何がどうなってここで寝てたんだ？」

アキは自分の身に起きたことやユースから知らされた事柄を語った。ユースの正体まで明かしていいものか迷ったが、緊急事態ゆえやむなしと判断し、ユースの正体やクーデターの黒幕、計画の全容、ユースの目的を包み隠さず伝える。

特にユースの本当の身分に関しては衝撃が大きかったようだが、切羽詰まった状況の今、明らかになった事実に関して呑気に感想を述べる者は誰もいなかった。ヴェルトルでさえ、面白がって少し笑っただけだ。

「……なるほど。王立会議を狙うつもりか」

そう呟いたエレーナは神妙な面持ちで一同を見回した。

「調べた結果、水道橋に設置された魔石によって運ばれてきた魔障の魔力は、王都の中心部にある王宮のほうへ流れていることがわかった。ユースくんの話を考慮すると、王宮内にある王立会議の会場付近に、魔瘴を召喚する陣があると見ていいと思う」

エレーナが軽く手首を振ると、空中に紙と羽根ペンが出現した。羽根ペンを手にしたエレーナは紙に大きな円を描き、円の内部の真ん中に小さな円を描く。

「大きな円が王都外縁、小さな円が王宮にある召喚陣だと思って。魔石によって王都に運ばれた魔瘴の魔力は、王都の端、東西南北に設置されたひときわ大きな魔石を中継し、召喚陣へと流れている。魔力を四つに分散させ、どれかが欠けても召喚が可能なようにしてあるんだ」

エレーナは大きな円の線上、上下左右の位置に四つの点を加え、それぞれの点から円の内部に記した小さな円へと線を引いた。この四つの点こそが魔力を中継している魔石であり、点から伸びる線が魔力の流れだろう。

「召喚陣というものは、召喚したものを安全に操る制御装置としての役割もある。だからたとえ魔瘴の召喚前であっても、召喚陣を破壊したら魔瘴を制御する機能も失われ、暴走状態となった魔瘴が噴き出す恐れがあるんだ。だから、まずは魔力を中継している東西南北の魔石を破壊し、召喚陣への魔力供給を絶つ」

エレーナは四つの点にバツ印をつけた。

「もっとも、既に召喚陣へある程度は魔力が流れているはずだから、四つの魔石の破壊後も召喚自体は可能だと思う。でも辺境の森からの魔力の流れは断ち切られているから、新たな魔力が召喚陣に流れることはない」

つまり、攻撃し続ければ魔瘴はやがて完全に消滅するということだ。

「四つの魔石の破壊後、召喚陣の対処に移る。魔瘴の召喚前にユースくんが公爵を拘束できていれば比較的安全に召喚陣の対処ができるけど、彼が失敗した場合、公爵が召喚した魔瘴を相手にすることになるかもしれない。それに、おそらく公爵は意のままに魔瘴を操れるだろう。十分注意して、臨機応変に対応してほしい」

　失敗という単語が、アキの胸に暗い影をもたらす。アキは無意識のうちに歯を食い縛り、今も一人で公爵の隙を窺っているはずのユースの無事を祈る。

「はいはい、了解だ、エレーナ。つーことは、まず俺らで四つの魔石を破壊して、そのあとに王宮に集合だな。割り当ては俺一つ、アキ一つ、先生二つでいいか？」

「あなた、当然のように私に二つやらせるのね？」

「俺がレディに負担をかけようとしてるみたいな言い方はよしてくれよ、先生。武器の種類を考えてのことさ。先生の武器は銃なんだから、近接武器の俺らと違って、遠くからバンと撃てるだろ？　移動に時間がかからないぶんだよ」

「ヴェルトル」

　アキが静かに呼びかければ、ヴェルトルは軽妙に動かしていた口を閉じた。

「お前ならささっと移動して、短時間で二つ壊せるよな」

　一拍の間を空けたのち、ヴェルトルは唇の端を吊り上げた。冗談めかしているようで、酷薄さも少しあり、それでいて得意げな彼らしい微笑を見た瞬間、アキはヴェルトルが早くもアキの意図を察していると知る。

「おいおいアキちゃん、誰に言ってんだ？　答えは、もちろん以外にはないさ」

芝居がかった言い回しが今ではなにより頼もしい。その場しのぎの虚勢ではなく、確固たる自信にもとづく本心であると、アキは言われずとも理解しているからだ。

「だから、任せろ。こっちは俺と先生で十分だ」

「ええ、お任せなさい」

ソフィアもすべてお見通しらしく、力強く地面を蹴り、真っ先に空中へと飛び出した。続けてヴェルトルが、間を置かずにアキが宙に浮かび、三人はそれぞれ別方向へ進んでいく。気をつけて、というエレーナの声が足元から飛んでくる。

上空は風が強く、アキは思わず目を細めた。向かい風にローブが煽られ、前髪が躍る。耳の横を空気の塊がよぎる音がする。アキが鋭く見据えた先で、乳白色の石材を用いて造られた王宮が、堂々とその荘厳な姿を朝日に晒す。

あの場所にユースがいる。

新たな一日が始まろうとしている王都上空を駆け、アキは一目散に王宮を目指す。

細かな装飾が施された円柱が、建物正面に並んでいる。美しく均整が取れたファザードと、切妻屋根が特徴的なこの石造りの巨大な建物こそが、王立会議が行われる会議場だ。

会議場は高木と低木、四季折々の花々や植物、噴水を組み合わせて作られた緑豊かな庭園に面しており、会議場へ向かう者は皆、庭園に敷かれたタイルが作る小道を通ることになる。

ゆえに魔障の召喚陣は庭園に設置したのだと、グラント公爵はユースに語った。

「そろそろ標的が庭園に現れるでしょう。やつらが現れたら、召喚した魔障で殺し、王宮を制圧します。魔障は私が完璧に操りますので、殿下に危険は及びません。ご安心ください」

会議場を背にして立つ公爵の口調は落ち着いている。それでも声はかすかに熱をはらんでおり、クーデター決行直前の今、さすがに興奮気味であることがわかる。

それは公爵の配下も同じであるようで、少し離れたところで待機する五名の魔術師もまた、気もそぞろといった様子で視線をあちこちにさまよわせていた。もちろん視界からユースを外すことはないが、彼らの警戒が薄れているのは肌で感じていた。

クーデターの実行が刻一刻と迫る今でさえユースは大人しくこの場にいるのだから、従順な姿勢は嘘ではなく、自分たちの仲間に違いない。敵はそう考え始めている。たとえ頭ではっきりと結論づけなくとも、無意識のうちにそう思い、ユースへの疑いを弱めている。

敵の油断を察し、ユースは内心でほくそ笑む。耐え忍び、待った甲斐があった。だがもう少しだ。勝利を確信した敵が完全にユースから意識を外したその瞬間、ユースは動く。

庭園の木々の向こうに、こちらに向かって歩いてくる多数の人影が現れた。やがて丈の長い白の衣服に身を包んだ五名と、五名の後ろに付き従う武装した近衛兵の集団が、その姿をユースと公爵の前に現す。

先頭に並んでいた白い衣服の五名が、ユースと公爵に気づいて足を止めた。

「公爵？　それに……」

真ん中にいた初老の男が、困惑気味にユースと目を合わせる。白い布地に金の刺繍が施された衣服を身にまとう彼こそが、ユースの実父である国王だ。

本来であれば会議場内で待機しているはずの公爵が、王族から除籍された第一王子を伴い、会議場の前に立っている。妙な状況であることは言うまでもなく、国王と並び立つ宰相や大臣たちも、怪訝そうに顔を見合わせる。

だが、不思議そうな面持ちをする一行からは、不信感はつゆほども伝わってこない。

公爵が長い時間をかけて築き上げてきた忠臣としての立場は、反逆の瞬間が迫る今となっても揺らがず、王からの根拠なき信頼を公爵に与えていた。

王を射貫く公爵の瞳に醜悪な歓喜の色がよぎり、公爵の配下は今まさに命を奪われようとしている王のみを捉える。

この瞬間、勝利の確信に酔いしれる敵は、ユースから意識を外した。

公爵の右手が動く。それが、合図となった。

ユースは魔杖を取ろうとしていた公爵の右腕を摑み、背中側に回して捻り上げると、体重をかけて公爵の体を地面に倒した。うつ伏せになった公爵が驚愕を露わに振り向いたときには、彼の首には魔力を封じる首枷が出現し、体は青く光る紐で縛り上げられていた。

「動くな。動いたら殺す」

公爵の背に乗ったユースは、魔杖を変化させた双剣を公爵の喉元に突き付け、公爵の配下を牽制する。逡巡を表す彼らの瞳に、どうせ殺せまいという侮りと余裕を発見し、ユースは眉一つ動かさずに刃を強く公爵の首に押し当てた。

公爵が呻き声を漏らした。ユースは剣の腹で公爵の顎を上向かせ、公爵の首に薄く走った赤い線と、そこから滴る血を配下に見せつける。

「動いたら殺す。いいな？」

配下の魔術師たちは緊張した様子で小さく頷いた。

「貴様……六年間の恩を、忘れたとでも言うのか！」

「それを平然と言えるお前を、俺は心底軽蔑するよ」

口角泡を飛ばして叫ぶ公爵に、ユースは短く吐き捨てる。長々とした応酬は不要だ。善悪の価値観が異なりすぎているこの男に、どれだけ正道を説いたところで無駄なのだから。

ゆえにユースは未だ事態を把握しきれていない様子の王たちに退避を呼びかけようとしたが、声は前触れなく発生した地響きによって遮られた。

地面が震え、唸り声に似た低い音が不気味に轟く。近くにあった木々から、一斉に鳥たちが飛び立った。その場に集う者たちが不安げに辺りを見回す中、ユースはさっと血の気が引く感覚に襲われた。

庭園に設置された召喚陣によって、魔瘴が呼び出されようとしている。

迫りくるものの正体を察知したユースは、すぐさま公爵に命じた。

「止めろ！　早く！」

「わ、私じゃない！」

「はあ？　なに言ってんだ！　召喚なんて、お前しか……」

そこで、はたとユースは気づく。

公爵の魔力は首枷で封じたというのに、どうして召喚術を使えているのか。

思考が停止したユースの下で、公爵の体が細かく震える。

「これは私じゃない……召喚陣に、綻びがあったんだ。まずい、このままじゃ……制御が、できずに、暴走する……」

公爵が言い終えたと同時に、緑豊かな庭園の地面が、一瞬にして赤黒く染まった。

直後、耳をつんざく轟音が響き、赤黒い地面から木の根に似た無数の触手が飛び出した。

庭園を破壊しながら勢いよく現れた触手は天高く伸び、空中で身をくねらせた。巻き起こる暴風に煽られて、小道を作っていたタイルがユースの顔の横をかすめていく。魔瘴だ、と叫ぶ誰かの声が、悲鳴に交じって聞こえてくる。

獲物の声に反応したのか、魔瘴の触手は鋭利な先端を地面に向けた。恐怖で顔をひきつらせた近衛兵の集団に向け、魔瘴は触手を伸ばす。

集団の中には、唖然とした顔で触手を見上げる王がいる。

双剣を手にしたユースは前方に飛び出し、宙を駆けた。瞬く間に近衛兵の頭上へと移動し、彼らに迫る触手との間に身を割り込ませる。

襲い来る複数の触手を、両手の刃で斬り落とす。耳をつんざく音が響き、赤黒い液体が視界を染める。目を守るため、ユースはとっさに腕で両目を覆う。

結果的に言うと、その動きが誤りだった。

一瞬の間のあと、全身の骨が粉々に砕けるような衝撃に襲われた。触手に薙ぎ払われたのだと理解したときには既に遅く、声にならない悲鳴を漏らしたユースの体はなすすべもなく飛ばされ、会議場の壁に叩きつけられた。

激痛が全身を貫いた。体勢を立て直すことは叶わず、地面に落下した体から力が抜ける。視界がぼやけ、瞼が意思に反して下りていく。

先生、と心の中で呼んだのを最後に、ユースの意識は闇に呑まれた。

王都上空を駆けるアキが目撃したのは、王宮の一角から出現した魔瘴の触手だった。

巨大な木の根に似た触手は王宮を遥かに超す高さまで伸びると、地面に向かって尖った先端を突き立てた。近くにいる誰かを攻撃しているらしく、轟音に交ざってかすかな悲鳴がアキの耳に届く。

魔瘴は続けて触手を横凪ぎに動かした。建物が破壊される音が響き、土埃が舞い上がる。

王都で魔瘴が暴走する光景は異様で、とても現実のものとは思えなかった。慄然としながらも必死に空中を進むアキは、やがて魔瘴の出現場所の全容を捉えた。

地面は赤黒く染まり、触手の周囲には根本までむき出しになった木々や、噴水と見られる残骸が転がる。小さく散らばるクリーム色の破片はタイルだろうか。おそらく緑で覆われた庭園だったのだろうが、今やその面影はどこにもない。庭園の隣に建つ会議場も半壊状態で、切妻屋根には大穴が開き、壁は崩れ、周辺には瓦礫が散乱していた。

破壊の限りを尽くされた庭園にも、会議場のまわりにも、人の姿は確認できない。標的とする人間が近くにいないからだろう。現在、魔瘴は触手を天に向け、その身を不気味にくねらせている。

アキは魔瘴に存在を感知されないよう、慎重に会議場の裏手へと降り立った。半壊した会議場の向こうで空へ触手を伸ばす魔瘴に注意を払いながら、取り残された負傷者がいないか確認しようと視線を巡らせたとき、全身の血が凍り付いた。

会議場の横で、瓦礫の中に横向きで倒れる金髪の青年がいる。

ぴくりとも動かない青年の金髪は、頭部から流れ出した鮮血によって、その広範囲が赤く染まっていた。

「ユース……」

考えるよりも先に走り出し、アキはくずおれるようにユースの傍らに膝をついた。覗き込んだユースの顔は頭を染める赤とは対照的に青白く、固く閉じられた瞼が上がる気配はない。彼の頭の周囲には血だまりができており、アキは出血量の多さに戦慄する。

しかし、乾燥した唇の隙間からはかすかな呼吸音が漏れていた。とっさに手首の内側に触れれば、弱々しいながらも脈が確認できる。

アキはすぐさま魔杖をユースに向けた。するとユースの全身が青い光に包まれ、頬や手の甲についた細かな傷が塞がっていく。

だが、ユースの瞼が開く気配はなく、異様に白い顔にも血色は戻らない。

平凡な実力しか持たないアキが扱える回復魔術など、たかが知れていた。

それでもアキは一心不乱にユースへ魔力を注ぎ続けた。足元に恐れがすり寄ってきて、魔杖を持つ手が震える。視界が熱いもので滲み、あっという間に溢れて頬を伝った。瓦礫を染める血だまりに投げ出されたユースの手を握る。血に濡れた手はまだ温かい。まだ温かいのに、そのぬくもりはすぐに失われると知っている。

「……ユース。なあ、ユース」

返事しろよ、と続けた声はかすれていて、アキ自身にも聞き取れないほどか細かった。

これまではアキが名前を呼んだら、返事をしないことなんて一度もなかったのに。

先生、と弾んだ声で答えてほしい。でかい図体でいいから飛びついてきてほしい。何も言わなくていいから目を開けてほしい。いくつもの願いが頭の中に浮かんでは消え、アキは無意識のうちにユースに縋りつく。

そのとき、ユースの首で何かが光った。

光の正体は、ユースの首元に覗く細い銀の鎖だった。服の下に隠す形で首から下げられた鎖が、朝の光を反射して輝いている。

はっと息を呑んだアキはすぐさま鎖を引っ張り出した。鎖の先につけられた青いしずく形の結晶が、光のもとにさらされ、青い光沢を放つ。

辺境魔術師が一人前になった弟子に贈るお守りは、魔力を補い、傷を癒す。

その効力は、回復魔術よりもずっと強い。

アキは結晶と鎖を繋ぐ金具を壊すと、結晶をユースの唇に押し付けた。だが唇の間に結晶を割り込ませても、意識を失ったユースは飲み込もうとしない。

ならば、とアキは自ら結晶に歯を立て、欠片を口に含むと、ユースと唇を重ね合わせた。舌で欠片を押し、ユースの口内へとねじ込む。世界中でただ一人、ユースだけに効果をもたらす結晶は、ユースの口の中に入った途端に溶けるはずだ。

どうか、どうかと、アキは固唾をのんで見守る。するとユースの喉仏が動いた。アキは歓喜を胸に、再び欠片を口に含んで口移しを繰り返す。

結晶をすべてユースに飲ませ終えると、ユースの頬が血色を取り戻し始めた。

しかし、そこで背後に殺気を感じ、アキは振り返る。

先ほどまでは空を向いていた魔瘴の触手のうちの一本が、尖った先端をアキに向けていた。アキを狙い、触手が伸びる。アキ一人なら難なく回避できるが、今、アキが避ければ触手はユースを貫く。立ち上がり、体勢を整える暇はない。アキは膝立ちのままとっさに魔杖を剣に変化させ、身を反転させて魔瘴と正面から対峙した。

ところが、アキの身を衝撃が襲うことはなかった。

銃声が轟いた。アキの背後から放たれた青い弾丸が、見惚れるほどまっすぐな軌跡を描いて飛び、触手を貫く。大きな風穴を開けられた触手は赤黒い液体を巻き散らし、地面に落ちた。

「すみません……俺、偉そうなこと言ってたのに、失敗しました」

寝転がったまま両手で小銃を構えたユースは、アキを見上げて力なく笑った。

放心するアキの目から、大粒の涙が落ちた。何かが決壊し、アキは表情を歪めてしゃくり上げる。うまく息が吸えなくて、胸も、喉も、涙が伝う頬も痛かった。

ユースはゆっくりと上体を起こし、濡れたアキの頬を両手で包んだ。血に濡れてもなお、あたたかな手だった。アキは両手をユースの両手に重ね、一度だけきつく瞼を閉じる。その拍子に溜まっていた涙が溢れ、アキとユースの手を濡らした。

「……愛してる」

アキの口からこぼれた本音に、ユースは目をみはった。青の瞳が震え、ユースは何かを噛み締めるように目を伏せる。再びアキと目を合わせた瞳には、涙の膜が張っていた。それすらも愛おしくて、アキの泣き顔が自然と笑みを作った。

「ユースだけだ。ちゃんとわかれ。今は、それだけわかってればいい」

謝りたいことも、伝え足りない愛情もある。だが今は、これ以上は望まない。

二人同時に顔を寄せ、唇を触れ合わせた。一瞬のキスを経て、二人同時に立ち上がる。共にユースの血で赤く染まった手で、アキは細身の長剣を、ユースは双剣を握った。先ほどユースに撃ち抜かれた触手は早くも再生しており、その背後にも多数の触手が蠢いている。

そのとき、空から魔瘴へ無数の青い球体が降り注いだ。

砲弾ほどの大きさをした青い球は立て続けに魔瘴へと撃ち込まれ、触手に次々と穴を開けていく。衝撃で跳ねた触手が地面を叩き、大地が揺れる。覚えのある攻撃にアキが空を仰ぐと、遥か上空で銃身が長い小銃を構えるソフィアの姿と、びくびくと跳ね回る魔瘴に向かって勢いよく落下してくる人影が見えた。

身の丈を超える大剣を振り被ったその人は、大剣を振り下ろすと同時に触手の根本へと着地した。衝撃と共に粉塵が舞い、根本付近で断ち切られた触手が悶える。恐れるものなど何もないと言わんばかりの、彼らしい大胆不敵な立ち回りは、やはり頼もしい。

ヴェルトルは地面に突き刺さった大剣を抜き、肩に担ぐと、勝ち気に笑った。

「おいおい、王子様。惚れた男、泣かせてどうすんだよ。そういうところは、紳士たる俺には遠く及ばないな」

「ははっ。俺が知る限り最も紳士から程遠い人が、なんか言ってるな」

ユースは挑発的に笑い返し、空中へと飛び出した。

宙を舞うユースが手にした双剣がきらめき、襲い掛かる触手を残らず切断する。軽やかな動きに合わせ、黒のローブの裾と、赤く染まった金髪が躍る。その動きは優雅で洗練され、赤黒い飛沫の中にあっても鮮烈な輝きを放つ。

綺麗だ、とアキは思った。容赦ない戦い方も、軽快な身のこなしも、端整な横顔も、光る金髪の隙間に見える青く澄んだ瞳も。彼のすべてが綺麗だと思う。

アキもまた宙を駆け、右手の剣を振るった。全神経を集中させ、縦横無尽に動き回る触手を的確に断つ。アキはソフィアのような広範囲にわたる強力な攻撃も、ヴェルトルのような豪快な動きも、ユースのような素早い立ち回りもできない。だからアキは確実に、魔瘴の触手を切断し魔力を消耗させる。

ヴェルトルとソフィアがこの場に駆け付けたということは、辺境の森にある魔瘴の本体からの魔力供給は既に絶たれているはずだ。ならばやがて魔瘴は魔力不足で再生が不可能になり、完全に消滅する。

ほどなくして、残り数本になった触手の動きが鈍り始めた。出現時よりも明らかに細くなった触手が、悲痛を訴えるように弱々しく揺れる。

ぎこちなく動く触手はアキを最後の標的と定めたのか、残った触手のすべてをアキに向けた。アキを道連れにしようとあがく触手を冷静に睨み、アキは剣を握る手に力を入れる。

その瞬間、アキの背中に何かが触れた。力強く頼もしい背中の感触に、アキの頬が自然と緩む。アキと空中で背中を合わせたその人が誰なのか、振り返って確認するまでもなかった。

アキは背後のユースと共に、迫りくる触手のすべてを断ち切る。

硬いものを斬った感触が右腕に伝わった直後、断末魔の叫びが響いた。

血に似た液体すら枯渇しているのか、断面からは何も流れない。地面に倒れた触手はすぐに塵と化し、微風にさらわれ宙を漂い、消えていく。

触手が消滅すると、赤黒く染まっていた庭園も元どおりの色彩を取り戻した。地面は下から突き上げられたように掘り返され、地中の土がむき出しになり、根本まで露わになった木々や噴水の残骸、クリーム色のタイルが散乱しているが、有害な魔力はもう感じられない。

　魔瘴は完全に姿を消した。

　深い安堵を胸にアキが荒れ果てた庭園に降り立ったとき、傍らに着地したユースに強く抱き締められた。アキの肩口に顔を寄せたユースの体は小さく震えていて、全身から伝わってくる涙の気配に、アキは彼の名を呼ぼうとした口を閉じる。

　アキもまた抱擁を返し、ユースの胸の内に思いを馳せた。きっと、とても痛くて、悔しさや悲しみもはらむ愛情が、ユースの中で渦巻いているだろう。甘くて柔らかなだけではいられない感情の塊が、複雑に絡まり合っているに違いない。

　アキはユースの頬を両手で挟み、そっと顔を上げさせた。その拍子に、光り輝く一粒の涙がユースの頬を伝った。アキは微苦笑を浮かべ、ユースの頬を濡らす涙を指先で拭う。

「お前、言ったよな。自分のせいで俺が傷つくのは嫌だって」

　学院でアキを眠らせた際、ユースはそうアキを突き放し、置き去りにした。ユースのせいではないというアキの言葉は、罪悪感に突き動かされたあのときのユースには届かなかった。

「己惚れんな、馬鹿が」

　涙に濡れたユースの瞳が、確かに揺れ動いた。

「お前ごときが、俺を傷つけられると思うなよ。だから自分のせいだと思うな。そんなもんはただおこがましいだけだ」

傷つけた相手が大切な人であればあるほど、相手からの愛情が真綿のようにじっくり首を絞める。あの人を傷つけた自分はあの人からのあたたかな感情を受け取る資格はないと、自分で自分を苦しめる。

そんな感覚はアキだってよく知っている。ユースへの罪悪感に苛まれていた頃、アキはユースからの好意に癒される一方で、居心地の悪さを覚えていた。ユースからの愛情をうまく受け取ってやれず、息苦しさを感じていた。

だが、たとえユースはそんな状態に追い込まれたとしても、アキが見ているところでは苦痛を隠して笑うだろう。彼は、悲しいときも、寂しいときも、不安なときも、アキの前では不格好な顔で笑ってしまう人だ。

だからアキは、ユースがアキの声も届かないひどく寂しい場所でたった一人、アキの愛情が苦しくなるほどの自責の念に苛まれるというのなら、その手に握った剣で彼の心臓ごと罪悪感を断ち切る。他ならぬ彼が、アキの罪悪感を壊すために、心臓を撃ち抜いてくれたように。

ユースの罪悪感を壊せるのは、この世界でたった一人、アキだけだ。

「もしお前が今回のこととか、六年前のことで自分が悪いって苦しむなら、俺は一生、何回でも、お前に同じこと言ってやるからな。お前ごときが調子に乗るな。だから……もういい。そんなこと、もう思わなくていいから」

言葉尻が震え、視界に熱いものが滲んだ。それでもアキは目の前にあるユースの顔から目をそらさなかった。一瞬だって、そらしたくなかった。

アキが罪悪感を吐露した初夏のあの日、きっとユースはアキに届く言葉を必死に探してくれたのだと思う。何を言ってもアキの心には届かないかもしれない。そんな恐れだってあったはずだ。だが彼は言葉を紡いだ。どうか届いてほしいと、祈りながら。

今度はアキがそう祈る番だ。

アキの気持ちや言葉に、どれだけの力があるかはわからない。ユースを襲う冷たい現実の前では無力かもしれない。なんの意味もないかもしれない。

それでもアキは、今ここでユースに手を伸ばさずにはいられないから。

「己惚れるなら、俺に愛されてるのは自分だけだって己惚れろ。それ以外はいらねえ」

アキの胸に溢れる鮮烈な愛情を、真正面から余すところなく受け取ってほしい。申し訳なさに目をそらす瞬間なんてなくていいから、こちらが恥ずかしくなるほど堂々と、自分のものだと言わんばかりに奪ってほしい。アキが惚れた眩い笑顔で。

まつ毛を濡らすしずくが、目尻から流れて頬を伝った。アキはいつかユースがそうしてくれたみたいに、ユースの頬を両手で挟んだまま額を合わせた。これまでユースがくれたものと、同じだけ眩いものを、差し出すように。

放心した様子だったユースは、不意に顔を綻ばせた。涙を残したまま笑う顔は穏やかで、彼らしくて、目にした瞬間にアキの胸がじんと熱くなる。自分はこの笑顔を愛してやまないのだと思い知らされて、アキの唇も自然と小さく弧を描いた。

「……はは。先生、俺が前に先生ごときって言ったの、実はかなり根に持ってるでしょ」

「当たり前だ。一生忘れねえって言っただろ」

「……俺、先生のそういうところ、大好き。強くて格好良くて、綺麗なところ」

ユースは両腕に力を込め、再びアキの肩口に顔を寄せた。

「だから……俺、もう先生のこと、絶対に離せない。先生が誰に未練があっても、他の人を好きになっても、離してやれない」

痛いくらいの抱擁にアキは耐えた。もうピアスはない左耳を、ユースの熱い吐息が撫でる。ただそれだけのことが心を満たすのを感じながら、アキはユースの背中に腕を回した。

「離すな、馬鹿。誰が離していいって言ったんだ」

いつもみたいに悪態をつけば、ユースは「……ふはっ」と小さく肩を揺らした。きっと照れ隠しだと見抜かれているのだろう。でもユースがこうして笑ってくれるのなら、それもかなり悪くない。

「不安にさせてごめんな」

「うん。もういいよ。大丈夫」

「おかえり」

「……ただいま」

ユースは顔を上げると、綺麗な微笑みを湛えたままアキの鼻先に自身の鼻先を寄せた。

「先生、大好き。愛してる」

「……ああ、俺も。愛してる」

やはり、愛をわざわざ声に出すのは骨まで焼けるほど気恥ずかしい。紅潮する顔をたまらず背けたら、すかさず顎に手を添えられ、唇を重ねられた。自分が誰より愛されていると確信した瞬間にこれだ。まったく仕方がない男だと呆れながら、アキは熱いキスに応えてやる。

結局、アキは惚れた男には甘い。でも恋なんてしているやつはたいてい、惚れた相手にはそんなもんだろう。

# 6

グラント公爵が仕組んだクーデターは一人の死者も出さずに阻止され、王や宰相、大臣といった国の重鎮にも怪我はなかった。

拘束されたまま半壊した会議場のそばに転がっていた公爵は、壁の倒壊に巻き込まれて意識を失っていた配下の魔術師たちと共に逮捕された。他にも計画に関与した中央魔術省職員や中央警察上層部など、逮捕者は多数に上っている。今後の組織運営に支障が出るのは明白で、王宮も頭を抱えているようだ。

公爵側についた演技をしていたユースの潔白は、魔瘴から王を守ったことや魔瘴の消滅への尽力、アキの証言などから明らかで、罪に問われることはなかった。現在、傷を負ったユースは王宮で療養中であり、ユースの強い望みでアキも王宮に滞在している。

公爵が魔術師になった第一王子を王に据えようとしていた真実は、公にされないことと決まった。今後も第一王子は病で公務から離れたままという設定を続けるらしいが、王位継承に関しては、近々ユースの弟である第二王子を王太子とする方向で話が進んでいるようだ。

クーデターの事後処理や次代の王に関する件で、王宮は慌ただしい空気に包まれている。しかし一介の辺境魔術師にすぎないアキにとっては無関係な話で、アキの関心はもっぱらユースの回復のみにあった。

そして事件から一週間が経過した現在、ユースの傷は早くも塞がり、すっかり普段の調子を取り戻していた。

より正確に言うと、普段どおりどころか、アキの溺愛に拍車をかけていた。

「……ユース」

「なんですか？」

「少しは離れないか？」

「嫌です」

ユースは笑顔でアキの提案を一蹴し、アキの背後からアキの腰に回した両腕にぎゅっと力を入れた。ベッド上にいるユースの足の間に座り、背中をユースの胸に預けるアキは、ろくに身動きが取れないまま呆れ顔をするしかない。

二人がいるのは、かつて王子として王宮で暮らしていたユースが使用していた寝室だ。天蓋付きの豪奢なベッドが鎮座した寝室の隣はリビングになっており、そのさらに隣には書斎やキッチン、浴室が完備され、生活のすべてがこの私的な空間で成り立つ構造になっていた。

ゆえに療養中のユースと付き添いのアキは、落ち着かない王宮の空気から隔絶された二人だけの空間で、蜜月と呼んで差し支えない時間を過ごしている。

「いいじゃないですか。もう夕食も風呂も済ませて、あとは寝るだけなんだから。眠くなったら二人でこのままベッドに転がればいいんですよ。どうせ寝てる間もくっついてるし」

ユースの言うとおり、湯浴みまで終えた二人は、揃いの寝間着に身を包んでいる。上下共にゆったりとした寝間着は襟の部分が大きく開いていて、ユースはむき出しになったアキの鎖骨にキスを落とした。

「それに、先生だって本当は俺とくっつくの、好きでしょ」

「なに言ってんだ。調子乗んな」

図星のアキはとっさに否定したが、そこではたと気づいて口を閉じた。こういうとき、素直に本心を伝えられずに可愛げのない反応ばかりするから、ユースを不安にさせたのではなかったか。

アキは眼前にあるユースの顔を凝視した。不思議そうに「先生?」と首を捻るユースから目をそらすと、もごもごと小声で言う。

「……好きだよ」

「え?」

「ユースとくっつくの、好き……」

アキは目を丸くしているユースに今度は自分からキスをした。いつもやってもらっている側だから上手くできず、唇を唇に押し付けるという不格好なものになった。不慣れな自身が恨めしく、頬を染めたアキは即座に前を向く。

ところが、表情を隠していられたのも束の間のことだった。ユースは切羽詰まった様子でアキを振り向かせると、アキの額に自分の額を合わせる。

「せ、先生……熱あります? いや……ない?」

「おっ……お前なあ! 俺は、お前がもう不安にならないようにって、思って……」

焦りのあまり、言わなくてよい理由まで口走ってしまったと気づいたがもう遅い。心配そうな表情から一転、驚きと喜びを一緒くたにした顔で目を輝かせたユースは、アキの頰を両手で挟む。

「先生……俺を不安にさせないために、頑張ってくれたの？」

嘘をつくのは気が引けて、アキは視線を横に逃がしながらも小さく頷いた。

「……先生、好き。可愛い。大好き」

ユースの唇が、アキの唇に重ねられる。もう数えきれないくらい繰り返したから、触れ方や空気感で、ユースがどこまで望んでいるのか察することができる。望みに応じてアキが薄く唇を開けば、さっそくユースの舌が口内に入り込んできた。

厚く柔らかく、質量を持った舌がゆっくりとアキの舌に絡み、粘膜を撫でる。口の内側を撫でる動きは性急ではないが、ユースによって触れられる喜びを教え込まれたアキの体は容易く反応し、期待と高揚が鼓動を速くした。

アキもまた舌でユースのキスに応えると、積極的な仕草から、アキが受け入れる心づもりであることを察したのだろう。ユースは一度キスを中断した。

「……先生、いいの？　最近は俺がしたいって言っても、駄目って言ってたのに」

「それは、ユースの体調を考えて……でも、もういいだろ。医者の先生も、普通に動いていいって言ってたし」

アキは背後にあるユースの首筋に鼻先を寄せた。ユースも既に興奮しているのか、体温がいつもより高く、そのぶん強く感じる彼の匂いに酔わされる。アキが惚れたこの男は、どんな美酒よりも強く、抗えないほどに、アキを酩酊させる。

「だから……早く」

想像以上に甘ったれた声が出て、羞恥に骨まで焼けそうになった。本心なのだから仕方がないと、頭の中で悶えるもう一人の自分を押し殺す。

「……素直になったらなったで、俺の心臓がもちそうにないな」

ユースは目元を染めると、アキの顎に手を添えて再びキスをした。舌を絡ませると同時に、アキを後ろから抱えたまま、アキの上衣の内側へと手を入れる。

素肌を撫でる手はあっという間に胸元まで上がった。先端の周囲を指の腹で撫でられ、焦らされたのちに先端を指でつままれる。指先で押し潰すように弄られれば、そこはすぐに硬さを持ち、甘い痺れが走った。反射的に漏れそうになる声も、次第に乱れる息も、嚙みつくみたいなキスに食われる。

足の間で欲が熱を持ち始めたとき、胸を弄るのと反対の手が下衣の内側に入り込んだ。下着の中にまで一気に手を入れられ、硬くなり始めた性器を握り込まれる。

「んっ……うっ」

弱いところへの明確な刺激に、ユースの腕の中で体が跳ねる。性急な手の動きで、じわじわと高められつつあったものが一気に限界近くまで引き上げられた。ユースの手の中で膨張していく蕩けた欲に、アキの目に自然と涙が滲む。

　ユースはアキの体に這わせた両手の動きは止めないまま、アキの左耳を舌で舐めた。荒っぽい吐息が、彼によって穴が塞がれた耳朶をくすぐる。ユースに触れられているところ全部が熱く、アキは快楽に耐えながらユースに身を預けるしかない。

「……先生。口、傷ついちゃうから」

　知らず知らずのうちに嚙み締めていた唇にそっと指で触れられる。ユースの手が離れた胸元は、上衣の布地が擦れるだけで微細な刺激を生む。アキが涙目でねだれば、望みを察したらしいユースがアキの唇を自身のそれで塞いだ。

　たっぷりと唾液を絡めた舌で上顎を擦られると、くすぐったさと紙一重の快感が走った。溢れる寸前だった欲は限界を迎え、アキはびくっと身を震わせユースの手の中で果てた。

「は、あ……」

　弛緩していく体をユースの胸元に預ける。多幸感と一体になった余韻に揺蕩うアキの髪を、ユースは愛おしそうに梳いている。アキもまた胸にこんこんと湧く愛情を嚙み締めると、ユースから体を離し、自ら上衣を脱いだ。続けて下着ごと下衣も脱ぎ捨てる。

　もうアキを隠すものは何もない。上気して桃色を帯びた肌も、触れられてつんと尖った胸の先も、濡れた性器も、すべてをユースの眼前に晒す。

　暴れる心臓の音が全身に響き、目の前がくらくらとした。ユースもまたアキの行動がよほど予想外だったのか、信じられないといった面持ちで口元に手を当てていた。

「先生……これも、素直になった結果？」

「……そうだよ。お前に、抱かれたいって言ってんの」

目をそらしそうになるところを堪え、かすれた声を絞り出す。正直な心を晒すのは、心臓を相手に差し出すみたいだ。恥ずかしすぎて、もはや怖い。でも知ってほしいと思う。

アキはゆっくりとユースの大腿部に馬乗りになった。ユースの足の間では彼のものが早くも膨らみ、下衣の布地を押し上げている。

今まで何度かベッドの上で触れ合ってきたが、ユースは指で慎重にアキの体を慣らすばかりで、まだ一度も挿入には至っていない。アキが痛くないように、怪我しないようにというユースの気遣いの表れだと理解していても、やはり好きな男と繋がれないのは歯痒かった。

アキはユースの手を取ると、早鐘を打つ自分の心臓の上にそっと触れさせた。

「ほら、わかるだろ。お前に抱いてほしくて……こんなに、興奮してんだよ」

「先生……」

「……なあ、早く。お前の……好きなようにされたい」

言い終えたとき、ぐいと腕を引かれてキスをされた。そのまま後ろへと押し倒され、ベッドに仰向けになる。ベッドに両手をついてアキを見下ろすユースの瞳は色気と情欲を滾らせていて、求められる喜びにアキの体が疼く。

ユースは身に着けていたものをすべて脱ぐと、アキの体にのしかかる格好で、首筋の柔らかな肌に吸いついた。甘みを帯びた小さな痛みと、全身に感じる素肌の感触が心地よくて、アキはユースの背中に腕を回す。

アキの肌に点々と赤い痕を残すユースは、やがて敏感になった胸の先を口に含んだ。

「あ、ああっ」

吸いつかれ、軽く噛まれ、舌先で転がされ、どこにも逃がせない快感の波に呑み込まれる。骨の髄まで熱く溶かされそうで、アキはたまらず身を捩った。乱れた黒髪が、同じく乱れた白いシーツの上に広がる。

「先生、ここで気持ちよくなってくれるの、嬉しい」

「お前、が……弄る、から」

「うん。俺がそうした」

優越感を抱いた眼差しに射貫かれる。他者と触れ合う気持ちよさも、喜びも、すべてユースに教えられたのだと思えば、体の芯がさらに熱を持った。その熱は足の間に落ち、一度欲を吐き出したアキのものを再び硬くする。

緩く立ち上がったものを、やんわりと握り込まれる。しかしユースの手は弱い刺激をアキに与えただけで、すぐに会陰を撫でて後ろへと移動した。いつ準備したのか、窄まりを押す彼の指先は粘り気のある液体で濡れている。

ユースはそっと指を中へと入れた。もう何度もユースの手で開かれたそこは、指くらいなら難なく受け入れる。

ゆっくりと奥へ差し入れられた指が、アキの中を軽く押す。指先で弱いところに触れられた瞬間、反射的に「んっ」と声を上げたアキの体がびくっと跳ねた。

もう、ユースにはアキの中のどこが弱点なのか知り尽くされている。自然と期待と興奮が高まるが、ユースはあえて敏感なところを避けて指を動かした。指先がそこをかすめるたび、刺激的な快感一歩手前の気持ちよさで腹が疼く。

「んっ……は、あっ」

じっくり、じっくり、内側が蕩かされていく。柔らかな内部が勝手にユースの指に絡みついて、もっともっとと欲しがっている。いつの間にか、中に入れられた指が増やされている。それでもユースは弱いところに触れてくれない。

「あ……あ、んっ……も、焦らすな……」

すると、ユースの指がようやくそこを軽く押して、強烈な快感に体が跳ねた。だが待ち望んだ感覚のはずなのに物足りなくて、アキは自身の後ろを弄るユースの手を掴んだ。

「指は、もういい、から……」

涙目で訴えれば、ユースは何かを堪えるようにぐっと唇を噛んだ。すぐさまユースの指が引き抜かれ、名残惜しさで腹の奥がきゅっと締まる。

「痛かったらすぐに言って。気を付けるけど……余裕ない」

指とは違う熱いものが押し当てられ、柔らかくなった内側が開かれていく。圧倒的な存在感のものに体を貫かれる未知の感覚に、声にならない吐息がシーツの上に落ちる。

痛みはない。でも少しだけ苦しい。そして、苦しみ以上に胸を強く揺さぶる何かがあって、不思議と泣きたいような気分になった。

時間をかけて奥まで挿入すると、ユースは腰の動きを止め、汗で額に張り付いたアキの前髪をよけた。嬉しそうに、愛おしそうに、アキの額へ優しいキスを落とすユースの顔を見ていると、次第に異物感が薄れ、じんわりとしたぬくもりが腹に満ち始める。

性的な快感とはまた違うあたたかさだった。でも確かに、深いところで繋がっている感覚が心地よい。

アキは満ち足りた心持ちで、視線だけでユースを促した。するとユースはアキの腰を両手で掴み、慎重に腰を前後に動かし始めた。

「んっ……」

ユースのものが、蕩けた内部を緩やかに擦る。びりびりとした波が押し寄せ、甘やかにアキの腰骨を侵蝕する。喘ぎ声も吐息も、揃って糖度を増す。

ユースはそっとアキを揺さぶった。深く埋め込まれた状態で腰をさらに押し付け、先端で優しくアキの奥を暴く。結合が解けない程度に引き抜かれたあと、たまらなく感じるところを刺激されれば、頭の奥で白い光が弾けた。余裕がないと言いながらもその動きに自分本位な激しさはなく、アキの体と快楽を第一に考えているとわかる律動が、身を捩るほど気持ちいい。

羞恥を感じている余裕はもうなかった。アキは陶然と、ただ快感のみを享受した。

「あ……あ、ああっ」

「気持ちいい？」

「ん、いい……あっ」

アキの反応がお気に召したのか、ユースは弱いところをひときわ強く擦り上げた。そのまま一気に挿入され、腹の奥がじんと痺れる。律動はだんだんと激しさを増していき、奥を突かれるたびに腰が甘く砕けそうになった。触れてもいない性器が、蜜をこぼす。

熱くて、息が苦しくて、それなのに身も心もすべてが満たされる。

揺さぶられ、嬌声を上げるアキの耳元にユースは顔を寄せる。

「……アキ。可愛い。大好き」

呼ばれ慣れていない愛称が、強く胸を締め付けた。耳を撫でる声と吐息さえ、快楽になってアキを溺れさせる。喘ぎ声の合間に、アキも必死に言葉を紡ぐ。

「あ、あ、んっ……俺も、すき……」

うわごとのように、何度も好きと繰り返した。きっと朝になったら羞恥で焼け焦げそうになるに違いない。それでも構わない。今この瞬間は、ユースとひとつになっている幸福感だけを嚙み締めていたい。

食らいつくようにアキを抱くユースの口からは、もう甘ったるいささやきは出ない。ユースの顔は上気し、息は荒く、前髪は汗に濡れ、彼も限界が近いのだと察する。

ひときわ強く貫かれたその瞬間、ユースはかすかな声を漏らした。

体の奥に、熱いものが注がれる感覚がした。同時にアキも絶頂を迎え、体が仰け反った。

深く繋がったまま互いに脱力し、放出の余韻に身を任せる。汗ばんだ前髪をかき上げるユースを見上げていたら、切なく激しいものが胸の内で膨れ上がって、アキは寝転がったままユー

スの指先を摑み、軽く引いた。

アキの無言の要求を察したのだろう。ユースは柔らかく微笑み、アキにキスを落とす。

「今日、本当に素直で可愛い。抱いてっておねだりしたり、キスしてっておねだりしたり……俺、鼻血出そう」

心底嬉しそうにアキの額や頰にも唇を寄せるさまが、なんだかとても愛らしい。アキは両手でユースの頭を撫で回すと、ユースの腰に両足を回した。

「鼻血出してる場合じゃないだろ。まだ満足してないくせに」

中に入れられたものがまだ硬さを保っていることは、感覚でわかる。

「好きなだけやれよ。俺も……もっと、してほしい」

するとユースは長々と息を吐くと、アキの肩に額を押し付けた。

「……なんだよ」

「これからずっと、こうやっておねだりしてくれると思うと、心臓に対する不安が……」

「安心しろ。こういうのは多分、十回に一回とかだ」

ユースは勢いよく顔を上げた。

「え！　な、なんで……」

「当たり前だろうが。毎回こんなことやってたら、ユースの心臓だけじゃなくて俺の精神ももたねえんだよ」

「……じゃあ、なんで今夜はこんなに素直で正直で可愛いんですか？」

「ユースを不安にさせるのは本意じゃないし……それに、今回いろいろ頑張ったから、まあ、ご褒美をやってもいいかと思って……」

「俺は常にすごく頑張っているので、ご褒美は常に欲しいです」

「調子に乗るな」

　いつものように言い返すと、ユースは不満をありありと表した目でアキをじっと見つめたのち、ひょいとアキの体を軽々と抱き起こした。

　ユースに抱えられた体は彼の腰の上にまたがる格好となり、埋め込まれたままだったユースのものが、アキの自重でアキの中を開いていく。思わずアキがベッドに膝をついて腰を浮かしかけたとき、ユースの両手が腰に回され、彼の体にぐっと押し付けられた。

　達したばかりでひどく敏感になった内部を強く擦られ、頭の中で光が明滅した。

「ひ、あっ……」

　きつく瞑った瞼の隙間から涙がこぼれた。受け止め切れないほどの快楽に歓喜する体は、どこもかしこも甘く蕩けて力が入らない。たまらずユースにしがみつけば、ユースは破顔してアキを抱き締めた。

「調子にも乗りますよ。愛されているので」

　愛されているのだと己惚れろとは言ったが、ここまで調子に乗れとは言っていない。アキはそう反論しかけたが、目の前にある晴れ晴れとした笑顔を見ていたら毒気を抜かれてしまい、なんだかすべてどうでもよくなって、自ら唇を重ねた。

キスをしたまま、下から突き上げられる。再び腰のあたりに溜まり始める熱は、アキを悦楽の沼にとらえたまま、浮上することを許さない。

今夜はそれでもいいかと理性を放り投げ、アキは与えられる快楽に溺れた。


情事の名残が溶けた闇を切り裂くように、カーテンの隙間から月明かりが細く部屋に差し込んでいる。

裸身のままユースと寄り添ってベッドに寝転んだアキは、目の前にある胸に残された傷跡をそっとなぞった。鎖骨の下にある引き攣れた横長の傷跡は、アキの体の同じところに残るものと形も大きさも酷似している。

「……なに、どうしたの」

微睡みを帯びたかすれ声で問いかけ、ユースは自身に触れるアキの手を握る。制止の意味合いが明らかな動きから、指でも、言葉でも、触れられたくないのだとわかった。アキは一瞬の逡巡を経て、ユースの手を軽く握り返す。

「これ、俺の傷跡とまったく同じやつだよな」

「……なに言って」

「六年前、意識を失ってた俺を、ユースが助けてくれたときの傷だ」

魔障に襲われたアキを死の淵から救ったのは、ヴェルトルではなくユースだった。

「……ヴェルトルさんが言ってたんですか？」

「いや、俺が自分で思い出した」

「……そっか。じゃあ、仕方がないか」

　ユースは諦めを漂わせ、かすかに笑った。

「そうです。六年前、病室で眠っていた先生に魔術をかけたとき、いきなり俺も同じところに傷を負いました。先生が目を覚ましたのは、その直後です」

　アキが施されたのは、対象が受けたダメージの半分を術者が肩代わりすることで、対象の苦痛を半減する魔術だ。ゆえにアキが負った傷をユースも負い、アキの体内に残っていた魔障の毒素もユースが半分負担した結果、アキは意識を取り戻した。

「でも、俺は明確な意志をもって先生を助けようとしたわけじゃないんです。そのときの俺は自分が魔術師になったことさえ知らなかったので。ただ、先生の苦しみを取り除きたいと強く願っただけでした。でも自分でも知らないうちに俺の体内を流れていた魔力は俺の感情に反応し、魔術が発動したんです」

　魔術師である自覚さえなく、魔力を操るすべも知らないまま、ユースは強い願いのみを原動力に、極めて高度な魔術をアキに施した。訓練をしていないにもかかわらず難易度の高い魔術を扱えたのは、技量不足を補う優れた魔術的センスと、魔術師として生まれ変わった瞬間に備わった膨大な量の魔力のおかげだろう。天賦の才と呼ぶべき能力で、ユースはアキを救った。

「じゃあ……ヴェルトルは、どうして自分が助けたって嘘をついたんだ？」

目覚めたばかりのアキは意識が朦朧としていたため、誰が自分を助けたのかはっきりと理解できていなかった。だがアキの苦痛を背負う覚悟と、この魔術を扱えるだけの実力を持っている者など、アキの周囲にはヴェルトル以外にはいなかった。

ゆえにアキはヴェルトルに助けられたと勘違いしたわけだが、ヴェルトルは実際にはアキを救っていないにもかかわらず、自分の行いだとアキに告げた。

「それは、俺がヴェルトルさんに頼んだからです。あなたが助けたことにしてほしいって」

「なんでそんなことを……」

「先生が目を覚ましたとき、真っ先にヴェルトルさんを呼んだからですよ」

目をみはったアキの髪を手櫛で梳きながら、ユースは静かに語る。

「きっと自分がどこにいて、どんな状況に置かれているか、正確に理解していなかっただろうに、先生はヴェルトルさんを呼んだんです。それだけ、ヴェルトルさんは自分のそばにいてくれる人だと、強く信じていたんでしょう。同時に、そばにいてくれと彼を求めていた」

あの頃、ヴェルトルは圧倒的な存在感でアキの世界に君臨していた。同時に、ヴェルトルの目が他の誰の姿を映そうとも、彼にとって自分は特別な存在だとアキは確信していた。アキが本当に彼を必要としている際には、迷わず駆けてきてくれると信じていた。

信じていたから、きっと無意識でもヴェルトルを求めた。

「だから俺、お呼びじゃないんだなって直感したんです。この人が今そばにいてほしいのは、俺じゃないんだって」

ほのかな切なさを声に乗せ、ユースは夜の隙間で追憶する。そのときの行き場のない、やり場のないむなしささえ、そっと慈しむように。

「それにね、ヴェルトルさんも先生を助けようとしてたんですよ」

「……どういう意味だ？」

「俺が先生を助けるより前に、ヴェルトルさんも同じ魔術を先生にかけようとしてたんです。でも、できなかった。先生の苦痛を半分背負う覚悟があるのに、力が足りなかったんです」

ヴェルトルは学生時代から、筆記の成績は悪くとも実技は誰よりも優秀な男だった。だからこそヴェルトルならばどれほど高度な魔術でもやってのけるだろうと考えていたのに、その予想が崩れ、アキは驚きを隠せない。

「意志もなく成り行きで先生を助けた俺と、意志はあるのに先生を助けられなかったヴェルトルさん。俺にとっては、先生を助けると迷いなく決心したヴェルトルさんのほうがずっと眩しかったんです。あの人の覚悟とか、決意が、すごく尊いものに思えた。自分の行いで覆い隠してしまうのは躊躇するほどに」

確かな意志があったからこそ、力が及ばないという現実が歯痒くてたまらなかったはずだ。アキは助けようとしてくれたヴェルトルへの感謝を胸に抱きながら、普段は軽薄で冗談好きな幼馴染が隠した悔しさを思う。

敏いユースもまた、六年前にヴェルトルの心境を見抜いたのだろう。ゆえにユースは真実を公にするのをためらったのだ。

「先生もヴェルトルさんも、これだけ強い気持ちを向け合っているとなれば、俺が入る余地なんてありませんでした。だから誰にとっても、ヴェルトルさんが先生を助けたことにしたほうがいいと思ったんです」

「それで、ヴェルトルに口裏を合わせてくれって頼んだのか」

「はい。かなりきつく怒られましたけどね。馬鹿にするな、そんなことしてもアキのためにも俺のためにもならないって。でも最後には承諾してくれて、それからずっと黙っていてくれました。その点に関しては感謝してます」

自分がアキを助けたことは他者に公言するなとヴェルトルがアキに口止めをしたのは、本当は自分の行いではなかったからだろう。ユースに頼まれてアキ一人に嘘をつくのはまだしも、他人の功績を自身のものとして大々的に誇れるほど、ヴェルトルは厚顔無恥ではない。

「……言えばよかったのに」

「言えませんよ。特に、先生を好きになってからは」

「なんで」

「恩着せがましいじゃないですか。ヴェルトルさんを好きなままの先生に、俺に恩を感じろって言ってるようなもんでしょ。自分で身勝手に本当のことを隠したくせに、後から明かすのは卑怯な気がして」

アキの髪を梳くユースの唇が、うっすらと苦笑の形を作った。

「もちろん、後悔しました。ちゃんと六年前に真実を伝えていたら、先生はここまで強くヴェルトルさんに気持ちを向けてなかったかもしれないのにって。でも、そう思うことこそ身勝手ですよね。だから俺、決めたんです。俺が先生を助けたって事実は隠したまま、卑怯なこととか恩着せがましいことは一切しないで、真正面から先生を口説くって」

口説かれるアキのほうが気後れするほど、まっすぐにアキと向き合う人だった。全身全霊でアキに体当たりするみたいな姿勢の裏には、胸に秘めたひたむきな思いがあった。

「六年前は自分がやったことも正直に言えなかったけど、でも今の俺は、自分の力で先生の隣に立って、先生の前で胸を張っていられます。六年間頑張って、やっとそうなれたから。そんな今の俺を見て、俺を好きになってほしかった」

そこでユースは笑った。眩しく屈託のない、彼らしい笑顔だった。

アキが初めてユースの傷跡に気づいた際も、ユースは詳細を語ろうとしなかった。きっと、真実は一生明かさないつもりであったに違いない。

アキと想いを通い合わせてもなお、ユースが口を閉ざすことを選んだ理由は、アキでは正確にはわからない。それでもその沈黙には、確かに彼がアキに向ける一途な愛情が込められていたように感じられた。知らなくていいと、これは自分が背負うものだからと、やんわりとアキの耳を塞ぐ、優しい感情が。

「……馬鹿だな、お前は」

初めて触れた彼の本心が、アキの胸の奥をかすかに震わせる。熱いものがこみ上げるのを感じながら、アキは祈るように、握ったままだったユースの手に額を寄せた。

「俺にとっては、ユースが助けてくれたことも大事だよ。お前が俺にやってくれたことは、全部大事だ」

六年前、アキの気持ちを大事にして、真実を隠そうとしてくれたことも。

六年の月日が流れたのち、アキのところに来てくれたことも。

アキの罪悪感を壊してくれたことも。

誠実に向き合ってくれたことも。

好きになってくれたことも。

「だから……ありがとう」

寄り添い合う夜にふさわしい言葉は、きっとこれ以外にないだろう。六年の時間を経てようやく、アキはユースが受け取るべき深謝を彼に渡せた。

極めて純粋な願いから生まれたユースの傷跡に、アキは唇を寄せる。六年前のあの日、共に魔障に傷つけられた自分たちを繋ぐものだ。表面上は塞がっていても、時おり無視できない痛みをもたらす。しかし未だに体を蝕む痛みさえ、アキとユースは共に背負う。だからこそ、涙がこぼれそうになるほど愛おしい。

平穏な静寂が満ちる夜の片隅で、アキとユースはキスをした。ユースが髪を梳く感触が心地よかった。ユースに何度も愛された体は次第に眠りへと意識を沈め、瞼が重くなる。

安心感と一体になった眠気に呑まれたその瞬間、おやすみ、というささやきを聞いた。

王宮の廊下を歩いていくエレーナの背中が、徐々に小さくなっていく。黒のローブに包まれた後ろ姿が視界から完全に消えたのを見届けてから、アキはユースの私室へと踵を返すと、リビングの窓を開けてバルコニーへと出た。

高台にある王宮からは、王都の街並みが一望できる。大聖堂や広場、巨大な校舎が連なる学院などが集う中心部と、その周辺に広がる住宅街からなる王都は、アキがこの街で暮らしていた頃と何も変わらず穏やかだ。

「あれ、エレーナさん、もう帰っちゃいました？」

肩越しに振り返れば、ユースがリビングに顔を覗かせたところだった。ユースは落胆した様子でアキの隣に並ぶ。

「最後に会いたかったから、残念です」

「エレーナもそう言ってた。でもまた近いうちにティリエスに行くと思うから、そのときに会おうって」

「ああ、そっか。これから大規模な魔瘴の調査が始まるんでしたよね。森の魔瘴を完全に消滅させる方法を見つけるために」

グラント公爵が逮捕されてほどなくして、公爵に監禁され魔力や魔瘴に関する研究を強要されていた研究者たちは、家族も含めた全員が無事に保護された。

非魔術師の体質変化や魔瘴を操るすべ、人為的に大規模な暴走を引き起こす方法など、エレーナでさえ把握していなかった事実を突き止めていたことからも明らかなように、公爵のもとで密かに行われていた研究は、学院やその他の研究機関による魔瘴研究よりも遥かに進んでいた。ゆえに研究者と共に公爵の手から解放された多数の研究成果の中には、エレーナたちが未だ見つけられていなかった魔瘴を完全消滅させる方法を示唆するものも含まれており、彼女たちにとってみれば宝の山に等しかった。

優秀な仲間たちが研究成果と共に戻ってきた現在、エレーナたち魔瘴研究者はおよそ八十年にわたって魔瘴の脅威に晒され続けてきた状況の打開策を発見すべく、意気込みを見せている。そのため非常に多忙な状況に置かれたエレーナはアキとユースがティリエスに戻るこの日もあまり時間が取れず、王に呼ばれていたユースと顔を合わせられないまま、学院に戻った。

数日前、団長に帰還を願われたヴェルトルもまた、人使いが荒いとぼやきながら一足先にティリエスへと帰っていった。事件は終わり、わずかな休息を経て、またそれぞれの場所での日常が始まる。

ユースは西へと視線を送っていた。王都の街を眺めているようで、その遥か先にある辺境の地に思いを馳せているようでもあった。

「王都に残ってくれって、陛下に頼まれたんだろ」

ユースは目を丸くしたのち、弱々しく笑った。どうやら図星であるようだ。

「はは、先生に隠し事はできませんね」

「先生ってのはそういうもんだ」

「そうです。残って、中央魔術省に入ってほしいって」

大臣グラント公爵と共に多数の職員が逮捕された中央魔術省は、空前の人手不足に陥っている。一刻も早く省内の混乱を鎮め、本来の機能を取り戻したい王にとっては、優秀な魔術師になった息子は組織の立て直しの中核を担わせるには最適な人物だろう。

「実は、事件後すぐに誘いは受けていたんです。そのときに一度断ったんですけど、父としては諦めがつかなかったんでしょうね。さっき、もう一回頼まれました」

「まあ、親としてはな」

王がユースを誘った背景には、ユースの能力に期待しているだけでなく、二度も魔障に傷つけられた息子を危険な地に戻したくないという親心もあるはずだ。むしろそちらのほうが大きいのではないかとアキは思う。

「でも、断ってきました。俺は、自分で決めた辺境魔術師の道を大事にしたかったから」

軽やかに語られる決意には、王の子として生を受け、王位継承者としての定めに翻弄されたユースだからこその重みがある。

「……場合によっては骨折り損だなと思ってたけど、杞憂だったな」

アキはローブのポケットに手を入れると、輪になった細い鎖の先についたしずく形の青い結晶を取り出した。

鎖をユースの首にかけると、結晶はユースの胸元で青い光沢を放つ。まるで、彼の決心への敬意を表し、新たな門出を祝福するように。

「前に渡したやつは全部ユースに飲ませたから、新しいやつ」

「先生……わざわざ、また作ってくれたんですか」

「そりゃ作るよ。いくらでも作ってやるって言っただろ」

無駄になる可能性を認識しつつも、アキは迷いなくユースに渡す新たなお守りの製作に着手した。心のどこかで、ユースは辺境を選ぶと信じていたのだろう。

アキは自らの胸元に手を当てた。服の下にある、楕円形の結晶の硬い感触が手のひらに伝わる。アキが一人前の辺境魔術師になった際にソフィアから贈られたお守りは、命を落としかけた経験を経てもなお辺境を選んだ、アキの意志の具現化に等しい。

六年前の暴走後、アキの両親は辺境魔術師ではない仕事を選ぶようアキを説得したが、アキは頑として首を縦に振らなかった。初志貫徹というよりも、心臓に根付いた罪悪感がそうさせた。安全地帯で安全な仕事に励むことを、アキはアキ自身に許せなかった。

しかしティリエスに帰ろうという今、アキの心中は罪悪感のみを抱いていた頃よりもずっと凪いでいる。

アキは先ほどユースがそうしていたように、西の方角へ目を向けた。そうして、どこまでも澄み渡った空の先にある白の街に思いを馳せる。

「俺、ユースへの罪悪感があったから、ずっとどこかで自分を認められなかったんだ。どれだけ真面目に仕事をこなしても、人手が足りないときに積極的に仕事を引き受けても、ヴェルトルの代わりに書類仕事を片付けても、自分を否定してばかりだった」

すべては、ヴェルトルを追って辺境に来たという辺境魔術師としての始まりが、アキにとっては罪だったからだ。始まりが過ちであればそこから延びる道のすべてが誤りとしか思えず、アキはどうしても自身の努力や、仕事への誠意を認めてやれなかった。

自己に対する否定的な感情は、自分を許せないという感情から生まれている。ゆえにどうあがいても自身を許せないアキが満たされることはなく、アキは消耗し続けた。

「でも、今はなんか違うんだ。改めて考えてみたら、意外と全部が駄目なわけじゃないのかもしれないなって思う」

ユースに罪悪感を壊されてから、アキは自身の背後にできたこれまでの道のりを振り返ってみた。六年で延びた道を俯瞰してみれば、凸凹ながらも今のアキの足元まで道はちゃんと繋がっていた。積み重ねたことで得たものは確かにあると気づいたとき、頑なにすべてが認められなかった気持ちがふっとほどけた。

「多分、俺なりに精一杯やってきたんだよな。ヴェルトルみたいに英雄じゃないし、ユースみたいに天才でもないけど」

平凡なアキに目立った功績はない。代役がいないヴェルトルやユースとは異なり、彼らという大きな輝きを支える立場のアキにはいくらでも代わりがいる。

それでも、誠心誠意、己の仕事に向き合ってきたのは事実だ。事実なのだろうと、そう考えられるくらいには心に余裕ができた。

「そうですよ。先生はきっとティリエスに行ったその日から、真面目に頑張ってきたんです。

あの暴走の前も、暴走当日も、そのあとも、その姿勢は変わらないんですよ。だって先生は、そういう人だから」

甘ったるく愛をささやくユースだが、耳に優しいだけの、その場しのぎの空っぽな言葉は口にしない。だからこれはユースの本心だ。以前は苦しかった彼の信頼が、今ではたまらなく嬉しい。

アキはおそらく、ヴェルトルへの恋愛感情を理由に辺境魔術師を選んだこと自体は一生肯定できないだろう。かつての過ちは、過ちのままずっとアキの中に残り続ける。

けれどそれは道の始まりに過ぎず、残してきた足跡も、これから先の歩みも、アキ自身も、否定する理由になりはしない。そう気づくことができたから、アキはもう、過去ばかりに囚われていた六年間には別れを告げる。

塞がったはずの傷が時おり痛むように、これから先もふとした瞬間に、罪悪感に苛まれるときが来るのかもしれない。それでも、そんなときでも隣からはユースの声が聞こえてくるだろう。だからきっと、アキはもう大丈夫だ。根拠がなくとも、そう信じられた。そう信じられるだけの気持ちを、ユースは与えてくれた。

「そう思えるようになったのはユースのおかげだから。その……ありがとう」

初夏のあの日、ユースが容赦ないひとことでアキの心臓を撃ち抜いてくれていなかったら、アキは変化のきっかけを得られなかった。

照れくささを押し殺して礼を言ったアキを見つめていたユースは、突然アキを抱き締めた。

「先生、大好き」

「な、なんだよ、いきなり……」

「先生はやっぱり格好良くて可愛い。どこかの英雄よりもずっと」

ユースはアキの頬を両手で挟むと、アキの唇に自身のそれを重ねた。

「でもこの格好良さと可愛さが広く知れ渡って人気者になったら困るので、見せるのは俺だけにしてくださいね」

アキが人気者になるわけがないだろうに、この男は相も変わらず妙なことを言う。それでもいつものように素っ気なく言い返すより先に、笑みがこぼれた。

「……はは、なんだそれ。大袈裟だな」

顔をほころばせたアキを前に、ユースもまた嬉しそうに微笑んだ。もしかしたらユースもまた、アキの笑顔を好いてくれているのかもしれない。そうだったら、幸せだと思う。

「それで、先生。提案があるんですけど」

「ん？」

「ティリエスに帰ったら、二人で暮らす家、探しませんか？」

「……それ、俺も言おうと思ってた」

「本当？　嬉しい」

ユースは喜色満面で、もう一度アキにキスをした。何回するんだと呆れそうになったが、仕方がないかと笑って受け入れ、アキはユースの頭を両手で撫で回す。

アキの気持ちが追いつくまでずっとお行儀よく待っていたのだから、これから先は思う存分、目一杯に可愛がって、可愛がられてやろう。

いくつもの飛空艇の小さな影が進む王都上空に、雲は一つもない。きっと遥か西の空も同じく晴れ渡っているだろうと、アキはティリエスの空の青を心の中に思い描く。

「じゃあ、帰るか」

斜め上から、弾んだ返事が降ってきた。叶わない初恋を追いかけて故郷を出た六年前とは違い、今度は隣に立つ人と共に、アキは帰るべき場所へと向かう。

初恋の人と共に暮らしたこの家の鍵を締めるのも、今回が最後だ。

少しばかりの感慨を抱きながら鍵穴に差し込んでいた鍵を取ったところで、アキはこちらに向かって歩いてくる家主の姿を発見した。ほとんど真横から差していると言っても過言ではない斜陽を背景に、颯爽と歩いてくる男の影は長く伸び、実物よりも細長く地面に落ちる。

ヴェルトルは家の前にいたアキを認めると、垂れ気味の目を細めた。

「なんだ、アキちゃん。来てたのか。荷物はもう全部、新居に運んだんじゃなかったか？」

「掃除してたんだよ。俺とユースが使ってた部屋」

「なるほど。相変わらず真面目だな。二人とも、もともとそんな汚してなかっただろうに」

「だからだよ。俺一人でも大丈夫だろうと思って、今日済ませた」

この日、アキは休日だがユースは仕事だ。ユースと同じく出勤のヴェルトルが帰宅したのだから、今頃はユースも一刻も早くアキのもとへ帰るべく奮闘しているだろう。

アキは手にしていた鍵をヴェルトルに差し出した。

「返す。失くすなよ」

「善処するよ」

「善処じゃなくて紛失しないことを誓え。先生に迷惑がかかるだろ」

「おっと、そうだった。先生の家だもんな。鍵も大事に愛するよ」

ヴェルトルは芝居がかった仕草で受け取った鍵にキスをした。彼が口先だけで転がす愛の言葉に辟易しているアキは苦い顔で腕を組み、家の壁に背を預ける。

アキの隣で、ヴェルトルは手の中の鍵を無意味に転がしていた。家の中に入ることも、立ち去ろうともしない待ちの姿勢は、傾聴の構えだ。

「本当は、俺と寝る気なんてさらさらなかっただろ」

ユースが家を空けていた夜、自分はアキを抱けるとヴェルトルに迫られたアキだが、ヴェルトルにその気がないことは察していた。

アキを抱けるという言葉は、可能であるという事実だけを示している。そこには明確な意思も、積極的な欲もない。

「さっさと出ていけって言いたかったんだよな。いつまでも自分と一緒にいないで」

「さあな、忘れちまったよ。過去は振り返らない主義なんでな」

ヴェルトルは肩をすくめた。否定しないことが、なによりの肯定だった。

「お前はいつもそうだ。俺がお前に惚れてて、離れられなかった頃から、はっきり言わずに俺を突き放そうとする。それはお前の優しさだ」

ヴェルトルの拒絶は柔らかく甘い。とても穏やかな手つきでアキの背中を押す。はっきりとした言葉の刃でアキを傷つけることはなく、アキの心が自然と自分から離れていくように仕向ける。アキの初恋が、相手に手酷く振られた苦く痛いだけの記憶にならないように。

軽薄で適当で、少なくない数の人間を泣かせてきたヴェルトルだが、本当に大事な相手には愛情深い。脆く美しい砂糖菓子が壊れないくらいの慎重さで、相手の心に触れる。万人に等しく開かれているわけではない、狭く深い優しさをもってそっと触れる。

「でもお前の優しさは、ただ大事な人間を傷つけたくないっていう臆病さの表れだ。臆病なんだよ、お前は。英雄だなんだってもてはやされてるけど、本当はそこまで格好いい人間でもないからな」

「……ははっ。言ってくれるねえ、アキちゃん。やっぱりお前は言うことがきつい」

諦めが滲む笑い声には、先ほどまでのわざとらしい軽さはない。

「俺はそんなアキが心配だったよ。自分はクソ真面目なくせにこんな俺に惚れちまって、きついこと言いながらも俺から離れられない、不器用なお前のことが」

長めの前髪が、手の中の鍵に視線を落としたヴェルトルの顔を覆い隠している。冗談で隠してきた心の繊細な部分を露わにするとき、彼はいつも表情をアキに見せない。

「俺は、愛だの恋だのをもとにした約束がないと維持できない人間関係より、なんの約束もないのに三十年近く一緒にいられたアキのほうが大事なんだ。愛してるってささやく相手は、俺にとってはそこまで特別じゃない。でもお前は特別だから、どうしてもそんなところにはお前を置けなかった」

　ヴェルトルは他者と容易く関係を持つくせに、決して溺れることはなく、いつだってどこか冷めた目をしていた。恋愛感情や肉欲が絡む関係は、彼にとってさほど優先順位が高くないところにある。少なくとも、アキよりは下のところに。

「そんなところにはお前を置けなかった俺と、そんなところに置いてほしかったお前だから、俺らはうまくいかなかったんだろうな」

　ヴェルトルは夜へと染まり始めた空を仰いだ。前髪に隠されない横顔は穏やかで、遥か遠くを見つめる彼の瞳に憂いはない。しかし凪いだ瞳には一抹の寂しさがよぎる。

　離れろと無言で諭しながらも、ヴェルトル自身も離れられなかった。理性と欲求の間で揺れる矛盾と、その矛盾を生み出す自らの弱さに苛まれていた。アキと同じように。

　結局は、二人揃って弱かったのだ。互いの弱さを許し、互いに許されて生きてきた。許し許されることは甘え甘やかされることと同義で、だからこそ、楽だったのだろう。どうしようもなく渇く心を、潤すことはできなかったとしても。

　アキはヴェルトルの横顔を眺め、ふっと息を漏らした。

「なにしんみりしてんだよ。今生の別れじゃあるまいし」

アキが望むものを、ヴェルトルは与えてくれなかった。アキもまた、ヴェルトルが望む姿ではいられなかった。渇望を互いに満たせる間柄ではなかった。だからもう、手に入らなかったものは追わない。でも執着を手放した二人の手には、色や形を変えたものが残る。

それは十分、愛と呼ぶにふさわしい。

「はは、確かにそうだな」

ヴェルトルもまた、小さく息をこぼすように笑った。晴れやかな横顔だった。

「なあ、アキ。幸せになれよ。うんと幸せにだ。恋愛とか仕事とか、家族とか趣味とか、なんだっていい。幸せだって思える瞬間をできる限り多くしてくれ。そんで、そんな姿を俺に見せてくれ。お前なら大丈夫だから」

その声には、ヴェルトルが抱いたさまざまな感情が乗っていた。切なくひたむきで、激しくもあり、どこか静かな祈りのようでいて、確かに光るもの。そのすべてを受け取り、胸の奥に大切にしまい込んで、アキは答える。

「そんなもん、お前に言われるまでもないよ」

「言うと思った。アキちゃんはそういうやつだ」

小さく肩を揺らし、ヴェルトルはアキが先ほど渡した鍵で玄関を開錠した。別れの挨拶はせず、アキは家の敷地内から通りへと出る。しかしそこで「アキ」と声がかかり、振り返る。

「ピアス、似合ってるよ」

ヴェルトルは自身の左耳を指した。

アキの左耳には、空色の小さな青い石がついたピアスがある。

これがいい、とユースに差し出されたときは、若い恋人の独占欲に面食らった。必死になる必要はないのに必死になるところが可愛くて、快諾して左耳を差し出した。彼によって新たに穴を開けられ、ピアスの金具を通され、ユースの瞳と同じ色合いの石で飾られた耳を鏡で確認した際は、ずいぶんとほだされたものだと苦笑した。

アキとヴェルトルは同時に背を向けた。通りを歩き出したアキの背後で、玄関の扉が開く音と、閉まる音が響いた。アキはもう振り返らず、一人で石畳を踏みしめ進む。

前方から、この日最後の光が差す。眩しさに思わず目をすがめたとき、アキは沈む直前の太陽を背に、金髪を跳ねさせて走ってくる人影を捉えた。

「先生！　いた！」

ユースは駆け寄ってきた勢いのままにアキに抱き着いた。衝撃でよろけそうになったところをユースの腕に支えられ、アキはしかめっ面をする。

「こら、でかい図体で飛びついてくんなって言ってんだろ」

「すみません……先生を見つけて、嬉しくなっちゃって」

まっすぐな好意と笑顔に、照れ隠しに過ぎないアキのつっけんどんな態度はあっけなく崩れる。アキが「しょうがねえな……」とユースの頭を少し強めに撫でてやると、ユースはアキを抱き締める腕に力を込めた。

「ふふ、先生の匂いがする」

「俺の匂いってなんだよ。香水とかはつけてねえぞ」

「先生本人の匂いですよ。天然もの。俺、大好き」

「天然って……妙な言い回しすんな」

「……ねえ、先生」

「ん？」

「おかえりなさい」

ユースの瞳の色で飾られた左耳を、あたたかな響きを抱いたそのひとことが撫でる。抱擁の熱さと、アキを迎える言葉がもたらす安心感を噛み締め、アキはユースの背中に腕を回した。

「ただいま。ユースも、おかえり」

「うん。ただいま」

同時に顔を寄せ、触れるだけのキスをした。抱擁を解き、手を繋いで歩き出す。二人で暮らし始めた家に到着したとき、きっともう一度、おかえりとただいまを言い合うだろう。

日常の中で幾度となく交わしていくやり取りを、幸福と呼ぶことにためらいはない。

アキは臆病で優しい幼馴染の切願と信頼を思い返す。切なさを伴ったものが、心の真ん中をかすめた。切ないくらい、胸が清々しかった。アキは心の中で、彼へと言葉を紡ぐ。

ちゃんと見せてやる。これから先、いくらでも。

だからお前の言葉を、俺もそっくりそのまま返すよ。

一人で眠気に耐えるだけだった静かな朝は、現在では蕩けた挨拶から始まる。

「おはようございます、先生。今日も可愛いですね」

寝室のカーテンを開け放ったユースは、アキが横たわるベッドを覗き込んで微笑んだ。

ただでさえ光る金髪が朝日に照らされるさまと、整った顔が描く優美な微笑は、寝起きの半眼には眩しすぎる。加えて、耳元でささやかれるひとことは朝いちばんに聞くには甘すぎる。

たまらずアキは毛布を頭まで引き上げようとしたが、ユースに笑顔で剝ぎ取られた。秋が深まり朝晩はしんと空気が冷え込むこの季節、問答無用で毛布を奪うなど鬼畜の所業に等しい。

ユースは甘ったるい台詞ばかり吐くくせに、その実ちっとも甘くないのだ。

「朝ごはん、もうできてますよ。飲み物はコーヒー？　紅茶？　どっちがいい？」

「こ……う茶」

「はいはい。紅茶ね」

ユースに腕を引かれてベッドから抜け出し、リビングへ向かう。今の家は前の家と違って平屋なので、階段の上り下りはない。起床直後のアキが階段を下りるのは危ないとユースが強く主張したため、一階建ての家を選んだ。

引っ越しに伴う変化は他にもある。別々だった寝室とベッドが一つになったこと。小さな庭があること。食器類がすべて二人分になったこと。師弟で同居しているという感覚より、恋人同士で同棲しているといった感覚が強くなり、アキの肩から力が抜けて朝の家事をユースに任せるようになったこと。そのぶん、ユースの家事が上達したこと。

リビングの窓の外では、薄く染まり始めた庭の木々が柔らかな光を反射していた。風に枝葉が動くたび、揺れ動く光の粒が視界できらめく。陽光は日に日に弱まり、冬がすぐそこまで来ていることを告げている。

また、気づかぬうちに季節が変わる。明確な境界線などなく、じっくり、じっくり、その色彩が変化する。人の心の移ろいにも似た速度で。

春が来たら、庭に花を植えようと約束した。楽しみだねと笑ったユースの顔がなんだかとても愛らしく見えて、約束自体よりも彼の笑顔が胸にあたたかなしずくを落とした。

小さな、何気ない約束が増えてゆく日々は、やはり幸福と呼ぶにふさわしいだろう。

朝食を済ませ、身支度を整え、腰のベルトに魔杖を下げ、黒のローブを羽織り、二人一緒に家を出る。周囲の家々の白い外壁と、淡い青色に染まる空の、白と青の対比が目に優しい。

路地を歩き出したとき、隣に並んだユースの手が、さも当然のようにアキの腰を抱いた。

「こら。朝っぱらからどこ触ってんだ、馬鹿」

アキは即座にユースの手を叩き落としたが、ユースはアキの剣幕などものともせず笑う。

「俺、先生に馬鹿って言われるの、好きです」

「はあ？」

「先生が言う馬鹿って、本気で怒ってるわけじゃないでしょ。可愛いとか愛おしいとか、そういう意味が多分に含まれているんです。親しい人にしか言わないのがその証拠です」

確かに思い当たるふしはある。無意識のうちに込めた親しみを言い当てられた衝撃やら、気恥ずかしさやらでアキが絶句していると、ユースは得意げに口角を上げた。アキのことはよく理解していると言わんばかりの、自信満々な表情が小憎たらしい。

このまま弟子に言い負かされるのは癪に障る。なんとかこの余裕綽々な面持ちを崩してやる方法はないものかと、アキは一人静かに思案に暮れる。

ぱっと脳内に浮上した妙案を、羞恥心から一度は却下した。しかしユースの意表を突くには最も効果的であると思い直して、アキは覚悟を決める。

ユースのローブの襟元を掴み、彼の上体を引き寄せた。アキもまた軽く背伸びをして、反応できずにいるユースの唇に自らのそれを重ねた。

「……調子に乗るなよ、馬鹿弟子」

吐息が頬を撫でる距離でそうささやいてから、親愛を込めたその言葉をもう一度口にしてしまったことに気づいたがもう遅い。アキは呆気に取られた様子のユースから手を離し、フードをかぶって真っ赤になった顔を隠した。

ユースの表情を崩すという目的は達成されたはずなのに、こちらがしてやられたような気分になるのはなぜだろう。早鐘を打つ心臓も、顔の熱も、肺を満たす妙な甘ったるさも、すべてが気に食わないのに悪い気はしない。アキはいっそうフードを深くかぶると、歩調を速めてユースをその場に置き去りにする。

「ちょ……先生！　またフードかぶって逃げる！」

「うるさい」

「ずるいですよ、可愛いことしておいて逃げるの！」

「大人ってのはずるいもんだ。覚えとけ」

「子供扱い……先生、そのフード取って、可愛いお顔を俺に見せてみませんか？」

「黙れ。破門にするぞ」

「またそんなこと言って。俺のこと可愛くて破門になんかできないくせに……うわおっ」

言い当てられたことがまたも気に入らなかったアキに脇腹を軽くつつかれ、ユースは妙な声を上げて飛びのく。ユースの不満げな視線がフードに突き刺さっている気がしたが、アキは無視した。

「……まあいいですよ。今は」

再び腰に手を回され、強引に引き寄せられた。アキがフードを押さえたまま「おい」とユースを睨み上げると、ユースはアキに顔を寄せる。

「可愛い顔は、夜にたくさん見せてもらいますから」

翌日は、久しぶりに二人揃っての休日だ。

「ね、アキ？」

意味を理解して赤面するアキの顎に手を添えて、ユースはそっとキスをした。すぐに顔を離したユースの整った唇が、柔らかな弧を描く。

小生意気だと思うのに、愛おしさを乗せた青の瞳で見つめられ、微笑みを向けられるのは、やはり悪い気はしない。

とはいえ少しばかり腹立たしいのは事実なので、アキは腹いせにユースの頭を両手で撫で回し、整っていた金髪を盛大に乱してやった。「もう、先生は」とぼやくものの、まんざらでもなさそうな顔で髪を直すユースを横目に、アキは歩き出す。

「仕事中はいい子にしてろよ」

「そりゃあ、もちろん。いい子で頑張ってご褒美をもらわないと」

「この前やったからしばらくやらない」

「ええ！　そんな……そこをなんとか……」

ユースはアキの肩に手を置き、必死な様子でまとわりつく。アキからの褒美がそれほどまでに欲しいのかと思えばおかしくなって、アキはフードの内側で笑みをこぼした。

「ふっ……はは、大袈裟なんだよ、お前は」

すると先の発言は単なる冗談だとユースにも伝わったらしく、ユースの顔がぱっと明るくなった。ころころと変化する表情がどうしようもないほど心をくすぐり、惚れていると思い知らされる。

ユースの手が、アキの頭からフードを取った。もう表情を隠す気にはならなくて、アキは風に髪を揺らして歩く。降り注ぐ光を受け、左耳を飾る石が青く輝いた。

ブーツの底が、路地に落ちた枯れ葉を踏んだ。足の裏に伝わる軽い感触と乾いた音が心地いい。同じことを考えているのか、隣のユースも楽しそうに視線を足元に落としていた。

不意に目が合って、ユースは笑った。澄んだ瞳の青が美しかった。
頭上の空が彼の瞳の色に染まる頃、どんな花を庭に植えようか。
春の庭を彩る花々を脳裏に描くアキの背中を、冬へと向かう風が押した。

# あとがき

このたびは拙著をお手に取っていただき誠にありがとうございます。

今回は個人的に大好きな「年下ワンコ×年上ツンデレ」の二人です。二人の性格や年齢差、少し複雑な事情がある関係性、魔術の設定やストーリー展開など、好きなものを盛り込んだ一作となりました。こうして形にすることができて、本当に嬉しく思っています。

イラストは篁ふみ先生に描いていただきました。アキはクールな美人に、ユースは格好良さもありながら可愛らしさもある青年に仕上げていただき、初めてキャラデザをいただいた際は感激のあまりしばらく画面を見つめたまま動けずにいました。篁先生、素敵なイラストを本当にありがとうございました。

いつも的確なアドバイスをくださる担当編集様、今回もたいへんお世話になりました。お力添えのおかげで納得のいく形に仕上げることができました。また編集部の皆様、この本に携わってくださったすべての皆様にも、厚くお礼申し上げます。

もちろん、本をお手に取ってくださった読者の皆様にも感謝を。今回は前作のラブコメとは違いシリアス寄りの話になりましたが、少しでも楽しんでいただけたなら、これ以上に嬉しいことはありません。

またどこかでお会いできますように。

ミヤサトイツキ

# 天才魔術師による不器用師匠を愛する方法

ミヤサトイツキ

角川ルビー文庫　24158

2024年5月1日　初版発行

発行者——山下直久
発　行——株式会社KADOKAWA
〒102-8177　東京都千代田区富士見2-13-3
電話 0570-002-301（ナビダイヤル）
印刷所——株式会社暁印刷
製本所——本間製本株式会社
装幀者——鈴木洋介

本書の無断複製（コピー、スキャン、デジタル化等）並びに無断複製物の譲渡および配信は、著作権法上での例外を除き禁じられています。また、本書を代行業者等の第三者に依頼して複製する行為は、たとえ個人や家庭内での利用であっても一切認められておりません。

●お問い合わせ
https://www.kadokawa.co.jp/（「お問い合わせ」へお進みください）
※内容によっては、お答えできない場合があります。
※サポートは日本国内のみとさせていただきます。
※Japanese text only

ISBN978-4-04-114990-4　C0193　定価はカバーに表示してあります。

©Itsuki Miyasato 2024　Printed in Japan